KB121118

로크미디어가
유혹하는
재미있는 세상

ROK
MEDIA
로크미디어

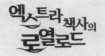

엑스트라 책사의 로열로드 1

2022년 8월 16일 초판 1쇄 인쇄
2022년 8월 19일 초판 1쇄 발행

지은이 mensol
발행인 김정수 강준규

기획 이기헌 왕소현 박경무 강민구 조익현
책임편집 이정규
마케팅지원 이원선

발행처 (주)로크미디어
출판등록 2003년 3월 24일
주소 서울시 마포구 성암로 330 DMC첨단산업센터 318호
Tel (02)3273-5135 편집 (070)7860-2726 Fax (02)3273-5134
홈페이지 rokmedia.com E-mail rokmedia@empas.com

ⓒ mensol, 2022

값 8,000원

ISBN 979-11-354-8161-1 (1권)
ISBN 979-11-354-8160-4 04810 (세트)

엑스트라 책사의 로열로드

mensol 퓨전 판타지 장편소설

Contents

Prologue

최근에는 신동이라 불리는 애들이 많아졌다.

5살에 미적분을 했다느니 12살 꼬맹이가 바르셀로나 유스에서 코리안 메시로 불린다느니.

하지만 이 중에 진짜 천재는 한두 명 정도에 불과하다. 대부분은 그저 조숙한 어린애들일 뿐.

나도 그중 하나였다.

어릴 때 바둑을 잘 두었다는 이유 하나만으로 어른들이 만든 꽃가마에 올라타게 되었었다.

-그거 아니? 바둑을 잘하는 애들이 진짜 천재인 거야!
-네가 과거에 태어났으면 분명 유명한 장군이 됐을 거다!

-고 녀석 정말 똘똘하네. 장래 희망은 당연히 대통령이지?

나는 어른들의 강압과도 같은 기대에 짓눌렸다.

손자병법이나 군주론 같은 쓸데없는 인문 서적을 여섯 살 때부터 읽어야 했고, 어른들의 기대에 부응하는 말만 해야 했다.

당연하지만 그딴 게 제대로 될 리가 없었다.

나는 곧 가짜 천재의 한계를 드러냈다.

중학생이 되자 메인으로 하고 있던 바둑에서 서서히 다른 애들을 이기지 못하게 되었고 프로의 꿈은 멀어져 갔다.

도망치듯 선택한 체스에는 정말로 재능이 있었는지 국내 톱 10 안에 들어가긴 했지만 국내에서 체스를 알아주기나 하나.

나는 고3이 되어서야 부랴부랴 수험 공부를 해야 했다.

공부 머리는 있었는지 8개월 정도를 공부해서 서울 상위권 대학에 갈 수 있었지만 이 시점에서 어른들이 태워 줬던 꽃가마는 가시방석이 되어 있었다.

-쯧쯧, 의대는 갈 줄 알았더니.

-내 그럴 줄 알았어. 요즘 애들이 다 그렇다니까.

-개나 소나 천재래. 이거 봐. 결국엔 우리 경민이가 더 좋은 대학 갔잖아요?

멋대로 기대를 걸고 멋대로 실망하는 어른들.

뭐, 나도 신동이란 후광을 등에 업고 편의를 받았으니 불만은 없었지만 역겨운 건 어쩔 수 없었다.

그렇게 결국 신동이라 불렸던 어린애는 평범한 회사원이 되어 있었다.

남들 다 아는 대기업에 취직해 동기들 사이에선 부러움을 샀지만 내 인생은 껍데기도, 알맹이도 척박해져 있었다.

내 교육 과정에 대해 다툼을 벌였던 부모님은 이혼했고, 나는 회사 근처에 오피스텔을 얻어 혼자 살고 있었다.

보람도, 쌓아 둔 것도 없는 인생.

그런 내 유일한 안식처가 게임이었다.

지금 꽂혀 있는 게임은 '아테나 워 테일즈'라는 모바일 전략 RPG 게임이었는데, 이 게임이 참 독특했다.

스토리 자체는 왕도적인 남성향 게임이었지만 게임 내의 전투 시스템이 심오하고 완성도가 높았다.

플레이어가 얼마나 지능적으로 움직이느냐에 따라 결과가 천차만별로 바뀌는 실력 게임이었던 것.

돈으로 찍어 누르며 자동으로 플레이하는 것이 대세가 된 요즘 모바일 게임 추세에는 어울리지 않아 인기가 폭발적이지는 않았지만 마니아층은 제법 두꺼웠다.

　나는 그 마니아층의 한 명으로 유저들 사이에서 신이라 불리고 있었다.

　무과금의 신 웨이드.

　내가 커뮤니티에 무과금 공략글을 올리면 댓글이 수십 개가 달렸고, 덱 상담, 전술 상담을 하는 사람들이 줄을 이었다.

　나는 유저들의 기대에 부응하기 위해 일하는 시간을 제외하면 모두 이 게임 연구에 쏟아부었다.

　심지어는 불쏘시개라고 생각했던 병법서, 전술서 들까지 스스로 읽어 가며 방법을 찾았다.

　결국엔 누군가의 기대를 받아 무언가를 한다는 건 어릴 때와 똑같았지만 그때와 달리 기분은 나쁘지 않았다.

　-빛의뽕빨 : 웨이드 행님. 카르락스 전투 공략 언제 올려 주십니까? 무과금은 울면서 기다리고 있습니다ㅠ

　-짱구는터진귤 : 근데 카르락스 전투 이거 핵과금 애들도 빡세 하던데 무과금이 클리어할 수 있게 설계되긴 한 거냐? 진짜 웨이드 형만 믿는다.

　-웨이드 : 쫌만 기다리셈. 공략하고 있는 중임.

　-마카오박 : 오오! 역시 무과금의 신!

　-빛의뽕빨 : 웨이드! 웨이드! 웨이드!

어른들의 이기적인 기대와는 다른 순수한 열광.

뭐, 내가 좋아서 하는 것이기에 즐거운 거겠지만.

-마카오박 : 근데 웨이드 님. 알스레기는 슬슬 놔주는 게 좋지 않을까요? 알스레기 빼고 UR 하나만이라도 더 투입하면 훨씬 편할 것 같은데.

-빛의뽕빨 : 인정. 요즘 무과금도 UR 한두 장씩은 갖고 다님. 너무 SSR이나 SR 카드 위주로 깨는 것도 좀 그럼.

-짱구는터진귤 : 그래서 웨이드 형이 SSR 포함된 덱이랑 리얼 똥덱이랑 둘 다 공략글 올리는 거잖아.

-마카오박 : 근데 똥덱부터 공략을 올리시니까ㅋㅋ 솔직히 R카드 덱은 공략 봐도 따라 하기 힘들지. 근데 뭐가 됐든 알스레기만 빼면 좀 더 나을 거 같은데.

-빛의뽕빨 : 그건 인정.

알스레기라고 함은 게임 초반부에 주어지는 알스 일라인이라는 책사 캐릭터를 말함이었다.

무릇 공짜 스타팅 카드가 그렇듯 등급과 성능은 '처참'하여 알스레기라 불린다.

그런 주제에 스토리에서 차지하는 비중이 높아서 대부분의 전투에 출전한다.

과묵한 주인공을 대신해 이야기를 이끌어 가는 화자라고

할까.

스토리 내의 비중은 높지만 실제 유저들은 전혀 사용하지 않는 엑스트라나 다름없는 캐릭터. 그게 알스였다.

나는 그런 알스를 매번 기용했다.

나는 성능보단 게임 스토리와 실제 플레이의 합리성을 중요시하는 경향이 있었다.

예를 들어 B왕국과 전쟁을 하는데 가챠에서 뽑은 B왕국의 국왕이나 장군 캐릭터를 쓰기는 꺼려지는 것이다. 그건 도무지 말도 안 되는 일이니까.

그런 맥락에서 항상 아군으로 출전하는 알스를 어느 때가 됐건 기용한 것이다.

"좋아, 클리어했다. 후우!"

무수한 시행착오 끝에 공략이 성공하는 데까지 걸린 시간 13시간. 분명 이번 스테이지는 유저들이 우는소리를 할 만큼 어려웠다.

그 스토리 내부에 있는 히든 퀘스트를 찾아내지 못하면 무과금 유저가 클리어하기 어려울 정도다.

"설마 여기서 알스의 히든 강화 퀘스트가 나올 줄이야."

이 퀘스트를 통해 알스는 기존 SR 캐릭터에서 SSR로 승급한다. 초기에 R카드였음을 생각하면 스토리에 따라 성장을 한 셈이다.

이걸로 알스의 티어도 상승하겠지.

내가 체감하기에 1티어는 불가능하더라도 최소 2티어까지는 상승할 수 있는 능력 강화였다.

"어우야. 벌써 3시네. 공략은 자고 일어나서 올려야겠는데."

나는 침대에 다이빙해 스마트폰을 만지작거렸다.

-웨이드 : 클리어 완료. 내일 정리해서 공략 올림.

-짱구는터진귤 : 5252! 믿고 있었다구!

-웨이드 : 그리고 히든 강화 퀘스트도 하나 발견했음. 아마 내가 최초로 발견한 거 같은데, 오후에 공략글 올릴게.

-오박사 : 헐 미친. 누구 강화퀘임? 클리어한 과금러들은 그런 말 없었는데.

-웨이드 : 그럴 수밖에 없었음ㅋ

과금러 중에 알스를 주력으로 사용하는 유저가 있을 리가 없으니 당연하다.

심지어 카르락스 전투는 사흘 전에 막 업데이트된 내용이었고.

"내일부터 알스의 채용률이 엄청 올라가겠는데."

어느새 알스는 내 최애캐가 되어 있었다. 그런 만큼 강화 퀘스트로 알스의 티어가 올라가게 될 내일이 기대되었으나.

내가 다음 날 공략을 올리는 일은 없었다.

자고 일어난 내 눈앞에 믿기지 않는 광경이 펼쳐져 있었으니까.

1장

아테나 워 테일즈.

이 게임의 특징을 말하자면, 모바일 게임답지 않은 방대한 스토리에 있다.

이로 인해 게임의 진입 장벽이 높아 초기에는 흥행의 흐름을 타지 못했으나 시간이 지남에 따라 훌륭한 게임성, 몰입감 있는 스토리 라인으로 마니아층의 유저들을 끌어모았다.

게임사도 그걸 잘 알고 있는지 스토리 분량을 전략적으로 분배했다.

그 악랄한 놈들. 컨텐츠 소비를 늦추려고 스토리를 분할하여 내다니.

나름 유저들 사이에서 유명했었던 나는 총대를 메고 돈 되는 가챠 이벤트만 내밀고 있는 운영진을 비판하는 글을 게시했던 적이 있지만 당연하게도 개무시를 당했다.

'설마 게임사가 그거에 앙심을 품고?'

그렇게라도 생각하지 않으면 도무지 이 상황을 이해할 수가 없었다.

눈앞에 펼쳐진 이질적인…… 아니, 어느 의미로는 내게 익숙한 세계.

아테나 워 테일즈의 세계가 펼쳐져 있었으니까.

'스토리 업데이트를 해 달라 그랬지 내 인생까지 이렇게 스펙타클하게 업데이트해 달라곤 안 했는데…….'

현대와는 확연히 차별되는 중세풍의 광경에 나는 아연할 수밖에 없었다.

'게다가 이 얼굴은 분명…….'

주인공을 보좌하며 삽질을 하는 캐릭터 알스 일라인이 분명했다.

'난리 났군. 그렇다는 건 즉…….'

내가 그 사건을 겪게 된다는 뜻이다.

- 역시 네가 배신자였어!
- 일부러 전쟁을 패배하게끔 유도한 거였군!
- 저놈을 붙잡아 감옥에 가둬라!

안색을 바꾸며 알스를 매도하고 고문했던 동료들.

바로 배신자로 몰린 알스의 파멸 이벤트였다. 이 사건으로 인해 모진 고문을 당한 알스는 왼쪽 눈을 잃는 부상을 당한다.

'하지만 알스는 배신자가 아니었어.'

어떤 조력자의 도움으로 탈옥을 한 알스는 말한다.

자신은 배신자에 의해 누명을 쓴 것이며 주인공도 함정에 빠진 게 분명하다고. 그렇게 알스는 조력자들과 함께 외부에서 민병대를 조직해 주인공을 도우려 했으나 돌연 나타난 정체불명의 군대와 전투를 벌이게 된다.

그것이 막 업데이트된 스토리이자 내가 공략글을 올리던 카르락스 전투였다.

'내가 알스가 되다니……. 이제 어떻게 한담.'

곧 어느 정도 생각의 정리가 되었다.

어차피 꿈이라면 결국엔 깨어날 테니 지금 당장은 이 상황을 받아들여야겠지.

문제는 이제부터 이 세계에서 어떻게 살아가느냐. 그리고 예정된 파멸을 어떻게 회피하느냐였다.

이 현실에 적응한 것은 금방이었다.

낙천적인 것이 내 장점이었다. 신동이라는 과중한 압박 속에서도 멘탈이 망가지지 않았던 것도 다 이 덕이었다.

군대 훈련소 첫날조차 쿨쿨 잘만 잤던 것이 나다.

'우선은 상황을 파악하자.'

내가 아는 게임 속의 알스라는 캐릭터는 20살의 성인 캐릭터였다.

하지만 지금 거울 앞에 서 있는 건 12살짜리 꼬맹이.

얼굴 생김새로 보아 알스임이 확실했지만 몸은 어린애였다.

키는 157cm 정도일까. 게임 속 알스의 공식 설정이 186cm이었으니 곧 무럭무럭 커 가겠지.

'그건 그렇고……'

굉장한 미형이다.

게임에서도 주인공을 비롯해 주요 남자 캐릭터들은 미청년, 미중년이긴 했지만 뭐가 됐든 그건 2D 일러스트다.

그걸 실제 3D로 보니 미형도 이런 미형이 없었다.

'어릴 때도 이 정도면 커서는 어떻게 된다는 거야?'

이건 주인공도 마찬가지겠지. 주인공 곁으로 여자 캐릭터들이 마구잡이로 꼬이는 것도 이해가 간다.

'여자 캐릭터? 그러고 보니……'

알스에게는 찰떡처럼 따라다니는 여성 캐릭터가 있었을 테다.

그 캐릭터를 떠올리고 있자니 똑똑! 조심스레 문을 노크하는 소리가 들려왔다.

"도련님. 기침하셨나요?"

"……그래."

"들어가도 될까요?"

"들어와요……. 아니, 들어와."

끼익. 문을 여는 소리마저 최소화하며 들어오는 수인족 여성.

틀림없었다. 알스의 파트너 캐릭터인 시종 유미르다.

나이는 현재 알스보다 12살 많은 24세로. 게임 속에서도 제법 요긴하게 사용된 캐릭터다.

당초엔 일본풍 메이드 캐릭터라고 대차게 까였지만 의외로 스토리 전개상에 있어 중대한 역할을 맡으며 유저들에게 커다란 충격을 선사한 캐릭터였다.

"제게 무슨 문제라도 있나요?"

너무 뚫어지게 바라본 것 같다.

"아무것도 아니야."

일개 사용인 주제에 6단계 중 최고 등급인 UR(울트라 레어) 등급을 부여받으며 서포트 계열 1티어 캐릭터로 각광받았던 유미르.

일본풍 캐릭터라며 까이긴 했어도 이런 클리셰 캐릭터는 일단 고정 수요가 있는 만큼 인기가 있었다.

'그건 그렇고, 수인족인가……..'

실제로 보니 무척 신기했다. 나도 모르게 발돋움하여 머리에 달린 강아지 형태의 동물 귀를 만지작거렸다.

"도련님? 갑자기 왜……?"

"아, 미안해요……. 아니, 미안해."

언뜻 보니 동물 귀 외에도 인간과 똑같은 귀가 달려 있었다.

게임 설정상 동물 귀와 꼬리는 인간과 종이 섞이면서 남은 흔적이라고 했던가. 그래서 실제 순혈 수인은 온몸에 거친 털이 돋아나 있는 짐승 형태라고 한다.

"그보다 어서 준비하셔야죠. 아카데미에 늦으시겠어요."

능숙한 손길로 의복을 준비하는 유미르.

"서둘러 준비하지 않으면 제때 아침을 드시지 못할 수도 있습니다."

"으, 음. 고마워."

거리낌 없이 옷매무새를 풀어 헤치기에 순간 당황했지만 왜인지 곧 자연스럽게 받아들이게 되었다.

'어? 그러고 보니.'

나는 어떻게 생전 공부해 보지도 못한 언어로 스스럼없이 이야기를 나누고 있는 걸까.

마치 저절로 치환되는 것처럼 이쪽 세계의 말이 나오고 있었다.

'혹시…….'

그 혹시가 맞았다.

나는 알스의 어린 시절 기억과 경험을 모두 가지고 있었다.

마치 내가 알스의 꿈을 꾼 것처럼. 그도 아니면 알스가 나의 꿈을 꾼 것일지도 모른다.

시험 삼아 유미르에게 과거에 있던 일을 얘기해 달라고 하자 자연스럽게 예전 기억이 떠올랐다.

이 덕에 억지로 아는 척 연기를 하지 않아도 됐으니 내게는 다행인 일이었다.

❖

식당으로 내려오자 가족들이 앉아 있는 모습이 보였다.

"어서 와라 동생아. 오늘이 아카데미 첫 등교일이었지?"

그렇게 말해 오는 것은 첫째 형 맥스 일라인. 현재는 왕도에서 하급 관리로 일하고 있다.

그 옆에서 둘째 형 밀러 일라인이 너털웃음을 터뜨렸다.

"하하, 알스 너도 참. 사관생 과정을 밟겠다니. 무슨 생각을 하고 있는 거니?"

밀러 형도 마찬가지로 하급 관리로, 지금은 지방 파견을 앞두고 있었다.

"그저 멋있어 보인다고 사관생을 지망한 거라면 지금이라도 생각을 바꾸는 게 좋을 거야. 거긴 그렇게 낭만이 있는 곳이 아니거든."

"혹여 율리아가 바람을 불어넣은 거라면 형들한테 말하렴. 율리아에게 따끔하게 한 소리 해 줄 테니까."

둘은 말은 그렇게 해도 대견하다는 듯 바라보고 있었다.

이런 분위기가 일라인 가문의 부드러운 가풍을 보여 주는 것 같았다.

"둘 다 조용히 하거라. 알스도 이제는 자신만의 생각을 가지는 나이가 된 거겠지."

아버지 베리알 일라인 남작이었다.

변방의 남작으로 명성은 높지 않지만, 그 청렴한 영지 운영 능력으로 말미암아 영지민들의 신망은 높은 편이었다.

'평화로운걸.'

내심 형제들 간의 알력 다툼을 생각했지만 그런 건 전혀 없었다.

후계자는 이미 장남인 맥스 형으로 결정되어 있었고, 다른 형제자매들도 자기 갈 길을 찾은 상태였다.

"그렇다고 해도 알스가 아카데미에 가게 됐다니. 정말이지 어느새 이렇게 커 가지곤."

맥스 형이 내 머리를 북북 쓰다듬었다.

나는 낯간지러움을 참아 가며 유미르가 건네준 아카데미

소개문을 읽었다.

'그래, 아카데미…….'

지금으로부터 약 7년 후. 주인공과 알스가 만나는 장소로, 이야기의 본격적인 시작을 알리는 장소였다.

내 행동 방침은 이미 결정되어 있었다.

일단은 이야기를 예정대로 진행시켜 주인공을 만난다.

왜 굳이 스토리를 따라가려 하느냐 하면 미래를 아는 것으로 말미암아 커다란 메리트를 거머쥘 수 있기 때문이다.

'이야기를 따라가면 배신자의 윤곽도 보일 테고 말이지. 주인공과 만나는 시점까지 대비책을 세워야겠어.'

만약 알스가 파멸한 것이 누명이었다면 알스의 말마따나 주인공의 측근 중 배신자가 있다는 뜻이다.

나는 스토리가 시작하기 전까지 뒤에서 힘을 키우며 그 배신자를 쳐낼 준비를 하기로 했다.

그렇게만 하면 내 파멸을 회피할 수 있고, 주인공에게도 큰 힘을 실어 줄 수 있으니까.

정말로 알스가 죽는 건 아니니 파멸하는 스토리까지 따라가도 상관없는 게 아니냐 말할 수도 있지만 그건 얘기가 조금 다르다.

모진 고문으로 한쪽 눈을 잃게 되는 것뿐만 아니라 지금 눈앞에 있는 알스의 가족들도 배신자로 몰려 고문을 당하거나 죽고 마니까.

내재된 알스의 기억이 나에게 소리치고 있었다. '반드시 배신자를 찾아 가족을 지켜라!'라고.

알스에게 있어 눈앞의 가족은 그만큼 소중한 존재였다.

"아카데미라고 다를 건 없다. 영지에서 배우던 것처럼 편한 마음으로 배우고 오거라. 정 힘들면 언제든 다른 길을 찾으면 되는 것이니까."

"명심하겠습니다. 아버지."

나는 잠시 눈치를 본 뒤 아버지에게 말했다.

"그에 관해서이지만 한 가지 부탁드리고 싶은 것이 있습니다."

"부탁? 말해 보거라."

"그것이······."

아카데미의 사관생 과정을 밟는 학생들은 필히 무예 수업을 받아야만 했는데 이 무예 교육에는 융통성을 발휘할 수 있다.

"아카데미에서만이 아니라 개인 교사에게 무예를 배웠으면 합니다."

"······음."

그러자 아버지는 입을 다물었고, 형인 밀러가 미간을 찌푸리며 대신 말한다.

"개인 교사가 얼마나 많은 돈이 드는지는 알고 있니? 우리 같은 변경 가문에게는 버거운 일이야."

"알고 있습니다. 하지만 금액은 얼마 들지 않을 거라고 생각해요."

"얼마 들지 않는다니?"

"제가 배우고 싶은 건 검술이 아니라 창술이니까요."

"창술?"

이곳 캘리퍼 왕국은 검술이 독보적으로 발달한 국가였다. 하여 검술 사범은 몸값이 비싼 편이었지만 창술 사범은 그렇지 않았다.

밀러 형도 창술이라는 말에 고개를 끄덕였다.

"창술 사범이라면 비교적 저렴하게 구할 수 있을 것 같네. 하지만 알스, 왜 갑자기 창술을 배우려 하는 거니?"

"그냥요. 멋있어 보이잖아요."

"나 참. 어린애답네. 침착하게 다시 생각해 보는 게 좋을 거다. 다른 국가라면 모를까 우리 왕국에선 무시를 당할 테니까. 평민도 아니고 창술이라니……."

사실을 말하자면 게임 속 지식 때문이었다.

알스는 궁병 유닛을 몰고 다니며 낮은 방어력과 낮은 딜량으로 쓰레기 취급을 받았지만 최근 업데이트된 카르락스 전투의 히든 강화 퀘스트에서 한 가지 사실이 발견된다.

알고 보니 창술과 창병 운용에 재능을 가지고 있었던 것.

하여 그 히든 이벤트를 마치면 창병 병과 전직과 함께 개인 무력도 중상위권으로 발돋움하게 된다.

물론 그래도 기본적인 스킬들이 가챠 캐릭터에 비해 구려서 1티어로 가기는 어려울 테지만.

　　"음."

　　고민하고 있던 아버지는 고개를 끄덕이더니.

　　"좋다, 곧 창술 사범을 구해 보도록 하마."

　　"감사합니다, 아버지."

　　첫 번째로 활용하는 게임 속 지식.

　　지금은 부디 게임의 내용대로 알스에게 창술 재능이 있기를 바라는 수밖에 없었다.

　　내가 다니게 될 초등 아카데미는 1시간 거리의 레그람에 위치해 있었다.

　　나는 출근하는 맥스 형의 마차를 얻어 타고 레그람으로 향했다.

　　"혹시 힘든 게 있으면 형에게 상담하렴. 속으로 끙끙 앓지 말고."

　　"괜찮아요. 초등 아카데미일 뿐인걸요."

　　"초등이라고 해도 여러 사람이 모이니까. 그중에는 가문의 위세가 높은 애들이 많을 거야."

　　맥스 형은 주절주절 자신의 아카데미 경험을 떠벌리고 있었다.

내재된 알스의 기억으로 말미암아 이미 알고 있는 사실이긴 했어도 도움은 되었다.

아카데미는 초등, 중등, 고등으로 나뉘는데. 초등, 중등 아카데미 과정까지는 기본적으로 평민과 귀족이 함께 수업을 받는다.

"그래서 평민들과 귀족들 사이에서 알력 다툼이 종종 벌어지거든. 결국엔 무슨 일이건 평민 쪽이 잘못한 것이 되어 고개를 숙이게 되지만."

"그렇군요……."

"그래도 명심하렴. 그들도 우리와 똑같은 사람일 뿐이야. 단지 우리가 귀족이라는 이유 하나만으로 그들을 천대하거나 멸시해서는 안 된단다. 그건 낡은 사고방식이거든."

"알고 있어요."

"그래, 그거면 된 거야. ……아, 도착한 모양이네. 그럼 유미르. 알스를 부탁한다."

맥스 형은 중간에서 내려 자신의 근무지로 향했고, 나는 2km를 더 향한 지점에서 내렸다.

눈앞에 보인 것은 레그람 초등 아카데미의 사관학부였다.

그 앞으로 내 또래로 보이는 꼬맹이들이 줄 지어 서 있었다.

숫자는 나를 포함해 70명. 귀족으로 보이는 애들은 나를 포함해 8명이었다.

"음, 전부 모인 것 같군."

내가 마지막이었던 건지 인솔 장교로 보이는 남자가 고개를 끄덕이고는 교육장으로 안내를 시작했다.

"열심히 하세요 도련님."

"괜찮아. 어차피 첫날인데 뭐."

대충 앉아서 설명만 듣다 오겠지 뭐.

……라는 건 희망 사항에 불과했다.

군대의 훈련소도 첫날에는 훈련을 하지 않는다고 하는데.

이쪽은 첫날부터 가차 없이 훈련에 들어갔다.

"하낫!"

척!

"둘!"

처척! 구령에 맞춰 일사불란하게 움직이는 꼬맹이들.

첫날의 교육은 당연하다면 당연하게도 제식 훈련이었다.

꼬맹이들은 하나라도 틀려선 안 된다는 절박한 표정으로 몸을 움직이고 있었다.

실제 군대를 다녀와 봤던 내 입장에선 하품밖에 나오지 않는 일이었지만.

"대열이 어수선해지고 있다! 정신 바짝 차려라! 다시 하나!"

꼬맹이들의 동작이 어설퍼지기 시작한 것은 훈련이 중반에 들어갔을 때였다. 집중력이 떨어졌는지 대열이 흐트러지고 있었다.

이러한 실패를 질책받을 거라 생각한 꼬맹이들의 얼굴은 점점 울상이 되어 간다.

언제나 있던 일이었는지 장교들은 애들이 울음을 터뜨리기 직전에 제식 훈련을 마무리 짓고는 분위기 전환을 위한 오락거리를 하나 들여왔다.

채찍과 당근 전략이다.

"모두 주목하도록. 이게 무엇인지는 알고 있나?"

장교가 가리킨 것은 흑백 얼룩무늬의 판. 체스판이었다.

알고 있다며 고개를 끄덕이는 꼬맹이들.

장교가 말을 이어 간다.

"대륙에 널리 퍼져 있는 유희 중 하나인 체스는 우리 군대와도 관련이 있다. 그 이유를 아는 녀석이 있나?"

그러자 수많은 꼬맹이가 손을 들었지만 장교는 굳이 선두에 서 있던 귀족 남자애를 가리켰다.

"체스의 기물들이 병사를 형상화했기 때문입니다!"

"정답이다. 정확히 말하면 하나의 군대를 형상화한 거지. 국왕 폐하를 지키는 군대를 말이야."

체스는 이 세계에선 귀족의 소양 중 하나로 여겨졌다. 그렇기에 체스를 잘하는 귀족은 명성을 얻는다.

현대에서 꼬맹이가 수학 같은 것을 잘하면 신동이라 불리는 것처럼, 이 세계에선 체스를 잘하면 신동이라 불린다고.

"훗, 오늘은 훈련 첫날이니 본 교관도 가혹하게 할 생각은 없다. 그래, 나서서 체스를 해 볼 사관생이 있나?"

그러자 조용해진 와중에 번쩍! 가장 먼저 손을 드는 꼬맹이가 있었다.

조금 전에 우렁차게 대답을 한 꼬맹이였다.

녀석을 보자 교관은 흥미롭다며 눈매를 좁혔다.

"오호라. 케스퍼 밀리아스. 네가 나서는 건가……. 좋다. 나와라."

절도 있는 동작으로 체스판 앞으로 향하는 꼬맹이.

교관은 기대하지 않는다는 눈빛으로 다시 물어왔다.

"상대가 되어 줄 사관생은 없나?"

몇몇 평민 꼬맹이들이 손을 들었지만 장교는 본 척도 하지 않았다.

그의 시선은 어디까지나 귀족 애들에게 향해 있었다.

다만 그 귀족 꼬맹이들이라고 하면 뭐가 무서운지 체스판 앞에 앉은 녀석을 경계하며 손을 들려 하지 않았다.

"잘하지 못해도 좋으니 손을 들도록."

장교가 노골적으로 그리 말하자 손을 들고 있던 평민 꼬마들은 시무룩하며 손을 내렸다.

'뭐, 심심풀이로는 괜찮을 것 같네.'

이대로라면 집에 가는 시간이 늦어질 것 같았기에 내가 손을 들기로 했다.

"제가 하겠습니다."

"너는……?"

누구냐고 묻는 듯한 눈빛.

방금 전 꼬맹이가 어떤 집의 자제인지 대번에 알아챘기에 나도 당연히 아는 줄 알았더니만.

"알스 체이싱 일라인이라고 합니다."

"일라인……? 아, 그래. 일라인 남작가의 자제인가. 좋다. 나와라."

체스판 앞에 앉은 나는 혹시나 이 세계의 말 배치법이 다른가 하여 상대 꼬맹이가 말을 배치하는 것을 일일이 따라 하며 말을 배치했다.

이를 본 상대는 내가 초보라고 생각했는지 재미없다며 한숨을 쉬었다.

그러고는 내게 상의도 없이 체스판을 회전시켜 백말을 내 앞에 두었다.

선공을 양보한 것이다.

"먼저 해."

"……."

이 매너 밥 말아 먹은 녀석을 봤나.

꼬맹이라 봐주려 했지만 아무래도 엄하게 어루만져 주는

편이 좋을 것 같다.

"그럼 먼저 시작하겠는데……. 중간에 울지는 마라?"

"울어? 하! 내가 너 같은 애한테 질 것 같아?"

"그래그래. 네가 천재라면 아무리 나라도 이기지 못하겠지. 정말로 천재라면 말이야."

탁! 나는 폰을 전진시키며 오프닝을 진행했다.

체스는 내게 있어 복잡 미묘한 게임이었다.

바둑에 실패한 내가 조금 더 오래 천재로 불릴 수 있게 해 준 게임이자 어느 의미로는 나를 완전히 망가뜨린 것이었다.

만약 중학 시절에 체스를 시작하지 않고 평범한 학생으로 살았다면 인생이 뒤바뀔 수도 있었을 테지.

이때 아버지는 평범하게 공부할 것을, 어머니가 체스라도 해 볼 것을 주장하면서 가정이 붕괴되었다.

내게는 씁쓸한 과거였지만 지금에 와서 체스를 한 것에 별로 후회는 없었다.

공부해서 판사나 의사가 되었다고 해도 삶의 만족도는 어차피 똑같았을 거라는 걸 알았으니까.

하여 바둑판만 보면 진저리가 쳐지는 것과 달리 체스는 실력 유지를 위해 간간이 하는 편이었다.

"체크."

"윽!"

탁! 상대의 비숍을 쳐내며 체크를 선언하는 나이트.

나는 공격적인 수를 연발하며 난전으로 유도해 냈다.

이처럼 난전이 일어나며 수읽기가 복잡해질 경우 어린애들은 두 가지의 반응을 보인다.

이 난전을 당돌함과 창의성으로 돌파를 하든가. 혹은 평정을 잃고 빈틈을 보이든가.

전자의 경우는 진짜 천재인 케이스다. 10살에 체스 세계 챔피언이 된다는 등의 이야기는 이쪽의 이야기다.

반면 가짜 천재들은 후자의 반응을 보인다.

"으으……!"

"안 돼. 그쪽으로 두면 여섯 수 안에 체크 메이트가 될 걸."

"시, 시끄러워!"

우물쭈물하는 꼬맹이. 결국엔 눈앞의 불을 끄기 위해 최악의 수를 두고 만다.

탁! 킹을 완전 포위하는 비숍과 나이트.

"더블 체크. 다음엔 어디로 움직인다고 해도 체크 메이트야. 게임 끝."

"으, 아……."

"수고했어. 너 제법 잘하네. 실력은…… 그래, 인공지능 하급에서 중급 사이일까."

이 나이에 그 정도 실력이라면 충분히 잘하는 편이다.

우오오! 여기저기서 환성이 울렸다.

"케스퍼 밀리아스가 패배하다니. 이건 대체……!?"

"저 꼬마는 누구지?"

"일라인 남작가라고 하던데."

"처음 들어 보는걸."

뭔가 분위기가 떠들썩하다.

대국을 면밀히 관찰하던 교관이 내게 말해 왔다.

"알스 일라인이라고 했지."

"그렇습니다."

"상당한 실력이군. 설마 밀리아스의 신동을 농락하면서 제압하다니."

"……신동이요?"

어이가 없었다.

이 정도의 실력을 가진 꼬맹이는 현대에서 열 트럭은 있었다. 이 실력으로 신동 소리를 내고 다니면 비웃음을 사기 딱 좋았다.

아무래도 이 세계의 체스는 저변은 넓을지언정 평균 실력은 그렇게까지 높지 않은 모양이었다.

아카데미 첫날을 끝낸 저녁.

일라인 가문의 저녁 식사 자리가 소란스러워졌다.

맥스 형은 조심스럽게 내게 물어 왔다.

"동생아, 너 혹시 아카데미에서 체스를 했었니?"

"네? 무슨 소리세요 맥스 형?"

나는 시치미를 떼며 식사를 계속했다.

그럼에도 맥스 형이 끈질기게 캐물어 오자 보다 못한 아버지가 말한다.

"맥스, 무슨 일이기에 그러는 거냐."

"그게……. 요 녀석이 아카데미에서 사고를 친 모양이에요."

"사고를 쳤다니. 누굴 때리기라도 한 거냐? 뭐, 애들이 치고받고 그럴 수도 있는 거지. 고위 귀족을 때린 거라면 내가 직접 사과를 하러 가야겠지만……."

"그런 사고가 아니니까 그렇죠. 알스 이 녀석이 밀리아스 후작가의 자제를 체스로 이겨 버렸답니다."

"밀리아스 후작가의 자제라고? 알스와 비슷한 또래라면 분명……."

"예, 케스퍼 밀리아스. 그 신동을 말하는 거예요."

이에는 아버지를 비롯해 밀러 형까지도 눈을 크게 떴다.

"그게 사실이냐 알스?"

"잘 모르겠습니다. 그냥 막 손을 움직이다 보니 어쩌다가 이긴 것 같아요."

"흠? 체스가 그럴 리는 없을 텐데. 어린애들의 대국이라 그럴 수가 있었던 건가."

고개를 갸웃하는 아버지.

나는 섣불리 대국을 했던 것을 뒤늦게 후회했다.

주인공을 만난 이후에 이름을 날리는 건 둘째 쳐도. 어릴 때부터 신동 소리를 듣고 싶지는 않았다.

지긋지긋한 신동 소리를 또 듣는 것도 싫었을뿐더러. 내가 알던 스토리와 완전히 다른 방향으로 진행될 가능성이 생겨버리니까.

'그 녀석이 그렇게 유명한 녀석이었을 줄이야.'

이 세계는 현대처럼 개나 소나 신동으로 불리지는 않는 모양이었다. 귀족이란 특성 때문인지 신동이 가진 영향력이 꽤 컸다.

아버지는 흥미롭다며 고개를 끄덕였다.

"식사가 끝나면 내 방으로 오거라. 한번 직접 확인해 보고 싶구나."

"예에……."

신동으로 불리는 것만큼은 싫었기에 나는 적당히 힘을 빼고 져 드리기로 했다.

다만 이마저도 괜찮은 실력으로 보였는지 아버지는 없는 살림에서도 내게 체스 선생님을 붙이고자 했다.

"괜찮습니다. 저는 체스에 뜻이 없으니까요."

"아쉽구나. 다시 생각해 보지 않겠니. 내게도 재능이 보이는구나."

"다시 생각해 보라 하셔도……."

체스 선생이라니. 이보다 더 시간 낭비인 일은 없었다.

그도 그럴 게 이 세계에서 나를 가르칠 수 있는 실력을 가진 사람은 아마 없을 테니까.

알스의 몸에 들어온 지 어언 한 달.

나는 책을 통해 이 세계에 대해 알아 가고 있었다.

'역시, 게임에서 설명되지 않았던 것들이 굉장히 많네.'

대표적으로 전설이나 역사 같은 것들이다.

장황하기에 게임에서는 설명하지 않은 배경지식들. 나는 그것들을 머리로 익히며 흐름을 정리하고 있었다.

요는 간단했다.

과거 이 대륙의 땅을 통치하던 펜실론이라는 통일 제국이 있었다. 그 제국이 멸망한 것은 지금으로부터 30여 년 전.

지금의 여러 왕국들은 그 제국에서 독립하여 나온 지방 호족들이 세운 것이다.

주인공은 그 펜실론 제국 황가의 마지막 핏줄로, 제국의 부활과 대륙의 통합을 위해 싸운다는 것이 아테나 워 테일즈 스토리의 핵심이었다.

'그러고 보니…….'

내 전속 메이드 유미르가 펜실론 출신이었다.

그 부분에 대해 묻자 유미르는 포근하게 미소를 지었다.

"예, 맞습니다. 전 펜실론 재흥 세력 출신이랍니다."

"재흥 세력?"

"예. 펜실론 제국의 재흥을 위해 황도 플라톤에서 발족했던 세력입니다. 지금은 없어졌지만요. 저는 어릴 적에 그곳에 신세를 졌답니다."

"그 얘기를 더 들려줄래?"

"도련님께서 듣고 싶으시다면요."

유미르는 여러모로 인생의 굴곡이 있는 인물이었다.

수인 검투사와 인간 노예의 자식으로 태어나 펜실론 재흥 세력에 들어가기 전까지는 투기장에서 생존을 위한 사투를 벌여야 했다고.

"그렇기에 저에겐 이 일라인 가문에서의 생활이 구원과도 같아요."

게임에서는 일개 메이드가 능력이 이렇게 좋을 수 있냐며 까였지만 마냥 클리셰 캐릭터는 아닌 모양이다.

'혹시 그게 그렇게 연결되는 건가.'

그저 조연인 줄 알았던 그녀가 벌인 충격적인 사건으로 인해 스토리의 1막은 절정으로 치달았었다.

알스의 파멸을 야기한 그 사건.

그 사건을 벌인 이유에 대해 많은 유저들이 궁금해하는 상황이었지만 그에 대해선 아직 제대로 나온 바가 없었다.

'그건 배신자의 함정이었던 거겠지, 만약 그게 아니라면…… 유미르가 배신자였던 걸지도 몰라.'

다만 가능성이 있다 뿐, 유미르가 배신자일 가능성은 극히 희박하다.

"유미르. 혹시 뭔가 고민이 생기거나 하면 꼭 내게 말해 줘."

"갑자기 왜 그러세요?"

"그냥. 어려운 부탁은 아니잖아. 약속해 줘."

"후훗, 예. 꼭 그렇게 하겠습니다."

유미르가 배신자라면 의미 있는 약속은 아니지만 일단 이 정도로 해 두기로 했다.

뭐가 됐든 내가 배신자를 먼저 밝혀내면 전부 해결되는 일이기도 하고.

"그보다 도련님? 슬슬 준비를 하셔야 하지 않을까요?"

"아, 그러네."

약속된 오후 2시.

내게 창술을 지도할 창술 사범이 오는 시간이었다.

이 대륙에서 무예로 이름이 높은 창술은 크게 두 부류가 있었다.

서부에서 창시되어 발달한 가란드류 창술. 그리고 용병 구데리안이 독자적으로 발전시킨 체스터류 창검술이다.

각각의 무예는 특징이 있는데. 가란드류 창술은 궁정 무예로 채택될 정도로 예절, 형태와 같이 정석적인 부분이 강한 반면, 체스터류 창검술은 무한한 자유로움이 특징이다.

애초에 체스터류는 이름만 봐도 알 수 있듯이 단순 창술은 아니었다.

왼손에는 검, 오른손에는 창이라는 특수한 무기 파지법을 기조로 한 무예로서, 대단히 실전적인 무예였다.

길이가 다른 두 가지의 무기를 동시에 다뤄야 하는 탓에 습득 난이도는 극악.

그 때문에 체스터류 창검술의 달인은 일종의 희귀 동물 취급을 받는다.

아버지는 당초 가란드류 창술 사범을 초빙하려 했지만 그쪽은 쓸데없이 콧대가 높다고 할까, 어지간한 돈으로는 남작가 사남의 창술 사범을 하고 싶지는 않아 했다.

"안녕하십니까. 일리야 안페이라고 합니다. 체스터류에는 갑 2급에 속해 있습니다."

"……아."

창술 사범이라고 나타난 것은 우락부락한 여성이었다.

키는 180cm 정도 될까. 남성을 기준으로 하면 딱히 큰 편은 아니었지만 그 체격은 남성과 비교해도 손색이 없었다.

근육으로 뒤덮인 몸은 무척이나 두꺼워 마치 뿌리 깊은 고목처럼 보였고 온몸의 생채기는 그녀가 얼마나 지독하게 훈련했는가를 나타냈다.

다만 내가 놀란 이유는 다른 곳에 있었다.

'설마 일리야 안페이가 오다니!'

나는 무언가 운명적인 것을 느꼈다.

일리야는 게임 내에서 등장했던 캐릭터로 그 등급은 여섯 개의 등급 중 두 번째 등급인 SSR이었다.

창병과를 지휘하는 그녀는 기병을 말 그대로 믹서기처럼 갈아 버린다 해서 기병믹서기라는 별명을 가지고 있었다.

다만 티어는 딱히 높은 편은 아니었는데, 그 이유는 개인 무력이 82 정도로 SSR 캐릭터 중에서도 높지 않았기 때문.

그렇기에 무과금 공략을 자주 올리던 내가 애용하던 캐릭터이기도 했다.

'설정상의 이유로는 한 팔이 없기 때문에 개인 무력이 낮은 거라고 했는데…….'

일리야는 과거 어떤 사건으로 대륙 십걸(十傑)에 속하는 어떤 인물에게 왼팔을 당해 개인 무력이 급감했다는 설정이 있었다.

'지금은 왼팔도 있으니까 개인 무력은 못해도 90 가까이는 될 거야.'

시점이 게임의 7년여 전인 만큼 아직 거기까지는 아닐지도 모르겠지만 어찌 됐든 교사로서는 최고의 선택이었다.

"어서 오시오. 일단 응접실로 들어오겠소? 접대 준비를 했소만."

"그보다는 먼저 제가 가르쳐야 하는 아이를 만나고 싶습니다. 시간을 허비하고 싶지는 않군요."

"흠, 성격이 급하시군."

"쓸데없는 의례는 싫어하는지라."

"오지랖이 되겠지만 그건 귀족들을 향한 좋은 태도가 아니오. 오해를 살 수도 있으니 조심하시오."

"불편하셨다면 사과하겠습니다."

"아니, 나는 개의치 않소. 알스! 이리로 오거라."

앞으로 나가는 내게 품평을 하는 듯한 시선이 압박을 가해 왔다.

그 시선에는 살기나 투기와 같은 모종의 힘이라도 있는 듯, 나는 목덜미가 간지러워지는 느낌을 받아야 했다.

그러나 그때.

"뭣……!?"

흠칫하며 펄쩍 물러나는 일리야.

그녀는 경계 태세를 취하며 어느새 내 뒤를 보호하듯 서 있는 유미르를 노려보았다.

"네놈은……! 뭣 하는 놈이냐!"

"……."

유미르는 살기를 거두지 않은 채 공손하게 인사를 하였다.

"알스 님의 전속 시종인 유미르라고 합니다. 부디 도련님에게 좋은 지도를 부탁드립니다."

"그런 것치고는 환영하는 기색이 아닌데. 위협하는 건 그만두지 않겠나?"

"죄송합니다. 당신이 도련님을 위협하기에 저도 모르게."

"……흥."

눈빛을 주고받는 둘.

역시 상급 레어 캐릭터들의 대치는 살벌했다.

아버지는 그럴 가능성도 염두에 두고 있었는지 일리야에게 유미르에 대한 사정을 설명했다.

"이런 실력자가 남작가에서 일개 사용인으로 일하고 있다고요……? 이런 말을 하기는 뭐하지만 당신은 무언가 속고 있는 겁니다."

"흠, 그 부분은 내가 감수할 일이지 자네가 상관할 부분이 아니네. 그보다 어떤가, 내 아들은."

"글쎄요……."

유미르에 대한 경계를 늦추지 않은 채 나를 바라보는 일리야.

"일단 가르쳐 봐야 알 것 같습니다."

"그런가. 그럼 부탁하네. 자세한 이야기는 가르치면서 해 보도록 하지."

일리야는 고개를 끄덕이고는 저택 내 연무장으로 향했다.

나는 연습용으로 준비한 나무창을 꼬나들고 그 뒤를 따랐다.

체스터류 창검술은 검술, 창술을 따로 익힌 뒤 그것을 조화시켜 독자적인 창검술로 승화시키는 구조였다.

하여 검술과 창술도 단독으로 있었다.

그런 만큼 일리야는 최선의 선생이 될 수 있었다.

창술은 물론이거니와 검술도 가르칠 수 있기 때문이다.

아버지는 창술을 배우고 싶다는 내 의사를 존중했지만 아이의 생각이니 언제든 바뀔 수 있다고 판단하여 검술까지 가르칠 수 있는 일리야를 섭외해 준 것이다.

"본격적으로 무예를 익히기 전에, 무예에 대한 조예를 확인할 거다."

"어떻게 확인을 하신다는 거죠?"

"간단하다."

스윽! 자루에서 창 한 자루를 꺼낸 일리야는 그것을 내게 던져 주었다.

날이 바짝 서 있는 창 촉과 둔탁한 쇠 창대. 그것을 받아들기 위해 나무로 된 창을 내려놓는 수밖에 없었다.

"그걸로 나를 공격해 봐라. 정말로 죽일 생각으로 말이야."

"……."

이런 뻔한 테스트에 위축될 생각은 없었다.

꽉! 나는 창을 움켜잡고 일리야를 향해 겨누었다.

"오호……."

그녀는 흥미롭다며 눈을 빛냈다.

보통 어린애들은 이런 실전 병장기를 쥐면 위축되기 마련이다.

비단 어린이뿐만이 아니다. 성인들조차 다른 이를 손쉽게 죽일 수 있는 병장기를 쥐게 되면 심리적인 압박을 받는다.

다만 그런 압박을 이미 겪어 본 나는 평정을 유지할 수 있었다.

'처음 총을 받았을 때 이런 느낌이었지.'

훈련소에서 했던 첫 사격 훈련 때는 나도 쫄았었다. 첫 사격을 하기 전까지는 잔뜩 긴장을 했다.

하지만 결국엔 별거 아니었다.

정말로 누군가를 죽이는 게 아니니까.

지금도 마찬가지처럼 느껴졌다.

"하앗!"

휘익! 휘익! 그녀의 목을 찌르고 들어가는 창 촉.

"흐음."

일리야는 가볍게 공격을 피하고는 중얼거렸다.

"기질은 제법인 것 같다만……. 한 가지 간과를 하고 있군."

그러고는 퍽! 창을 찌름으로 인해 비어 있던 내 명치를 무릎으로 강타했다.

"커헉!?"

순간 아찔해지는 시야. 나는 무릎을 꿇고 헛구역질을 토해 내야 했다.

그런 내 위로 일리야가 말한다.

"왜 자신은 공격받지 않을 거라고 생각하는 거지? 공격하는 자는 응당 자신도 공격당할 수 있음을 염두에 두어야 한다."

일방적으로 표적을 맞히는 사격 훈련과는 본질적으로 다르다고.

"일어나라. 일어나서 다시 시도해 봐."

"크윽……!"

그 한 방으로 다리가 풀려 버리고 말았다.

나는 비틀거리며 일어나 자세를 잡았다.

'이번에는 명치를 보호하면서……!'

내 몸을 보호하며 창을 휘둘러야 했기에 아까처럼 곧장 급소를 노릴 수는 없었다.

마치 잽을 날리듯 거리를 조절하며 상대의 움직임을 주시해야 했다.

일리야는 만족스럽다며 말한다.

"명심해라. 상대와 맞춰 가는 것. 그것이 무예의 기본이다. 상대의 움직임을 보지 않고 그저 휘두르는 것은 자살행위에 지나지 않지."

그 뒤로는 먼지가 흩날리는 훈련이 이어졌다. 나는 몸 여기저기를 얻어맞으며 뒹굴어야 했다.

마침내는 다리가 후들거려 서 있기조차 힘든 상황이 되어서야 훈련이 끝났다.

그렇게 내가 대자로 뻗어 있는 사이에 일리야는 지켜보고 있던 아버지를 향해 합격 사인을 주었다.

"자질은 상당한 것 같군요. 정신적인 기질도 그렇거니와, 창을 다루는 센스도 제법입니다. 가르쳐 보도록 하겠습니다."

"그런가. 그럼 앞으로 아들을 부탁하겠네."

"그 전에 한 가지 부탁드리고 싶은 게 있습니다만."

"뭔가?"

"교육을 진행하는 동안은 저 여자를 떨어뜨려 줬으면 합니다. 교육을 할 때마다 제게 살기를 뿜어 대니 솔직히 힘들군요."

나를 구타할 때마다 유미르가 살기를 흘렸던 모양이다.

유미르를 극도로 경계하고 있던 일리야는 저택에 방을 내 주겠다는 아버지의 제안까지 거절하며 영지 내에 숙소를 잡았다.

그렇게 내 창술 훈련이 본격적으로 시작된 것이다.

2장

이 세계에서 생활한 지 어느덧 2년.

14살이 된 내게는 변화가 찾아오고 있었다.

가장 큰 변화는 신체적인 것이었다.

160 정도이던 키는 급격하게 성장하여 180 가까이 도달했고, 골격도 자리를 잡고 있었다.

외모도 내가 알던 게임 속의 알스와 거의 흡사해졌다.

온화한 인상의 금발 미청년.

이 세계에서도 이러한 외모가 흔한 것은 아닌지 영지로 시찰을 나가거나 아카데미가 위치한 레그람으로 외출을 하기라도 하면 여기저기서 시선이 꽂혀 와서 꽤나 난감했다.

이러한 시선들을 즐길 정도로 낯짝이 두꺼운 편은 아니었으니까.

그러던 중 기어코 일이 일어나고야 말았다.

어느 날의 아침. 아버지가 내게 말해 왔다.

"알스, 네게 혼담이 들어왔다."

순간 식사 자리는 정적에 빠졌다.

"혼담이라굽쇼!?"

가장 먼저 반응한 것은 장남인 맥스 형이다.

귀족의 경우 13~15살쯤 약혼자가 정해지는 케이스가 있는데 이러한 것도 유력 귀족가에 한정한 이야기다.

변경의 남작 가문에게 그런 이야기가 오고 가는 일이 없었다.

맥스 형은 올해 28살이 됐음에도 마땅한 혼담이 없는 실정.

그런 상황에서 내게 혼담이 왔으니 맥스 형이 펄쩍 뛰는 게 당연했다.

"상대는요? 알스에게 청혼을 한 가문은 어디입니까?"

"아이즈베인 백작가다."

"아이즈베인이라면 제가 혼담을 넣었던 곳이 아닙니까! 아버지, 잘못된 거 아닙니까? 제게 온 혼담을 잘못 보신 거겠죠!"

"아니, 정확히 알스를 지목하더군. 레그람에서 알스를 직접 보았던 모양이야."

그저 본 것만으로 혼담을 넣다니.

내가 이야기를 따라가지 못하고 멍하니 있자 어머니가 대신하여 아버지에게 물었다.

"하지만 당신, 맥스의 말대로 그건 이상해요. 배우자가 없는 아이즈베인 백작가의 따님이라면 제니슨 양밖에 없지 않나요?"

"그렇지."

"그 제니슨 양의 나이가 올해로 26세예요. 그래서 비슷한 또래인 맥스가 혼담을 넣었던 거고요."

듣고 보니 정말 이상했다.

"착각한 게 아니야. 그쪽에서 먼저 나이 차이를 문제 삼지 말아 달라고 말해 왔으니 알스를 지목한 게 맞아."

다시금 침묵이 흐르는 식탁. 아버지도 난감해하는 것이 눈에 보였다.

상대의 의도는 뻔했다.

혼기가 지난 딸을 어떻게든 시집보내고 싶다. 그 와중에 딸도 반했고, 내 외모도 반반하니 결혼을 시켜 사교계에서 활용을 해 보겠다는 뜻이다. 자기보다 한참이나 어린 남편이나 부인을 가지는 건 사교계에서 일종의 능력 취급을 받으니까.

"마음 같아선 단박에 거절을 하고 싶었지만 그쪽의 체면도 있으니 말이야."

상대는 우리보다 가세가 강한 백작 가문. 그냥 퇴짜를 놓기에는 위험부담이 있었다.

　"그래서 말이다만 알스. 수업을 하나 받지 않겠니?"

　"신랑 수업을 말인가요?"

　"아니, 그런 게 아니다. 집사 수업을 한번 받아 보는 게 어떨까 해서 말이야."

　"집사 수업인가요……."

　"정말로 집사가 되라는 건 아니야. 그저 그런 수업을 받아 보기만 하면 돼."

　그럴 경우 혼담을 자동으로 없던 일로 만들 수 있기 때문이다.

　아무리 혼기가 지난 여성이라 하더라도 백작가의 여식이 집사 수업을 받는 어린애와 혼담을 진행시키기에는 체면이 서질 않으니까.

　"장소는 어디죠?"

　"살레온 공작가란다. 올해부터 네가 다닐 중등 아카데미도 그곳에 있으니 숙박을 해도 문제없겠지. 정 마음이 동하지 않는다면 가지 않아도 괜찮다만……."

　"아니에요. 가 보도록 할게요."

　"잘 생각했다. 그래도 너무 걱정하지는 말거라. 오히려 좋은 기회일 수도 있어. 살레온 공작가에서 공부를 할 수 있는 거니까. 네가 좋아하는 책들도 여기보다 더 많을 거다."

의도치 않게 결정된 집사 수업.

'게임에서의 알스도 집사 수업을 받았을까.'

알스의 소년기에 대해 게임에서 나온 게 없었기에 이게 스토리의 흐름인지는 나도 알 수가 없었다.

캘리퍼의 제3도시이자 은의 도시라 불리는 그란셀.

함께 온 아버지는 그렇게 도시를 설명하며 내게 주의를 주었다.

"노파심에 말하는 거다만. 웃어른들의 심기를 건드릴 것 같은 행동은 하지 말거라. 우리는 그저 신세를 지러 온 하급 귀족일 뿐이니까."

"명심하겠습니다."

"좋아. 그럼 가자."

아버지도 꽤 긴장을 했는지 걸음걸이가 딱딱했다.

살레온의 저택은 우리 저택과 비교하는 게 민망할 정도의 대저택이었다.

따로 딸린 연무장의 크기는 헉 소리가 나올 정도였고, 내가 지내게 될 별택마저도 우리 저택보다 훨씬 컸다.

한참을 걸어 으리으리한 응접실에 도착하자 알티오르 살레온 공작을 마주할 수 있었다.

호리호리한 체격에 날이 선 눈빛을 한 노인이었다. 아버지가 말하기로 현역 때는 대륙에 이름을 날리는 장군이었다고 한다.

"처음 문안드립니다. 알스 체이싱 일라인이라고 합니다. 살레온 어르신을 만나 뵙기를 학수고대하고 있었습니다."

난 알티오르의 일거수일투족에서 시선을 떼지 못했다.

'이 할아버지. 굉장한데.'

노쇠했음에도 숨길 수 없는 투기가 느껴졌다. 최근 무예를 익히며 이런 것들을 느끼기 시작한 나는 알 수 있었다.

이 할아버지는 강하다고.

"오호."

알티오르는 흥미롭다며 눈매를 좁혔다.

"처음 보는군. 내 손녀가 아니라 내게서 눈을 떼지 못하는 소년은 말이야."

"예? 아……."

그제야 알티오르의 옆에 다소곳이 앉아 있는 여자애가 시야에 들어왔다.

내 입장에선 그것 이외의 감상은 없었다.

"인사하도록 해라. 네가 정말로 집사가 된다면 이 아이의 수발을 들게 될 테니까. 미리 점수를 따 놓는 게 좋을 게야. 하하하!"

집사가 될 생각은 추호도 없었지만. 뭐, 인사는 해 둬야지.

"알스 체이싱 일라인이라고 합니다."

"에리나 에걸 살레온이에요. 그냥 에리나라고 불러 줘요."

"반갑습니다 에리나 양. 모쪼록 잘 부탁드립니다."

"……."

품평하듯 나를 바라보는 시선. 그 시선은 진득한 모멸의 빛을 띠고 있었다.

'그러고 보니 아버지가 그랬지.'

이 집사 수업에는 나도 그렇지만, 다른 목적을 가지고 오는 녀석들이 많다고 한다.

단적으로 말하자면 공작가의 영애를 꼬셔 보기 위해 집사 수업을 자청한 귀족 자제들이 더러 있었다.

잘만 해서 정말 인연을 맺는다면 더할 나위 없고, 설령 안 된다고 해도 미리 공작가의 영애와 안면을 쌓으며 사교계의 인맥을 만들어 놓을 수 있다.

뭐가 됐든 손해 보는 구조는 아니었던 것.

그렇기에 나처럼 계승 순위가 낮은 귀족 자제들뿐만 아니라 제법 계승 순위가 높은 녀석들도 집사 수업을 받으러 왔다.

그러한 의도를 이 여자애가 알고 있다면야 모멸의 시선을 보내는 것도 당연하다면 당연한 일이었다.

이번 살레온 공작가에서의 생활은 내게 있어서 사정이 괜찮았다.

집사 수업은 둘째 치고 살레온 공작가 저택에서 신세를 지며 5분 거리에 있는 중등 아카데미에 등하교를 할 수 있었으니까.

우리 영지에서 마차로 왔다면 족히 2시간이 걸리는 거리를 도보로 통학할 수 있다는 건 축복이었다.

'집사 수업은 재미없지만……. 통학으로 인한 메리트가 훨씬 크지.'

게다가 이곳 그란셀은 대도시인 만큼 유흥거리도 많았다.

지금은 집사 수업으로 인해 외출 금지가 걸려 있어 옴짝달싹할 수 없었지만 외출 금지가 풀린 후에는 그란셀을 한번 돌아볼 생각이었다.

"──라인. 알스 일라인! 듣고 있습니까?"

"……아. 네. 듣고 있습니다."

아카데미 교사는 코로 한숨을 쉬며 말한다.

"중등 아카데미에 막 올라와 낯선 것은 알겠지만 집중하세요."

"그렇게 느끼셨다면 죄송합니다. 그래도 수업은 제대로 듣고 있었습니다."

"그렇습니까? 그러면 사관생인 당신이 튈랑의 통상협정을 야기한 전쟁에 대해 설명을 해 보겠습니까?"

"조악 전투 말인가요? 721년 펜실론 왕국과 에레보니아 왕국이 조악에서 펼친 전쟁입니다. 이 전쟁에서 에레보니아 왕국은 크게 패배. 이 여파로 에레보니아에 종속되어 있던 튈랑이 독립운동을 벌이며 다른 국가와 광범위한 협정을 체결했습니다. 그게 튈랑의 통상협정입니다."

"틀렸습니다."

아카데미 교사는 단호하게 못을 박고는 다른 이에게 손짓을 했다.

"살레온 양. 대신 설명해 주겠습니까?"

"예."

지목을 받은 여자애는 가볍게 정정을 했다.

"조악 전투는 724년에 개전을 했습니다. 게다가 튈랑은 독립을 하기 위해서가 아니라 펜실론 제국과 완만한 국가 병합을 위해 통상협정을 맺은 겁니다."

"정확합니다. 모두 살레온 양에게 박수를 보내 주세요."

짝짝짝! 여기저기서 박수와 함께 소곤거림이 일었다. 역시 그란셀의 재녀라느니. 살레온의 보물이라느니.

뭐, 그건 내가 알 바 아니지만.

잘못된 사실만큼은 정정해 놓기로 했다.

"잠시 괜찮을까요?"

"뭔가요 일라인. 잘못 대답한 건 개의치 않아도 괜찮습니다. 틀렸다고는 해도 충분히 좋은 대답이었어요. 앉아도 좋습니다."

"아뇨, 틀린 건 제가 아니라 저쪽이라서요. 저렇게 자신만만하게 얘기를 하는 걸 보면 조금 미안한 마음이 들긴 하는데……. 틀린 건 틀린 겁니다. 조악 전투는 721년에 개전한게 맞아요."

아카데미 교사는 미간을 찌푸렸다.

"무슨 소리입니까. 살레온 양의 말대로 조악 전투는 724년에 벌어졌습니다. 721년에 벌어진 전쟁은 데칸 평야 전투입니다."

"예, 그리고 그 데칸 평야는 그 당시 조악의 일부분이었습니다. 행정구역이 나뉜 것은 729년에 펜실론이 제국이 되면서 실시했던 영토 재편 때의 일이에요. 그러니 조악 전투는 엄밀히 말해 721년부터 시작된 게 맞겠죠?"

"어……."

이제 당황하는 건 교사 쪽이었다.

그는 경제학 교사였던 탓인지 디테일은 잘 모르고 있었다.

"게다가 튈랑이 독립을 원했다는 건 이후 정황을 보면 알수 있습니다. 통상협정 후에 독립군을 조직해 펜실론의 군대와 교전을 치렀고, 그 과정에서 마치 공동전선을 펼치듯 델턴과 에레보니아 측에서도 군사를 일으켜 펜실론을 공격했죠. 합병을 원하는 측의 움직임은 명백히 아니었어요. 최종 승리자인 펜실론은 틸랑의 독립군을 에레보니아의 괴뢰군이라 역사서에 썼지만 실상은 다릅니다. 이후 정황을 봐도 그렇고. 무엇보다 다른 국가들의 역사서는 일관적으로 틸랑이 독립을 원했다고 기술하고 있습니다."

"그건……!"

"그러실 수도 있죠. 주류가 되는 펜실론 역사서 정도만 참고를 하셨을 테니까요."

"추, 추후 역사학 담당 교사에게 확인해 보겠습니다. 일단 앉으세요."

"옙."

다시금 웅성임이 일었다.

쟤는 누구냐. 사관학생이니 당연한 거 아니냐. 운 좋게 저 부분만 자세하게 알았던 거다 등등. 왜인지 칭찬 일색이던 여자애에 비해선 박한 평가를 받았다.

그리고 발표를 했던 여자애라고 하면 낙동강 오리알 신세가 되어 망연히 서 있을 뿐이었다.

그녀를 대신하듯 아카데미 교사가 상황을 정리했다.

"미안합니다. 아무래도 제가 자료 조사를 소홀히 했던 것 같군요. 살레온 양도 앉아 주세요."

"……네."

그 여자애는 아랫입술을 깨물고는 지그시. 잠시 나를 노려보았다.

다른 애들의 시선도 꽂혀 왔지만 그러거나 말거나.

나는 지루한 수업을 한 귀로 흘려들으며 외출 계획을 짜고 있었다.

살레온 가문에서 이뤄진 집사 수업은 일종의 테스트였다.

집사 희망자들을 저택에 머물게 하여 결격점이 없는가를 골라내는 자리였다.

그 기준이 제법 엄격하고 불합리해서 누가 이걸 할까 싶었으나, 역시 공작가의 집사 자리라고, 내가 머물고 있는 제1별택은 물론이고 제2별택에도 집사 희망자들로 가득 차 있다고 한다.

다만 나처럼 다른 목적으로 온 애들이 태반이기에 분위기는 물렁했다.

8주간의 외출 금지로 인해 무료함을 견디지 못한 집사 후보생들이 별택의 시녀들을 꼬셔 연애질을 시작하면서 오히려 풍기가 문란한 상황이었다.

집사 후보생들은 마치 무용담을 늘어놓듯 시녀를 꼬신 일을 떠벌리고 다녔고, 시녀들은 자기가 어느 집 자제와 만나고 있다며 뽐내고 있었다.

나는 이 문란한 풍기의 피해자였다.

"일라인. 잠시 괜찮을까요."

"윽."

이것으로 몇 번째일까.

시종장 조안이 한숨을 쉬며 나를 불러 세웠다.

"무슨 일이시죠?"

집사들의 교육계를 담당하고 있는 그녀는 엄격한 눈으로 말해 왔다.

"조금 전 세레나와 이야기를 하던데 무슨 용무가 있던 겁니까. 그 전에는 알리사와도 이야기를 하였죠."

"이야기를 했다기보다 불려 세워진 겁니다. 무슨 걱정을 하시는지는 알고 있지만 분명 제 탓이 아닐 겁니다."

난 억울했다.

나를 꼬시는 게 시녀들 사이에선 일종의 업적이 되어 있는지 권유가 끊이질 않았다.

서재에서 혼자 책을 읽고 있어도, 정원에서 혼자 쉬고 있어도 이야기를 하자는 권유가 쉴 새 없이 오니 나도 진절머리가 날 지경이었다.

조안도 이 부분은 어렴풋이 알고 있었는지 골치가 아프다며 살포시 이마를 감싸 쥐었다.

"그런 거라면 당신에게 행동거지를 주의해 달라 말할 수도 없겠군요. 알겠습니다. 세레나와 알리사에게는 제가 따끔하게 이야기를 해 놓도록 하죠."

그렇다고 그냥 내버려 둘 수도 없다고 판단했는지 조안이 말했다.

"내일부터는 외출 금지가 풀릴 겁니다. 견문을 넓힐 좋은 기회이니 놓치지 않길 바랍니다."

저택 밖으로 나가서 놀아라. 조안은 그렇게 말하고 있었다.

그건 나로서도 원하는 바였다.

이 집사 수업이 짜증 났던 건 외출 금지에 있었다.

최초 8주에 한해선 아카데미에 등교하는 시간을 제외하고는 반드시 저택에 있어야만 했다.

그리고 오늘.

일차적인 집사 수업이 끝나 인원 선별이 끝나며 드디어 외출 금지령이 풀리게 되었다.

좋게 말하면 자유를 얻은 거고, 나쁘게 말하면 집사 후보에서 사실상 탈락했다는 거다.

"이것이 자유의 맛인가…….. 백일휴가가 떠오르는걸."

저택을 나온 나는 약속 지점인 중앙 광장으로 향했다.

그곳에 일리야 스승이 기다리고 있었다.

"스승!"

"흠, 빨리 왔구나."

"바쁜데도 와 주셔서 고마워요."

"뭘, 나도 마침 그란셀에서 의뢰를 받았거든. 개의치 않아도 된다."

스승은 오늘 내 호위 겸 안내역으로서 동행을 해 주기로 했다. 밤의 거리나 뒷세계에 대해서도 잘 알고 있으니 적임이었다.

"집사 수업은 조금 어떠냐?"

"재미없죠. 뭐, 유익한 부분이 없는 건 아닙니다만."

상류 귀족들의 예절에 관련해선 배울 부분이 꽤 많았다. 그뿐이라는 게 문제였지만.

"귀족들의 예절인가. 기회가 된다면 나도 배워 보고 싶은 걸. 요즘에는 귀족들을 마주치는 일이 많아져서 말이야."

"그러고 보니 백작가의 의뢰를 받았었다고 하셨죠?"

스승은 용병으로서 주가를 올려 가고 있었다. 어느새 용병으로서는 최고 등급인 S급에 올라섰다고.

지금에 와서는 그 몸값이 터무니없이 비싸져 우리 가문으로서는 교사 비용을 낼 수 없을 정도가 됐지만 스승은 고맙게도 추가 금액을 요구하지 않은 채 시간이 날 때마다 내 교사 역을 계속해 주고 있었다.

"그래, 알바드 왕국에서 말이지. 단순한 경호 임무이긴 했지만 경호 임무인 만큼 겉치레가 중요하더라고. 어찌나 시끄럽게 떠들던지 나 참."

"하기야. 고위 귀족이라면 쓸데없는 부분에 구애를 받을지도 모르겠네요."

"훗, 괜찮다면 나중에 가르쳐 다오. 네가 가르쳐 준다면 나도 의욕이 생길 것 같거든."

"기꺼이 해 드려야죠."

나는 스승을 이끌고 그란셀의 뒷거리로 향했다.

우리 영지는 규모가 작아 이런 할렘가가 없었지만 대도시인 이곳은 달랐다.

저녁을 맞아 더욱 분주해진 밤의 거리.

거리에 들어서기 무섭게 스멀스멀 술 냄새가 풍겨 왔고, 사람들의 옷차림도 확연히 달라졌다.

"그런데 용케도 응해 주셨네요. 스승의 성격상 이런 건 아직 이르다고 말할 줄 알았는데요."

"이 정도야 귀여운 수준이니까."

"귀여운 수준이라뇨?"

"카르텐이나 에테라 같은 도시에 비하면 별거 아니라는 거지. 적어도 이곳은 노예시장이나 지하투기장 같은 건 없으니까."

"그렇긴 하죠. 집중적으로 치안을 관리하는 모양이니까요."

보통 할렘가의 규모가 커지면 치안을 반쯤 포기하는 경우가 많다.

그 주변을 철저하게 통제하며 할렘가 내부에서 벌어지는 일에는 크게 관여하지 않는다.

이곳은 그 정도 수준까지는 아니었다. 골목 곳곳에 영지

경비병이 서 있었고, 싸움이 벌어지기라도 하면 곧장 달려가서 막았다.

　그런 탓에 이곳에는 상류층의 유흥 장소가 많았다.

　귀족을 타깃으로 한 고급 술집이라든지, 경마장이라든지.

　"경마장은 지금 하지 않는 모양이군. 낮에 찾아와야 할 것 같다."

　"괜찮아요. 제가 가고 싶은 곳은 따로 있으니까요. 그 전에……."

　얼굴을 가릴 것이 필요했다.

　나는 근처 노점에서 가면을 사려고 했으나 마땅한 물건이 보이지 않았다.

　그런 내 의도를 읽었는지 스승이 다른 물건을 가리켰다.

　"얼굴을 가릴 거라면 투구로 하는 건 어떠냐. 마침 나도 함께 있으니 용병을 자칭하면 될 거다."

　"시야를 많이 가릴 것 같긴 하지만……. 상관없겠죠."

　나는 적당히 회색의 투구를 구매해 착용한 뒤 본격적으로 그란셀의 거리를 돌아보기로 했다.

　내가 밤의 거리를 배회하고 있는 목적은 크게 두 가지였다.

인재를 찾는 것. 그리고 재산을 부풀리기 위한 실험이었다.

이 두 가지 모두 훗날 예정된 파멸을 피하기 위한 무기였다.

'결국엔 힘을 길러야 해.'

알스가 파멸했던 결정적인 원인은 배신자의 함정에 있었지만 근본적으로는 뒷배가 없었기 때문이다.

타고난 핏줄이 있는 것도 아니고, 가문의 휘광도 없으며 가지고 있는 재산도 없다.

그런 상황에서 실적까지 마땅찮으니 다른 동료들로부터 무능력한 놈이라 비난을 받는 것도 당연했다.

'만약 알스에게 든든한 조력자가 있었다면 상황은 달라졌을 거야.'

그리고 그 조력자가 아주 없었던 것도 아니었다.

'게임 속 지식으로 알 수 있었던 알스의 주요 조력자는 일곱.'

알스가 배신자로 낙인찍힌 후에도, 감옥을 무단으로 탈옥한 후에도 믿고 따라와 줬던 인물들이다.

어느 의미로는 주인공보다도 알스를 더 믿어 주는 인물들이었다.

나는 일단 이 인물들에 대해선 빠르게 내 편으로 만들어 놓을 생각이었다.

그걸 바탕으로 확고한 입지를 구축해 주인공과 합류했을

때에는 배신자도 감히 나를 쳐내지 못할 상황을 만든다.

그 후 세력 내에서 배신자를 찾아내 축출하면 내 파멸만큼은 확실하게 피할 수 있다.

'조력자 일곱 명 사이에 배신자가 있을 가능성도 없진 않지만.'

지금은 거기까지 판단할 근거가 없으니 그 부분은 그들을 전부 모은 다음 생각하기로 했다.

'카르락스 전투에선 엄밀히 말해 주인공을 등지고 알스를 따르기로 한 거니까……. 대충 알스를 따르는 일곱 명의 가신이라 명명해 두는 게 좋겠네.'

그 일곱 가신의 게임 내 키워드는 이러했다.

-철옹성
-성녀
-구호반
-와룡
-광견
-명공
-'의용병' 일리야 안페이
-???

일곱 명 외에 알스의 탈옥을 도운 정체불명의 괴무장이 또 하나의 조력자로 등장을 하지만 그 녀석의 정체는 나도 모르는 만큼 당장은 생각하지 않기로 했다.

'그렇다고 하면 여덟 명에서 이제 남은 건 여섯 명…….'

그랬다. 그들 중 하나.

알스의 실각에 의문을 품고 휘하 용병 부대와 함께 알스를 도우러 온 외팔의 용병.

일리야 안페이는 이미 내 곁에 있었다. 스승이란 직함으로 말이다.

내가 일리야를 만난 순간 강한 운명을 느꼈다는 게 이것 때문이었다.

"잠시 괜찮을까요."

암시장을 방문한 나는 그들에 대한 정보를 수집하기로 했다.

'성녀, 와룡, 구호반, 명공은 스토리의 큰 맥락을 따라가면 자연스럽게 만날 수 있으니 급하지 않지만…….'

광견과 철옹성은 다르다.

스토리가 조금이라도 바뀌면 조우 이벤트 자체가 없어질 가능성도 있었다.

그러니 그들에 한해선 주인공을 대신하여 내가 미리 모아 두는 편이 사정이 괜찮았다.

"흠, 한 명 말곤 처음 듣는 이름이군."

"한 명이라고 하면요?"

정보 상인은 어깨를 으쓱이고는 말을 이어 갔다.

"로젠버그에 대한 행방이라면 알고 있소. 며칠 지난 소식이긴 하지만 말이야."

"역시."

철옹성의 로젠버그. 그가 발견되었다.

이건 고무적인 일이었다. 로젠버그의 경우엔 특수한 사정을 지닌 인물인 만큼 조건을 갖춘 뒤 만날 수만 있으면 높은 확률로 스카우트할 수 있었으니까.

"그 정보를 듣고 싶소?"

"들려주시죠."

"5천 실란을 주시오."

금액을 지불하자 정보상은 편지 형태로 된 서류를 넘겨주었다.

"그 외에 더 알고 싶은 건 없소?"

"그러면 그란셀에 있다는 비밀 살롱의 위치를 알려 주겠습니까?"

"1만 실란. 이건 정보료라기보다는 입장료라고 생각하시오."

입장료가 제법 비쌌지만 투자금이라 생각하기로 했다.

1만 실란짜리 금화를 지불하고 비밀 살롱의 위치를 전해 들은 나는 기다리고 있는 스승에게 향해 그에 대해 말했다.

스승은 사고뭉치가 따로 없다며 어이없어하면서도 내 뒤

를 따라 주었다.

그란셀의 비밀 살롱은 일종의 카지노였다.

귀족들이 많이 이용하는지 고풍스러운 느낌이 드는 곳이었다.

아닌 게 아니라 가장 돈이 많이 걸리는 도박이 체스였다.

그리고 이것이야말로 내가 여길 찾은 이유이기도 했다.

'어디 용돈 좀 벌어 볼까.'

용돈벌이 이외의 목적도 있었다.

이 세계 체스 기사들의 전반적인 수준을 가늠하기 위해서다.

"알스, 대체 무슨 짓이냐."

"무슨 짓이냐뇨? 내기 체스에 참가하려고 하는데요?"

"아니……."

스승은 골치가 아프다며 머리를 감싸 쥐었지만 곧 고개를 끄덕였다.

"뭐, 이것도 좋은 경험이 되겠지."

스승은 내가 호되게 패할 거라 생각하는 모양이었다.

내 입장에선 한 판이라도 패배하는 게 더 놀라운 일이 될 테지만.

그렇게 무작정 대국장으로 진입을 했지만 당연히 문전박대를 당했다.

"신분이 증명된 사람이 아니면 참가할 수 없소. 물러가 주시오."

"쳇."

하기야, 개나 소나 대국을 하게 놔둘 리는 없지.

"내 신분으로는 안 되는 건가?"

"당신은……?"

"일리야 안페이. 용병 협회에 소속된 S급 용병이다."

"이, 일리야 안페이!"

흠칫 놀라는 문지기.

S급 용병이라고 하면 전 대륙에서도 20명이 채 되지 않는다. 특히 스승은 이곳 캘리퍼 왕국이 속한 대륙 동부에서 주로 활동을 한지라 제법 이름이 알려져 있었다.

"귀하가 대국을 하는 거요?"

"아니, 대국은 이쪽에 있는……."

나를 어떻게 불러야 하나 망설이는 스승.

나는 빠르게 치고 들어갔다. 최대한 목소리를 긁어 변조를 하고 말했다.

"용병인 웨이드라고 합니다."

아테나 워 테일즈의 무과금의 신 웨이드가 등장하는 순간이었다.

"좋소. 내기에 걸 금액을 말해 주시오. 그러면 대국장을 안내해 주지."

"10만 실란입니다."

2년간 없는 용돈을 모으고 모아 만든 금액이었다.

한화로 치면 대략 100만 원 정도다.

"10만 실란이면……. 21번 대국장으로 가시오."

"고맙습니다."

10만 실란이 큰 내기 금액은 아닌지 후미진 곳을 안내해 주었다.

그곳엔 퀭한 눈빛의 남자가 앉아 있었다.

그는 스승을 경계했지만 스승이 아닌 내가 자리에 앉자 조금은 안도한 모습이다.

"내기 금액은 얼마로 할 거지?"

"얼마로 할 거냐니요. 당연히 10만 실란 전부죠."

"그건 내키지 않는군. 5만 실란부터 시작하지 않겠나."

5만 실란을 두 번 털리는 거나 10만 실란을 한 방에 털리는 거나 똑같을 텐데 말이지.

뭐, 기회를 여러 번 가지고 싶어 하는 심정은 이해를 한다.

"그럼 5만 실란으로 하죠."

"백은 내가 먼저 잡겠어. 먼저 앉아 있었으니까."

"좋을 대로 하십쇼."

선공으로 시작하는 남자.

5만 실란을 끝으로 도망가면 곤란했기에 대충 맞춰서 뒤

주며 승리를 거두었다.

"체크."

"졌다……. 바로 다음 대국을 시작하지."

"그 전에 5만 실란은 주셔야죠."

"젠장."

툭! 그가 내던진 돈주머니를 받은 나는 스승에게 그 돈주머니를 맡겼다.

스승은 내 승리가 믿기지 않는지 말문을 잃은 채 멍하니 바라보고만 있었다.

그렇게 눈앞에 있는 남자의 10만 실란을 털어 버린 후에는 내 투자금 10만 실란은 보관해 두고 따낸 10만 실란으로 대국 상대를 찾았다.

그것이 20만 실란, 40만 실란, 80만 실란, 160만 실란까지 가자 주위가 소란스러워지기 시작했다.

금액이 여기까지 가자 내 대국 상대도 없어지고 말았다.

'슬슬 미끼를 물 타이밍인데.'

그러길 잠시.

"잠시 괜찮겠나."

살롱의 책임자로 보이는 노인이었다.

"자네 제법 실력이 좋아 보이는데. 우리 살롱의 챔피언과 대국해 볼 생각은 없나?"

"물론 가능합니다. 시시한 대국뿐이라 지루한 참이었는데

마침 잘됐군요."

"패기 넘치는 친구로군! 아주 마음에 들어. 금방 대국장을 준비하지!"

그와 함께 살롱 전체가 술렁이기 시작했다.

마치 기다리고 기다리던 이벤트가 일어났다는 공기.

'좋아, 드디어 물었어.'

단순 내기 체스가 아닌 베팅 체스.

진짜 도박판이 벌어지려 한 것이다.

이 도박 체스의 룰은 간단하다.

3판 2선승으로 치러지며 베팅자들은 세 경기의 승무패를 맞히면 된다.

세 개를 다 맞히면 막대한 금액을 획득할 수 있다.

그리고 이 베팅에는 나도 참여할 수 있었다. 챔피언의 승리를 예측하는 것만 아니라면 가능했다.

나는 1, 2경기 내 승리. 3경기 경기 없음에 160만 실란을 모조리 때려 박고 테이블에 앉았다.

주변으로는 마치 골프 갤러리처럼 관중들이 형성되어 있었다.

그 숫자는 100명이 훌쩍 넘었다.

"모두 주목해 주시오! 우리 그란셀의 챔피언이 입장하오!"

챔피언은 40대를 넘어 보이는 중년 남성이었다. 차림을 보아하니 귀족인 것처럼 보였다.

그는 내 행색을 보고는 눈썹을 치켜올렸다.

"정말이지 간만에 대국자가 나타났군. 반갑네. 패트릭 하임즈라고 하네."

"용병을 하고 있는 웨이드라고 합니다."

"그 투구를 벗을 생각은 없는 건가? 보는 내가 다 답답하군."

"대국에서 패배한다면 벗도록 하죠."

"훗, 그거 재밌군. 그럼 시작하지. 백을 쥐겠나?"

"아뇨, 먼저 백을 쥐시지요."

내 말에 소란이 일었다.

─챔피언에게 백을 넘긴다고? 치기가 지나치군!

─어리석은 자야.

체스는 바둑 정도는 아니라도 선공에 메리트가 있는 게임이었다.

그걸 챔피언에게 양보를 한다는 건 만용이나 다름없는 짓이었다.

'흑을 쥐어도 상관없긴 하지만……'

나는 가슴 한편으로는 패배하길 기대하고 있었다. 이 세계에서 나를 패배시킬 정도의 실력자가 있었으면 했다.

투자금인 10만 실란은 따로 챙겨 놨으니 설령 160만 실란이 날아간다 해도 그다지 속이 쓰릴 것 같지 않았고.

"양보해 오는 건 거절하지 않는 주의라서 말이야. 그럼 내가 먼저 시작하겠네."

폰을 움직이며 오프닝을 개시하는 패트릭. 나는 맞춰서 해 주던 지금까지와는 달리 전력을 내보이기로 했다.

과연 이 챔피언이라는 자가 얼마나 대항할 수 있는가.

결과부터 말하자면 실망스러웠다.

"체크입니다."

"……!"

눈을 부릅뜨는 패트릭.

이미 전황은 크게 기울어 있었다.

"계속해 보시겠습니까?"

"……아니, 상황을 반전시킬 묘수는 없는 것 같군. 어디로 움직이든 악수가 되겠지. 내가 졌네."

"원한다면 복기를 해 드릴 수 있습니다만."

갤러리가 더없이 소란스러워졌다.

승자가 복기를 해 준다는 건 한 수 아래의 하수에게 지도를 해 주겠다는 뜻이었으니까.

-저 건방진 놈! 감히 패트릭에게 도발을!

-우연히 이긴 거야! 운이 좋았을 뿐이라고!

그런 갤러리들은 이어지는 상황에 소스라치게 놀라야 했다.

"그렇다면 부디 복기를 부탁하지."

서로 간의 넘을 수 없는 벽을 여실히 느꼈는지 숙이고 들어오는 패트릭.

'그래도 쓸데없는 자존심은 없네.'

이런 사람은 싫지 않았다.

나는 세세하게 복기를 해 주었다.

"이 상황에선 퀸을 버리는 한이 있더라도 룩을 전진시키는 게 맞았습니다. 그 경우 제 비숍이 묶여 움직이지 못했을 테고, 결과적으로 침투해 들어간 나이트가 힘을 받았겠죠."

"그렇군……."

"그럼 2국을 시작할까요?"

시간도 새벽 4시를 넘어가고 있었기에 슬슬 끝을 내기로 했다.

"한 수 배우도록 하지. 백은 내가 쥐겠네."

태도가 바뀐 패트릭.

그는 모든 집중을 발휘하여 차분하게 수를 뒀지만 결국엔 한계가 있었다.

나는 차근차근 전황을 잡아 가며 그의 킹을 옭아맸다.

'이대로라면 20수 안에 끝나겠네.'

그렇게 생각했을 때였다.

"……?"

내 뒤에 서 있던 스승이 바쁘게 두리번거리며 주변을 살피기 시작했다.

그러고는 곧 내 어깨에 손을 올리며 속삭였다.

"알스, 뭔가 잘못되어 가고 있는 것 같다. 주변으로 불온한 기척이 느껴지기 시작했어."

"설마 쓸데없는 짓을……."

배당금을 주지 않기 위해 무력 행사를 할 생각인 건가.

내가 얻게 되는 배당금의 수준이 족히 천만 실란은 될 테니 배가 아픈 건 이해가 됐지만 이런 유치한 짓까지 할 거라고는 생각지 않았다.

뭐, 가능성 정도는 생각하고 있었기에 스승과 함께 온 거지만.

'굳이 피를 보고 싶진 않은데.'

건달들을 얼마나 모아 온다고 한들 나와 스승의 상대는 되지 않는다.

나는 멍청한 짓은 하지 말라는 뜻으로 살롱의 책임자를 노려보았으나 그의 표정은 아무것도 모른다는 듯 태연했다. 오히려 새로운 챔피언의 탄생을 기대하는 눈치였다.

'뭐야. 그럼 스승이 느낀 기척은 뭐지?'

그러고 얼마 지나지 않아서였다.

"불이야――!"

돌연 사방에서 피어오르기 시작한 맹렬한 불길과 탁한 연기.

순간 체스고 뭐고 아수라장이 되었다.

건물 안에 모여 있던 사람들은 무질서하게 출구로 뛰어갔고, 몇몇 욕망에 눈이 먼 자들은 쌓여 있는 돈 자루를 훔치려 달려들었다.

"알스, 어서 빠져나가자!"

"예? 하지만 배당금을……."

"그럴 시간이 없다!"

스승은 억지로 내 팔을 잡아끌더니 최단 경로로 건물을 빠져나왔다.

그 판단은 옳았다. 조직적인 방화였는지 불길이 번지는 속도가 말도 안 될 정도로 빨랐던 것이다.

그 탓에 돈 자루를 훔치기 위해 움직였던 사람들은 결국 빠져나오지 못하고 질식하여 쓰러지고 말았다.

순식간에 화마에 휩싸이는 건물.

이변을 감지하고 출동한 경비대는 그 불이 다른 건물로 번지지 않게 하는 것이 고작이었다.

"허……."

허탈함에 헛웃음이 나왔다. 하필 이 타이밍에 이런 일이 벌어지다니.

마냥 우연은 아닌 것 같았다.

"그러고 보니 스승. 어떤 의뢰를 받고 그란셀에 온 거라고 하셨죠."

"……음."

"이 상황과 관련이 있는 일인가요?"

"아마 그렇겠지. 듣기로는 살레온 공작가를 노리는 불온 분자들이 있다는 것 같아. 그 색출과 토벌을 도와달라는 의뢰를 받았거든. 설마 이런 식으로 과감하게 움직일 줄은 몰랐지만."

"뭐, 피해를 입히는 방식으로는 꽤 괜찮았다고 봐요."

모르긴 몰라도 이 살롱은 영지 내에서 최고 수준의 매출을 내는 시설일 것이다.

그것을 전소시켜 버렸으니 살레온 공작가의 입장에서도 뼈아픈 타격일 테다.

"알스, 너는 얌전히 저택으로 돌아가 있어라. 오늘은 좋은 공부를 했다고 생각하고."

"스승은 어쩌게요?"

"일을 시작해야지."

"……?"

그러기 무섭게 탓! 스승은 번개처럼 발돋움하여 누군가를 덮쳐 땅에 처박았다.

"크윽! 넌 뭐야!"

"내 이목에서 벗어날 수 있을 줄 알았나? 경비대! 이놈을 구속해라! 방화를 저지른 일당 중 하나다!"

이에 경비대는 스승의 신분을 확인한 뒤 남자를 구속. 그 외에 살롱에 있던 사람들의 취조를 시작했다.

얼굴을 가리고 있던 나도 취조의 대상이었지만 스승의 안

배 덕분에 금방 빠져나올 수 있었다.

소동 끝에 새벽 6시쯤 공작가 별택에 돌아온 나는 시종장 조안의 한숨을 들어야 했다.

"일라인, 대체 어디를 갔다 이제 오는 겁니까."

"무슨 문제가 있나요? 외박 허가는 받아 놨을 텐데요."

"얌전히 잠을 자고 온 게 아닌 것 같아서 하는 말이에요. 견문을 넓히고 오라고 했지 사고를 치라고 하지는 않았습니다."

그녀는 내게 다가와 툭! 툭! 옷에 묻은 재를 털어 내 주었다.

"설마하니 화재가 일어났다는 그곳에 출입했던 것은 아니겠지요?"

"하하…… 설마요. 바람을 타고 날아온 재가 우연히 묻은 것 같습니다."

"뭐, 좋습니다만. 하나 명심하세요. 아직 집사 교육은 끝난 게 아닙니다. 그 교육이 끝나기 전까지는 당신도 살레온 가문의 일원입니다. 모쪼록 가문에 누가 되는 행동은 삼가 주세요."

"주의하겠습니다만……. 저 같은 것에 그렇게까지 신경을 쓰지 않으셔도 괜찮을 것 같은데요."

"저도 그러고 싶지만 당신은 여러모로 이목을 끌어당기니까요."

조안은 지긋지긋하다는 듯 주위를 곁눈질했다.

그곳에는 시녀들이 숨을 죽이고 이곳을 훔쳐보고 있었다.

나도 모르게 한숨이 나왔다.

"하아……. 예, 주의하겠습니다."

"그리고 오늘부터는 본택에 대한 출입도 허가되었으니 흥미가 있다면 방문해 보도록 하세요. 서재에 대한 출입도 허가됐으니 당신이 좋아하는 책도 마음껏 읽을 수 있을 겁니다."

"제가 책을 좋아한다는 건 어떻게……?"

"당신을 예의 주시하고 있는 시녀들이 몇이나 된다고 생각합니까? 알기 싫어도 알게 되는 게 있습니다."

조안이 뼈를 담아 말하자 이쪽을 훔쳐보고 있던 메이드들이 부리나케 도망갔다.

"어휴, 저 애들도 참."

"뭔가 죄송하네요."

"당신이 미안해할 건 없습니다. 그럼 이만."

고개를 숙여 보이고는 사뿐한 발걸음으로 떠나는 조안. 나는 우선 방으로 돌아가 잠시 눈을 붙이기로 했다.

일차적인 집사 수업이 끝난 시점에 100여 명에 달하던 집사 후보생들은 30명 수준으로 떨어져 있었다.

나 역시 그냥 집에 돌아가도 상관이 없긴 했지만 아카데미 통학에 메리트가 있어 머무르고 있던 것이다.

그러나 그것도 슬슬 불편해지고 있었다.

"저기……. 일라인 님? 괜찮다면 잠시 이야기를 할 수 있을까요?"

별택 서재에서 책을 읽고 있던 내게 시녀로 보이는 여성이 다가와 말했다.

그 멀리에는 다른 시녀들이 흥미진진한 눈으로 이곳을 주시하고 있었다.

"괜찮지 않습니다. 모처럼의 독서 시간을 방해받고 싶지는 않네요."

"아, 그…… 네, 죄송합니다!"

얼굴을 붉히며 후다닥 사라지는 시녀. 멀리서는 쌤통이라는 듯 쿡쿡거리는 웃음소리가 들렸다.

'하여간. 무슨 동물원도 아니고.'

별택에 머무르는 집사 후보생들의 숫자가 줄어들어 시녀들의 일이 줄어들자 이런 경향이 더욱 심해지고 있었다.

'이해는 하지만 아무리 그래도 이건 심하잖아.'

나는 그녀들에게 있어 일종의 우량 매물이라고 한다.

귀족이긴 하지만 실상 귀족이라고 부르기 어려운 남작가의 사남. 확실한 신분의 격차가 있는 다른 귀족가 자제들과는 달리 단순 불장난으로 끝나는 게 아니라 장래까지 생각해 볼 수 있는 위치에 있다.

거기에 알스의 화려한 외모까지 더해져 이런 상황이 만들어지고 말았다.

도무지 마음 편히 책을 읽을 상황이 아니었다.

"다들 뭣 하고 있는 겁니까! 어서 각자의 위치로 돌아가세요!"

시종장 조안이 그들을 나무라고 나서야 겨우 인파가 사라졌다.

서재에 나타난 조안은 나를 보며 깊은 한숨을 쉬었다.

나는 이번에도 억울했다.

"몇 번이나 말하지만 제 탓이 아니에요."

"알고 있습니다. 알고는 있습니다만."

그녀는 골치 아프다며 이마를 감싸 쥐었다.

"설마 본택의 시녀들까지 구경하러 올 줄이야……."

그녀는 작심했는지 내게 말했다.

"일라인, 독서를 할 거라면 미안하지만 본택 2층의 서재로 가 주세요. 그곳은 시녀들이 마음대로 출입할 수 없어 편하게 책을 읽을 수 있을 겁니다."

"후우……. 그렇게 해야겠네요."

내 책임은 아니라고 해도 이 이상 소란을 일으키는 건 조안에게 미안했다.

시녀들의 시선이 부담스럽기도 했고, 스승의 일이 끝날 때까지는 본택의 서재에서 얌전히 지내기로 했다.

그 후부터는 아카데미 수업 시간 외에는 본택의 서재에서만 시간을 보냈다. 과연 공작가인지 여러 희귀한 책들이 아무렇지 않게 꽂혀 있었다.

내가 주목한 것은 일반적으로는 잘 다뤄지지 않는 변방 국가에 관한 이야기였다.

'쿠라벨 성국은 엘프와 연관이 있는 국가였던 건가. 이건 나중에 업데이트될 내용에서 다뤄졌을지도 모르겠네.'

그런 식으로 책에서 스토리에 대한 단서를 얻을 수도 있었기에 나는 역사서 위주로 탐독하며 지식을 쌓았다.

그러던 날이었다.

"이봐요."

책을 읽고 있는 내게 말을 거는 여자애.

언제나의 일이라고 생각한 나는 무시하기로 했다.

"……."

"이봐요. 제 말이 들리지 않아요?"

"듣지 않은 걸로 하기로 했습니다. 아무렇지 않게 남의 독서를 방해하는 교양 없는 분과는 말을 섞고 싶지 않거든요."

"아……!?"

"그러니 조용히 좀 해 주시겠어요?"

그녀는 어이없어하더니 미간을 찌푸리며 말했다.

"그, 그 부분에 대해선 사과를 하죠. 하지만 당신도 문제가 있지 않나요? 그 책은 제가 읽으려고 꺼내 두었던 거예요. 제게 아무런 말도 없이 그걸 읽고 있는 것도 무례하다고 생각하는데요?"

"……?"

나는 그제야 그녀의 얼굴을 올려다보았다.

누군지는 몰라도 뭔가 낯이 익은 얼굴이었다.

"미안한데 누구셨죠?"

"무슨……!?"

토끼 눈을 뜨는 여자애. 그녀는 곧 경계하듯 말한다.

"저를 구슬리려는 새로운 전략이군요? 저는 속지 않아요!"

"무슨 소리인지는 모르겠지만 나중에 해 주지 않겠어요? 최근에 독서를 방해받은 일이 많아서 조금 언짢거든요."

"당신, 정말로 저를 모르는 건가요? 첫날에 정식으로 인사를 했잖아요!"

"……."

잠깐. 첫날에 정식으로 인사를 했던 여자애라고 하면 한 명밖에 떠오르질 않았다.

주르륵! 관자놀이에 식은땀이 흘렀다.

정작 그 이름이 떠오르지를 않았기 때문이다.

그야 그때 한 10분 정도 만나고 두 달여간 마주치지도 않앉으니 기억이 안 날 수밖에.

어차피 집사가 될 생각도, 커리어를 쌓을 생각도 없었기에 완전히 신경을 끄고 있던 게 문제였다.

'다른 애들이 입버릇처럼 누구누구 님이라고 했던 것 같긴 한데.'

나는 연어처럼 기억을 더듬어 해답을 찾아냈다.

"물론 잊지 않았습니다. 제이나 양이잖아요?"

"한 글자밖에 맞지 않았어요! 정말로 잊어버렸다니 믿을 수 없네요!"

"쯧. 귀찮네……."

"지, 지금 귀찮다고 한 건가요?"

"그럴 리가요. 그래서, 성함이 어떻게 되시죠?"

"웃…… 말해 주지 않겠어요."

"그럼 어쩔 수 없죠."

솔직히 어쩔 거냐는 마인드였다. 다른 애들과 달리 나는 그녀에게 목적이 없었으니까. 잘 보이건 말건 상관이 없었다.

이 서재를 안내해 준 것도 조안이었고. 뭐라 할 거면 조안에게 해 줬으면 좋겠다.

나는 읽고 있던 책을 그녀 쪽으로 밀어 두고 다른 책을 읽기로 했다.

그녀는 입술을 앙 깨물고는 앞에 마주 앉더니 지그시 나를 노려보았다.

그렇게 30분.

내가 정말로 책만 읽을 거라고 생각하지는 못했는지 그녀는 질렸다는 기색이다.

"정말로 책만 읽다니……. 당신은 왜 우리 저택에 집사 수업을 받으러 온 거죠?"

"시답잖은 이유예요. 버거운 혼담이 들어왔었거든요. 이번 집사 수업은 그걸 거절하기 딱 좋은 명분이었고요."

"그런 가당치도 않은 일이……."

"하급 귀족에게는 하급 귀족만의 고충이 있는 법이랍니다. 당신이 지금 제 독서를 방해해도 함부로 대하지 못하는 것처럼요."

"충분히 함부로 대하고 있다고 생각하는데요."

"그래서 이름이 어떻게 된다고 하셨죠?"

"알려 주지 않을 거예요."

"흠, 그 모습을 보아하니 당신은 내 이름을 기억하고 있는 모양이죠?"

"……!"

정곡을 찌른 것 같다.

"한 번 본 사람의 이름을 기억하다니, 기억력도 좋으시네요."

내 말에 그녀는 더욱 충격을 받은 듯했다.

"하, 한 번이라고요? 아카데미에서 종종 같이 수업을 받았잖아요. 기억 안 나요? 조악 전투에 대해 이야기했을 때요!"

"그런 일도 있었나요. 미안해요. 그런 사사로운 것까지 기억하고 있지는 않아서요."

수업 내용의 일부를 그렇게까지 세세하게 기억하고 있다니. 조금 소름이 돋는다.

"사사로운 일이라고요……! 읏!"

왜인지 그녀는 자존심이 잔뜩 상한 듯한 기색이었다.

그러던 때였다.

서재를 찾은 새로운 인기척.

"에리나, 여기에 있었구나. 찾고 있었단다."

알티오르 살레온이 갑자기 서재에 들이닥친 것이다.

나는 황급히 자리에서 일어났다.

"레이디! 찾고 있는 서적의 제목이 뭐라고 하셨죠?"

과연 윗사람의 앞에서까지 이 모습을 보여 줄 수는 없었다.

나는 만들어진 웃음으로 말했으나 그녀는 가증스럽다며 노려보았다. 그러고는 살레온 공작에게 말한다.

"할아버님! 이 남자도 이번 곰 사냥에 데려가고 싶습니다!"

살레온 공작가의 영지 그란셀의 뒤편에는 산악 지형이 있었는데 이곳에 곰이 많이 서식했다. 세 달에 한 번 정도 사냥을 해 놓지 않으면 영지로 내려와 밭을 망쳐 놓는다고.

　마침 스승의 활약으로 살롱에 방화를 저질렀던 불온분자들이 소탕되어 한시름 놓은 상황이었기에 사냥하여 얻은 곰고기를 통해 자그마한 축제를 벌이려는 모양이었다.

　살레온 공작가는 그 곰 사냥을 집사 수업을 받고 있는 남자들에게 맡기기로 했다.

　집사가 되는 자. 필히 주인을 지켜야 하는 경우도 생기는 법. 그 일신의 무력도 필요했으니 곰 사냥을 통해 검증을 하겠다는 것이다.

　하여 집사 수업에서 두각을 드러낸 12명의 남자들이 이 곰 사냥에 동행을 하게 되었다.

　다들 나이가 스물을 넘은 장정들로, 그들은 튼튼한 무구와 올가미로 완전무장한 채 대기를 하고 있었다.

　나는 그 속에서 뚱한 표정으로 서 있었다.

　'잘못 걸렸네.'

　하지 않아도 될 일에 끌려오다니. 귀찮기 그지없다.

　다른 남자들도 그렇게 생각했는지 마키아스라는 이름의 남자가 내게 말을 걸어왔다.

"이봐 꼬맹아. 장소를 잘못 찾아온 거 아니니? 이번 일은 성인들만 참가하는 걸로 알고 있는데. 혹시 집사가 되고 싶어서 억지를 부렸다거나?"

"그럴 리가요. 그냥 조금 사정이 있었어요."

"흠, 부모님이 억지로라도 하라고 했나 보군."

그는 지레짐작하며 어깨를 으쓱이더니 작게 속삭였다.

"사냥 도중에는 얌전히 뒤로 빠져 있는 게 좋을 거다. 오늘은 다들 살벌하거든."

"살벌하다뇨?"

"이번 곰 사냥을 통해 누가 정식으로 예비 집사가 되느냐가 결정된다는 것 같아서 말이야. 사고를 가장해서 다른 녀석을 떨어뜨리려는 놈이 나올지도 몰라. 뭐, 모두가 그렇지. 점수를 따기 위해선 뭐든 할 테니까. 그러니 너는 휘말리지 않게 빠져 있어."

고작 집사가 되기 위해 왜 이렇게 혈안이 되었는가 싶을 수 있지만 살레온 공작가는 캘리퍼 왕국에서 두 손가락에 드는 가문이다.

적어도 집사를 목표로 하고 있는 귀족가 자제들에겐 놓치고 싶지 않은 자리였다.

"충고 고맙습니다."

"그래. 뭣하면 내 보조를 좀 해 줄 수 있겠어? 내가 신호를 하면 올가미를 곰에게 던져 줘. 일이 잘 풀리면 용돈을 조금

줄게."

"그러면 그럴까요?"

그러나 내 역할은 이미 정해져 있던 모양이다.

"알스 일라인. 당신은 이쪽으로 오세요."

출발 직전에 에리나가 나를 호출해 수행원으로 임명한 것이다.

나 같은 꼬맹이가 곰 사냥에 참가하기는 버거울 테니 괜한 것에 휘말리지 않게끔 배려한 모양이었지만 한편으론 어제의 복수를 하려는 듯했다.

"자, 이걸 읽어 볼래요? 뭐라고 쓰여 있죠?"

"에리나 살레온……이라 쓰여 있습니다."

"맞아요. 세 번 더 소리 내서 읽어요."

이름을 잊힌 게 꽤나 충격이었는지 내게 귀여운 보복을 하고 있었다.

에리나는 곰 사냥이 이번이 처음은 아닌지 능숙하게 지휘를 해냈다.

아기 곰을 달콤한 먹이로 유도해 낸 뒤. 그걸 보고 눈이 뒤집혀 쫓아온 어미 곰을 덫에 걸어 사냥하는 방식이었다.

영리한 곰들도 아이가 위험에 처하자 덫이 있는 것도 눈치채지 못하고 사지로 뛰어 들어왔다.

그렇게 덫에 걸려 이도 저도 못 하는 곰을 올가미로 잡아 둔 다음 일제히 창으로 찔러 사살.

어미 곰의 숨이 끊어지는 모습에 아기 곰이 서럽게 울었지만 녀석도 곧 가죽이 벗겨져 도축을 당했다.

어미 곰 같은 경우에는 고기가 질겨 요리하기가 까다로웠지만 아기 곰은 그렇지 않았다.

어미 곰은 알아서 처리를 하게끔 시체 통째로 영지민들에게 나누어 주고 아기 곰은 당장 고기로 저택에서 먹는 용도였다.

"정말 피도 눈물도 없는 수법이네요."

"뭐라고 했어요?"

"아무것도 아닙니다."

그렇게 여섯 마리의 곰을 사냥하며 오후쯤에는 산 중심부에 들어올 수 있었다.

어느덧 저물어 가는 해.

이 순간 나는 커다란 위화감을 느꼈다.

"……저기요? 하나 물어보고 싶은 게 있는데요."

"저기라고 하면 누구인지 모르겠네요."

"그거 그만 좀 하죠, 에리나 양?"

"후훗, 네, 무슨 일이죠?"

"여기가 종착점이 아니었나요? 슬슬 해가 지고 있어요."

"맞아요. 여기서 마무리를 짓고 산을 내려갈 거예요."

"그런데 왜 이런 곳에 덫이 설치되어 있는 겁니까?"

"덫이요?"

나는 조심스럽게 수풀과 흙을 헤집어 덫을 드러냈다.

밟을 경우 발목을 아작 내며 기동력을 상실케 하는 악랄한 덫이었다.

굵은 나뭇가지로 덫 중앙을 살포시 누르자 콱! 덫이 발동하면서 나뭇가지를 동강 내 버렸다.

"이 정도 크기면 멧돼지나 사슴을 잡는 용도인데요. 보아하니 몇 시간 전에 설치를 해 놓은 것 같네요. 영지에 사냥꾼들이 있나 보죠?"

"있긴 있지만……."

"그러면 주의 좀 하라고 전해 줘요. 사람들이 밟을 수도 있는 위치에 설치를 해 놨잖아요."

"아뇨. 오늘은 곰 사냥을 할 거라고 전해 놔서 사냥꾼들이 들어오지는 않았을 텐데요……."

영문을 모르겠다며 말끝을 흐리는 에리나.

나는 그제야 위화감으로 위장하던 위기감을 감지했다.

그리고 그와 거의 동시에.

핑! 화살이 날아와 대열의 옆을 지키고 있던 남자의 팔뚝에 박힌다.

"큭! 뭐야 이건!"

"습격인가!? 주변을 경계해!"

스르르륵! 이때를 기다렸다는 듯이 수풀에서 인기척이 피어오르고 있었다.

"쯧!"

나도 모르게 혀를 찼다. 내가 지금까지 기척을 눈치채지 못했다는 건 제법 실력이 있는 놈들이란 뜻이었다.

'스승이 쫓던 녀석들인가! 그렇담 그 살롱의 방화는 함정이었군!'

스승이 소탕했다는 그 불온분자들은 미끼에 불과했던 것이다.

그놈들의 목적은 처음부터 여기에 있었다. 안일하게 곰 사냥을 나선 공작가의 딸을 납치하는 것.

'위험해. 이쪽을 잡아낼 자신감이 있으니까 기척을 드러낸 거야. 여기선 승산이 없다.'

내 머리는 백열하며 순식간에 수를 계산하기 시작했다.

가짜 천재라 불린 내가 가지고 있던 유일한 재능.

나는 남들보다 계산 속도가 월등하게 빨랐다.

바둑에선 공부를 열심히 하지 않아 큰 효과를 보진 못했지만 수가 단순한 체스에서는 이 재능이 빛을 발했다.

속기 대국에 한정해서는 세계 톱 레벨에 육박했을 정도다.

'도망칠 수 있는 경로는⋯⋯.'

놈들의 목적, 화살이 날아온 방향. 기척이 느껴진 곳과 지형, 지물, 덫의 위치.

계산을 끝마친 나는 덥썩! 에리나를 들쳐 업었다.

"꺄아!?"

"꽉 잡아요!"

탓! 나는 박차고 나와 한 지점으로 뛰기 시작했다.

상대가 우리를 완벽하게 포위하기로 작정했을 경우 생기는 허술함이었다.

완전 포위라는 건 상대보다 훨씬 많은 숫자가 있을 때에만 가능한 작전이다. 그 정도로 많은 인원을 준비했다면 사전에 어떻게든 눈치를 챘을 테니 그럴 가능성은 없다.

'놈들의 작전은 우리가 혼란 상태에 빠지는 걸 이용하는 거야.'

그러니 혼란하지 않고 신속하게 빠져나오기만 하면 간단하게 파훼할 수 있다.

"무슨……! 놈들이 빠져나간다!"

"뭐야 저놈은!? 잡아! 여자를 놓쳐선 안 돼!"

놈들은 당황하며 이쪽을 쫓았다.

저들의 목적은 역시 에리나였다.

내가 목표인 에리나를 들쳐 업고 빈틈으로 뛰어 버리자 포위 진형은 간단하게 무너졌다.

그렇게 진형이 무너진 상황에서 나를 억지로 쫓으려 할 경우 다른 예비 집사들과 경로가 겹치며 발이 묶이게 된다.

곧바로 챙! 챙! 전투가 벌어지며 병장기가 부딪히는 소리가 등 뒤로 들려왔다.

"안 돼……! 저 사람들이……!"

에리나가 어쩔 줄 몰라 했지만 하는 수 없었다.

솔직히 말해 힘을 합해 무력으로 돌파한다는 선택지도 있긴 했지만 그 정도의 리스크를 감수하고 싶지는 않았다.

아직 사람을 죽인 적이 없던 내가 어떤 혼란 상태에 빠질지 알 수가 없었으니까.

탓! 탓! 나는 왔던 길을 빠르게 주파하며 산을 내려왔다.

지형은 산을 올라오면서 외운 상태였다.

일리야 스승에게 산지에서의 요령을 배웠던 것이 도움이 되고 있었다.

다만 상대의 실력도 녹록지 않은 모양이었다.

"찾았다! 이쪽이야!"

"남자는 죽여! 여자만 사로잡으면 돼!"

매복하고 있던 남자 두 명이 검을 빼 들고 달려들었다.

나는 에리나를 등 뒤의 수풀에 내던진 다음 혹시 몰라 등에 메고 왔던 단창을 꺼냈다.

"애새끼 주제에!"

"허튼짓하지 말고 얌전히……쿨럭!?"

콱콱! 거리에 들어오자마자 목과 머리를 꿰뚫리며 절명하는 둘.

첫 살인이었음에도 내게 별다른 동요는 없었다.

"놀라울 정도로 아무 감흥이 없네……."

스승이 이럴 때를 대비해서 사냥한 동물들의 숨통을 끊는 연습을 시켰기 때문일까. 그도 아니면 이들이 악인이기 때문일까.

휙! 나는 창 촉에 묻은 피를 털어 낸 다음 재차 에리나를 안아 들었다.

"다, 당신……. 어떻게 그런……."

"요즘 집사들은 다들 이 정도는 할걸요."

내가 접한 서브 컬처에서는 집사가 세계관 최강자급인 경우도 많았으니까.

그런 가벼운 농담을 던져 두려워하지 않도록 긴장을 풀어줄 생각이었으나 곧 한계가 찾아왔다.

"……!"

등골을 오싹하게 만드는 살기.

나는 황급히 에리나를 던져 버리고는 몸을 뒤집어 창을 가로로 세웠다.

쿵! 몸을 짓누르는 듯한 묵직한 일격.

"오호라. 이 몸의 일격을 막아 냈다고? 제법인걸."

가면을 쓰고 있는 남자였다.

"하아앗!"

휙휙휙휙! 나는 쾌속의 4연격으로 놈의 급소를 노려 밀어 내려 했지만 캉! 놈은 힘으로 맞받아 내며 거리를 유지했다.

'쳇! 스승이었다면 멋지게 13연격 정도는 먹였을 텐데.'

나는 아직 그 수준이 되지는 않았다.

그리고 그건 다시 말해 내 회심의 4연격을 막아 낸 이놈과 나 사이에 실력 차이가 존재한다는 뜻이었다.

'스승보다는 분명하게 약하다. 하지만 지금의 나와 비교하면…….'

혼자라면 도망갈 수 있어 보이긴 했지만 짐이 있으니 그럴 수도 없었다.

그걸 알고 있는 상대가 말한다.

"지금이라도 내뺀다면 네놈은 놓쳐 주도록 하지. 이쪽의 목적은 그쪽의 아가씨거든. 걱정하지는 마. 그 아가씨의 목숨을 뺏을 생각은 없으니까. ……지금은 말이지."

"잘하지도 못하는 머리 굴리기는 그만하고 어서 덤비는 게 어떻습니까?"

"흥."

내게는 선택지가 없었다. 에리나를 버리고 갔다간 훗날 살레온 공작가에서 내게 손을 써 올 테니까.

"후회하지 마라, 꼬맹아!"

"당신이야말로."

휙휙휙! 목, 심장, 복부를 노리는 3연격.

놈은 왼손에 차고 있던 소형 방패로 공격을 흘리며 접근.

거력을 담아 검을 휘둘러 쳤다.

그 검에는 붉은 기운이 일렁이고 있었는데 이걸 본 에리나가 경악성을 내질렀다.

"오러……!"

더없이 불길한 새빨간 기운.

"무기째로 양단해 주마!"

그러나. 내 창에서도 푸른 기운이 맴돌기 시작했다.

"하앗!"

"우옷……?"

캉캉캉! 상대의 검을 밀어 내는 푸른 오러의 창.

이걸 본 남자의 표정이 순식간에 변했다.

"네 이놈 오러를……! 젠장, 살레온가에서 이미 호위를 붙여 놨던 건가. 잘 속였다고 생각했는데……!"

"하아! 하아!"

무의 재능을 타고나야 이룰 수 있다는 오러의 경지.

그렇게 알려져 있긴 하지만 실상 게임에선 개나 소나 쓰던 것이었다.

게임상에서 무력 70 이상의 무장은 기본적으로 오러를 사용했었는데. 게임에서 알스의 개인 무력이 87 정도였다. 이것도 히든 강화 퀘스트까지 클리어를 하면 91까지 상승한다.

실제 성능은 둘째 치고 무예의 재능은 충분히 있는 셈.

"더 해볼 겁니까? 다음에는 그 목이 꿰뚫릴지도 모르는데요."

"기고만장해하지 마라, 꼬맹아. 내가 오러 사용자와의 전투를 두려워할 거라고 생각한다면 오산이다."

"그렇다면 어서 덤벼 보든가요."

"그럴 필요가 있나. 급한 건 내 쪽이 아닌데?"

"……."

역시 이렇게 나오는가.

상대는 곧장 이곳으로 달려올 수 있는 증원 병력이 있다는 부분을 활용해 왔다. 시간은 저쪽의 편이라는 것이다.

실제로 이곳으로 다가오고 있는 듯한 인기척이 느껴지고 있었다.

'쳇, 빠르게 승부를 봐야겠어!'

수 계산을 끝마친 나는 창을 꼬나 쥐고 놈에게 달려들었다.

"하아앗!"

"멍청한 놈, 명을 재촉하는구나!"

캉! 불꽃이 튀는 날붙이.

쾅쾅쾅! 나는 중거리에서 섬전 같은 연격을 찌르며 빈틈을 만들려 했다.

찌르는 곳은 모두가 급소. 하나라도 적중하면 그대로 목숨을 거둘 수 있다.

이에 놈은 선뜻 거리를 좁히지 못하고 공격을 흘리는 데에 집중하고 있었다.

마침내는 캉! 더 이상 흘리지 못할 거라 생각했는지 창을 강하게 쳐 내고는 거리를 두었다.

사십여 합에 이른 결투에서 무승부가 난 것이다.

"하핫! 누구에게 배웠는지는 모르겠지만 하수에게 배운 것 같지는 않군. 네놈을 가르친 작자의 이름은 뭐라고 하지?"

"그 전에 당신의 이름부터 말하는 게 어떻습니까?"

"흥, 반쯤 죽여 놓은 다음에 물어보면 싫어도 대답을 하겠지. 그래서? 더 달려들 생각은 없는 거냐? 시간은 네놈의 목을 조르고 있다고."

여유작작하게 말하는 놈.

놈에게 증원이 온다면 나는 외통수에 몰리게 된다.

지금은 일대일 대결이기에 에리나를 신경 쓰지 않고 싸울 수 있지만 다른 한 놈이 나타난다면 그게 불가능해지니까.

'상정 외의 상황이었다는 게 발목을 잡는걸.'

스승의 활약으로 그 불온분자를 소탕했다기에 정말로 깔끔하게 소탕했다고 생각한 게 실착으로 다가왔다.

그게 아니었다면 제대로 대비를 했을 것이다.

만에 하나의 상황을 대비해 보험을 들어 놓긴 했지만 설마 이렇게까지 큰 사건이 벌어질 줄은 나도 몰랐었기에 그 보험이 제때 효과를 볼지는 의문이었다.

'위험하긴 하지만 지금은 플랜 B로 가는 수밖에.'

팅! 나는 발치에 놓아두었던 검을 발로 차 공중에 띄웠다.

아까 죽인 놈들의 검을 챙겨 둔 것이었다.

휘릭휘릭휘릭! 공중에서 매섭게 회전하는 검.

그것을 탕! 창대로 때려 놈에게 쏘아 냄과 동시에 재차 돌진해 들어갔다.

"애새끼 주제에 너절한 수법을 쓰는구나!"

놈은 뒷걸음질하여 가볍게 피하고는 내 공격을 맞이할 준비를 하였다.

콱! 검은 그의 앞에 박혀 들었다.

"하아아앗!"

나는 오른손의 창을 꽉 쥐어 묵직한 한 방을 찔러 넣었다. 간단히 쳐 낼 수 없는 힘이 담긴 공격.

하지만 너무 동작이 컸던 탓일까. 놈이 비릿하게 웃었다.

"멍청한 놈! 죽어라!"

오히려 거리를 좁히면서 창을 피한 녀석은 검을 휘둘러 쇄골부터 오른쪽 골반까지 쪼개려 들었다.

"안 돼−−!!"

에리나의 비명이 울려 퍼졌다.

육안상으로 보기에 피할 수 없는 일격.

나는 이때를 노려 비장의 카드를 꺼내 들었다.

내 몸을 양단하려는 놈의 검격. 나는 이 타이밍을 노렸다.

팁! 조금 전에 투척하여 바닥에 꽂혀 있던 검을 왼손으로 뽑아 들어 챙! 공격을 막아 낸 뒤, 미끄러지듯 놈의 우측을 돌아 들어갔다.

그와 동시에 오른손의 창을 짧게 잡은 다음 내 왼쪽 옆구리 쪽으로 찔러 넣는다.

'일리야류 비기! 회축!'

상대방을 끌어 들여 목숨을 취하는 일리야 스승의 시그니처 기술.

"헛⋯⋯!"

허를 찔린 놈은 등 뒤에서 창이 온다는 것을 본능으로 느꼈는지 재빨리 박차 피하려 했으나 푹! 창은 그대로 놈의 등을 관통했다.

"크헉!?"

"실패인가⋯⋯!"

중상을 입히긴 했으나 기술이 완벽하게 성공하지는 못했다.

본래는 창을 더 높게 찔러 심장을 취했어야 하지만 녀석이 동물적인 감각으로 뛰는 바람에 심장을 찌르지 못했다.

나는 곧바로 창을 뽑으려 했으나 팁! 녀석은 배를 뚫고 나온 창 촉을 황급히 움켜쥐고는 놓지 않았다.

여기서 창이 뽑힐 경우 과다출혈로 인해 전투 능력을 상실한다는 것을 알았기 때문이다.

'오히려 붙잡혔다!?'

놈은 내 창을 붙잡은 채 검을 마구잡이로 휘둘러 쳤다.

"크아앗!"

"쳇!"

부웅! 나는 창을 놓으며 탈출.

곧장 에리나가 있는 앞까지 후퇴했다.

"허억! 허억!"

놈은 피가 섞인 숨을 몰아쉬며 왼손으로는 창 촉 부분을, 오른손으로는 등 쪽의 창대를 잡고는 창을 뽑지 않은 채 콰직! 창대를 부러뜨려 여전히 창을 몸에 박은 채 몸을 움직이기 쉽게 만들었다.

놈이 가증스럽다며 말한다.

"네 이놈 체스터류였구나! 그 광대 놈들을 이런 곳에서 보게 될 줄이야……!"

광대란 체스터류를 낮잡아 부르는 말이었다.

왼손에는 검, 오른손에는 창. 두 가지 무기를 동시에 다루는 무예이기 때문에 그 모습이 마치 서커스 같기 때문이다.

그만큼 화려함과 의외성은 독보적이었다.

"스승의 움직임의 반도 따라 하지 못하긴 했지만 이걸 피할 줄은 생각지도 못했는데요."

"피했다니, 이 빌어먹을 꼬맹이. 내 배에 박혀 있는 창이 보이지 않는 거냐?"

"죽일 생각이었으니까요. 죽이지 못했으면 피한 거죠."

"흥. 말은 잘하는군."

복부를 꿰뚫렸음에도 녀석의 눈빛은 흐려지지 않은 상태였다.

"아직 더 해볼 생각입니까?"

"배 좀 뚫은 것 정도로 네가 이겼다고 생각하면 곤란하다고, 애송아. 너 같은 온실의 화초와는 사는 세계가 다르거든."

저벅. 저벅. 접근해 오는 녀석. 그 귀신같은 기백에 에리나는 사색이 되었다.

창은 뺏겼고 검도 아까 녀석의 공격을 막아 낼 때 부러졌다.

주먹으로 놈을 이길 방법은 없었다.

놈은 혹시라도 내가 도망을 갈 것을 우려해 퇴로를 점한 뒤 서서히 숨통을 조여 왔다.

"아, 알스 님, 이제는 어떻게 해야……!"

"걱정 말아요. 무슨 일이 있더라도 당신을 죽게 만들지는 않을 테니까."

"……!"

괜히 울고불고 떠들어 봐야 도움이 안 됐기에 그렇게 안심을 시켜 주자 에리나는 눈을 휘둥그렇게 뜬 채 굳어 버렸다.

방법은 있었다.

혹시라도 이렇게 될 경우를 생각해 봐 둔 경로가 하나 있었다.

측방에 설치되어 있는 곰덫이었다.

이곳에는 에리나가 설치한 곰덫이 있었다. 조금 전까지는 놈의 경계심이 강해 이용하지 않았지만 놈도 배를 찔려 경황이 없어진 지금은 충분히 걸려들 수 있었다.

"그거 압니까? 체스터류에는 권법도 있다는 걸."

"개소리. 허세는 집어치워라."

그렇게 마지막 남은 카드를 사용하려던 때였다.

부스럭! 부스럭! 소란스러워지는 산. 그것은 아래에서도, 위에서도 들려왔다.

양측의 원군이 접근해 온 것이다.

아래에서는 소란을 눈치채고 헐레벌떡 뛰어온 살레온 공작가의 사병들이. 위에서는 아마도 도적단의 무리가.

"하, 하핫! 네놈이 졌다, 꼬맹아."

놈은 지친 듯이 웃으며 말한다.

"멍청한 경비병 놈들은 이곳을 곧바로 찾아내지 못해. 하지만 내 부하들은 다르지. 내가 뿌려 놓은 표식을 충실히 따라올 거거든."

"표식……?"

그건 이상하다. 그랬다고 하기에는 증원이 너무 느렸으니까.

마치 어딘가에서 발목을 붙잡힌 것처럼.

'설마…… 그랬던 거였나.'

순간 허탈함에 힘이 빠지고 말았다.

나는 한숨을 내쉬며 부러진 검을 내던졌다.

"……뭐 하는 짓이지?"

"혼자 생쇼를 했다는 걸 알게 되니 조금 허무해져서 말입니다."

"무슨 헛소리를 하는 건지는 모르겠지만 얌전히 죽어 준다면 나야 고맙지."

"아뇨, 지금 건 저쪽 얘기입니다. 이쪽은 이쪽대로 마무리가 됐습니다. 예, 당신 말이 맞아요. 살레온 공작가의 경비병들은 한 발자국 늦고 말았죠. 하지만……."

서걱! 돌연 떨어져 나가는 놈의 오른팔.

"크아아악──!!"

"제 메이드는 남들보다 몇 발자국은 빠르거든요."

딱 달라붙는 회갈색의 옷을 입고 그림자처럼 나타난 유미르는 귀기 어린 형상으로 놈을 노려보았다.

그 살기와 투기는 차원이 다른 것이었다.

나와 놈의 사투가 어린애 장난처럼 느껴질 정도로.

"도련님, 괜찮으십니까."

"괜찮아. 상처는 없어."

유미르는 며칠 전부터 그란셀에 머무르고 있었다. 내 집사 수업이 끝난 후에도 아카데미에 통학하기 쉽게 저렴한 숙소를 알아보기 위함이었다.

오늘은 혹시 몰라 산지 아래에 대기해 달라 부탁을 해 두었었다. 이것이 내가 걸어 둔 최소한의 보험이었다.

"늦어서 죄송합니다. 이런 일이 발생할 줄 알았다면 저도 함께 산을 올라오는 것이었는데⋯⋯."

"아니야. 오늘 일은 내가 잘못한 거니까."

"도련님의 잘못이라니요?"

"됐어. 일단 정리하자."

내 히든카드인 유미르가 나타난 이상 놈에게 더 이상의 승산은 없다.

게임상 유미르의 공식 무력 수치는 93으로 서포트 계열 캐릭터 중 세 손가락 안에 들었다.

지금 눈앞의 녀석의 무력은 잘 쳐줘 봐야 72 정도. 둘 사이에는 채울 수 없는 간극이 존재했다.

"뭐, 뭐냐 네놈은⋯⋯!"

놈은 대번에 전의를 상실했다. 이미 중상을 입은 상태에서 유미르의 손아귀를 벗어날 수 없다는 걸 깨달은 것이다.

목숨이 경각에 달하자 추하게 발버둥 치기 시작했다.

"사, 살려 줘! 나는 그저⋯⋯! 누가, 누가 빨리 이쪽으로 와 봐! 어서!"

그 바람이 닿았는지 부스럭하는 소리와 함께 한 남자가 나타났다.

곰 사냥을 시작하기 전에 내게 말을 걸었던 마키아스라는 남자였다.

험악한 표정으로 나타난 그는 이쪽을 바라보더니 오만상을 찌푸렸다.

"쳇, 두 명이 더 있었나!"

그는 그렇게 말하며 대뜸 공격해 들어왔다.

이에 유미르는 팔을 잃고 발버둥 치는 남자의 머리에 단도를 투척해 후환을 없앤 뒤 응전했다.

둘은 오러가 실린 공격을 치열하게 주고받으며 대결을 벌였으나 곧 마키아스가 일방적으로 밀리기 시작했다.

마키아스의 실력은 내가 상대한 놈보다는 좋았으나 그래도 유미르의 상대는 아니었다.

"마, 말도 안 돼…… . 어떻게 일개 도적단에 이 정도의 실력자가……!"

경악하는 마키아스. 역시 내 생각이 맞았다.

"그만해 유미르. 저쪽은 아군이야."

척! 유미르는 이유도 묻지 않고 곧바로 공격을 멈추고 물러나 내 옆을 지키고 섰다.

마키아스는 영문을 몰라 하는 표정을 짓더니 곧 진상을 깨달았는지 고개를 푹 숙였다.

"뭐야 너. 도적이 아니었구나."

"오해할 만했죠. 이해합니다."

마키아스의 입장에선 도적의 등장과 동시에 내가 갑자기 에리나를 들쳐 업고 도망치듯 뛰어 버리니 한패라고 생각할 수밖에 없었을 테다.

"그런 당신은 공작가에서 보험으로 붙여 둔 위장 호위라는 거겠네요."

"조금 다르긴 하지만……. 뭐, 비슷한 거지. 조금 사정이 있어서 말이야."

결국엔 나 혼자 쇼를 한 셈이었다. 거기선 가만히 버티는 게 정답이었으니까.

"미안합니다. 경거망동을 해 혼선을 주고 말았네요."

"아니, 숨기고 있던 이쪽의 잘못이지."

얼마 지나지 않아 공작가의 경비병들이 들이닥쳤다.

그중에는 살레온의 당주 부인인 아리아나 살레온이 있었다.

"에리나!"

후다닥 달려와 에리나를 끌어안은 살레온 부인은 곧 마키아스를 향해 말했다.

"딸을 구해 주셔서 정말 감사합니다, 엘드릭 왕자님. 이 은혜를 어떻게 보답해야 할지……."

"아닙니다, 살레온 부인. 전 아무것도 한 것이 없습니다. 다 이 어린 친구가 해냈죠."

마키아스라는 이름이 위장 신분이라 해도 일개 호위에게

하는 것치고는 살레온 부인의 태도가 너무 깍듯했다.

'잠깐, 엘드릭 왕자라고?'

엘드릭 슈바르쳐. 남부의 대국 뷜랑 연합 왕국의 3왕자로. 방랑 왕자라는 이명을 가지고 있는 남자였다.

게임상의 스토리에선 주인공의 가장 큰 조력자로 나오며, 스토리에서 플레이어블 캐릭터로 문무를 겸비한 인물로 나타난다.

가챠 캐릭터로 나오지는 않지만 나올 경우 최고 등급인 UR은 확정적인 인물이다.

'그런 녀석이 어째서 이곳에 있는 거야?'

생각지도 못한 거물의 등장이었던 것이다.

상황은 빠르게 정리가 되었다.

주모자를 찾기 위한 심문이 진행되었고, 자초지종을 설명하기 위해 나는 엘드릭 왕자와 함께 알티오르 공작에게 불려 갔다.

마키아스라는 신분을 벗어던진 엘드릭 왕자는 특유의 푸른색 머리칼을 빛내며 씨익 웃었다.

"그렇게 된 겁니다, 공작. 그러니 에리나 양을 구해 준 사례는 내가 아니라 이 어린 영웅에게 해 주면 됩니다."

"그렇습니까. 일라인 남작가의 자제가……. 흠!"

옆에는 에리나가 앉아 있었는데 뭐가 불편한지 꼼지락거리며 어쩔 줄을 몰라 했다.

그 이유는 금방 밝혀졌다.

"그보다도 공작, 이번 에리나 양과의 혼담 말입니다만."

움찔하는 에리나. 곧 나를 보더니 자기도 모르는 일이었다고 해명하는 듯한 눈빛을 보냈다.

"역시 그 혼담은 없었던 걸로 하는 게 좋을 것 같습니다."

"그러십니까. 안타깝군요. 뷜랑과 캘리퍼의 우호를 도모할 수 있는 좋은 기회라 생각했습니다만."

"저도 그렇게 생각은 했지만 어린아이들의 연애사에 끼어드는 건 눈치 없는 행동 같아서 말입니다."

"허허! 잘도 빠져나갈 말을 준비해 놓으셨습니다 그래."

"아주 빈말은 아닙니다. 전 이런 유의 이야기를 좋아하기도 합니다. 공작가의 딸과 남작가 아들의 순애보라니. 멋지지 않습니까?"

이 말을 들은 에리나의 얼굴이 새빨개졌다.

엘드릭은 나를 보더니 말했다.

"지금이란다. 지금이라면 살레온 공작도 거절하지 못할 거다. 내 얼굴을 봐서라도 무슨 부탁이라도 들어줄 거야. 설령 청혼이라 하더라도 말이지."

"그렇습니까?"

알티오르 공작은 난감하다며 머리를 긁적이고 있었고, 살레온 부인은 안절부절못하고 있었다. 에리나도 꼼지락거림이 심해졌다.

만약 이 자리에 실질적인 당주이자 에리나의 아버지인 길버트 살레온이 있었다면 펄쩍 뛰었겠지.

"그렇다면 부디 부탁드리고 싶은 게 있습니다."

"그래, 저질러 버리렴."

나는 부추기는 엘드릭을 살짝 흘겨본 뒤 말했다.

"사례로 500만 실란을 주십시오."

순간 방이 쥐 죽은 듯이 조용해졌다.

"……."

"……너무 많으면 300만 실란도 괜찮습니다만?"

체스 내기에서 날아가 버린 돈을 만회할 좋은 기회였다.

음, 역시 보상은 현금으로 받는 게 최고지.

결과적으로 말하자면, 살레온 공작가에선 선뜻 300만 실란을 내주기로 했다.

그쪽의 입장에서도 이게 마음이 편했을 것이다. 아무리 생명의 은인이라 해도 쥐뿔도 없는 남작가의 사남에게 장녀를 시집보내고 싶지는 않았으니까.

"휴우! 생각지도 못한 수확이 있었네."

300만 실란이 공작가에게 있어 별거 아닌 금액이긴 했어도 우리처럼 가난한 남작가에겐 큰돈이었다.

"홋, 아직 어린데도 수완이 좋구나."

"……?"

엘드릭 왕자였다.

"잠깐 이야기를 좀 할 수 있을까, 꼬마야? 그러니까…….
남작가의 사남이라고 했었지?"

"일라인이라고 불러 주십시오."

"그래. 일라인."

엘드릭은 인적이 드문 장소로 자리를 옮겨 용건을 말해 왔
다.

나도 그에 대해선 흥미가 있었다.

그는 알스가 배신자로 낙인찍혔을 때에 누군가의 함정일
수도 있다며 섣부른 내분을 일으켜선 안 된다고 목소리를 높
였던 인물이었다.

알스에 대한 전반적인 태도는 호의적이었고, 더구나 주인
공에게 있어 후원자이자 멘토나 다름없는 인물인 만큼 그가
배신자일 가능성은 거의 없었다.

그런 그가 내게 무슨 얘기를 하려는 걸까 흥미가 있었으나
그 내용은 정말이지 시답잖은 것이었다.

"너는 재능이 있어 보이는군. 저 그란셀의 재녀라 불리는
에리나 살레온보다도 말이지."

"재능……입니까?"

"그래, 높은 위치에서 기량을 뽐낼 수 있는 능력 말이야. 어때, 내 아래에서 일해 볼 생각 없니? 널 소홀히 대하지 않겠다고 약속하마."

느닷없는 스카우트 제의. 나는 어이가 없어 피식 웃었다. 그것도 모르고 엘드릭은 말을 이어 갔다.

그는 거절을 당한다는 걸 상상조차 하지 않는 모양이었다.

당연한 일이었다. 작위를 잇지 못하는 남작가 사남의 출셋길은 바늘구멍이나 다름없다.

왕자의 측근으로 발탁된다는 건 꿈같은 일이었다.

지금 집사 수업을 받고 있는 귀족가 자제들에게 같은 제안을 했다면 열이면 열 수락을 했겠지.

"하지만 한 가지 조건이 있다."

어차피 거절할 생각이긴 했지만 조건이라고 하니 들어 보고 싶었다.

"무엇이죠?"

"너의 그 냉혹한 행동 방침은 고쳐 줘야겠어."

그가 지적한 것은 내가 에리나를 구출할 때 나머지 사람들을 가차 없이 버린 일이었다.

"난 대를 위해 소가 희생되어야 한다는 미친 짓을 혐오해. 나와 함께 일하려면 다시는 그런 짓을 해선 안 된다."

"……."

"너의 그 행동은 마치 체스를 보는 것 같았어. 최종적으로 승리하기 위해서라면 어떤 말이 어떤 방식으로 죽어 가든 상관하지 않는 거지."

그제야 나는 모든 일이 이해가 갔다.

왜 내가 에리나를 들쳐 업고 도망갔음에도 엘드릭이 바로 쫓아오지 않았는가에 관한 것이었다.

"그렇군요. 그때 당신은 다른 예비 집사들을 돕고 있었던 거군요."

"그래. 이런 말을 하기는 뭐하지만 공작가의 여식 하나를 살리자고 나머지가 모두 죽을 수는 없는 거야."

"픕! 푸하하!"

"……그건 비웃음인가?"

나는 터져 나오는 웃음을 참을 수 없었다.

"당연히 비웃음이죠. 당신, 정말 엄청나군요. 상상도 못 했어요. 그 방랑 왕자가 이런 얼빠진 사람이었다니."

"……!"

그러자 엘드릭의 뒤를 지키고 서 있던 거한이 앞으로 나섰다.

"하찮은 자가 감히 왕자님에게! 그 입을 찢어발기겠다!"

일렁이는 살기.

엘드릭이 말한다.

"물러나라, 크란스."

"하지만 왕자님……!"

"나는 신경 쓰지 않는다. 게다가 이곳은 빌랑이 아니야. 이곳에서 나는 그저 평범한 청년일 뿐이지. 조금 모욕당한 걸로 살기를 흘리지 마라."

"윽……. 죄송합니다."

크란스라 불린 남자는 나를 흘겨보고는 살기를 거두었다.

'크란스라고 하는 이름은 들어 보지 못했는데. 다음 스토리 업데이트에서 등장하는 인물인 건가?'

자세히 알 수는 없어도 기세로 보아 상당한 강자임에는 분명했다.

"내 부하가 무례를 저질렀군. 사과하지."

"아뇨, 무례를 범한 건 저도 마찬가지니까요."

"그보다 내가 머저리라는 건가……. 이유를 들어 봐도 될까?"

"말 그대로입니다. 당신은 멍청해요. 스스로의 모순도 깨닫고 있지 못하고 있으니까 말입니다."

"모순? 어떤 부분이 말이지?"

"당신이 말했죠. 대를 위해 소를 희생하는 건 용납지 못한다고."

"그래. 내 흔들림 없는 철학이지."

"그렇습니까? 그런데 이번에는 아니었는데요? 아마 이전에 당신이 한 선택들도 그런 게 아니었을 테죠."

"뭐라고?"

"그도 그럴 게 왕자님은 에리나를 희생시킨다는 선택을 하지 않았습니까?"

"……!"

"당신은 다른 사람들을 구하는 게 정의. 다시 말해 대의라고 생각했어요. 그 대의를 위해 작은 하나. 공작가의 딸을 버렸죠. 당신이 그토록 혐오하는 대를 위한 소의 희생을 행한 거예요. 틀립니까?"

엘드릭은 말문이 막혔는지 침묵했다.

"세상만사 모든 것을 취할 수는 없습니다. 하나를 취하면 다른 하나를 버려야 하죠. 당신은 대를 취하지 않고 소를 지켰다고 생각했겠지만, 그건 관점에 따라 얼마든지 바뀔 수 있는 겁니다."

"그……건."

"물론 옳고 그름은 본인이 정하는 거죠. 당신이 그 철학을 바탕으로 어떤 선택을 하는가는 자유예요. 다만 그 선택을 남에게 강요하는 건 정말이지 바보 같은 짓입니다. 이제 이해했습니까, 왜 당신을 멍청하다 했는가를?"

"……."

인정하기 싫다는 표정이 역력했지만 논파를 당했다는 건 자각하고 있는지 다른 말은 하지 못했다.

"이걸로 왕자님의 제의에 대한 대답도 함께 됐을 거라고 생각합니다만. 물러가 봐도 되겠습니까?"

"······그래. 시간을 뺏어서 미안하군."

"예, 그럼 이만."

떠나가는 내 등 뒤로 엘드릭의 뚫어질 듯한 시선이 느껴졌다.

마치 지금에야말로 나라는 존재를 제대로 각인했다는 듯이.

이번 유괴 미수 사건은 왕국을 크게 뒤흔들었다.

이번 일을 사주한 것이 왕국의 양대 산맥 중 하나인 헬리안 공작가 측이었다는 게 심문에서 밝혀진 것이다.

헬리안 공작이 직접 사주한 것이 아니라 그 계파에 속한 귀족이 단독으로 벌인 소행이긴 했지만, 그 속사정이야 어찌 됐든 이건 대사건이었다.

이 사건으로 귀족계는 살레온 공작 계파와 헬리안 공작 계파로 완전히 이분되어 서로 잡아먹을 듯 으르렁거리기에 이르렀다.

그 과정에서 우리처럼 중립을 유지하고 있던 귀족들에게도 눈치껏 줄을 서라는 강압이 왔다.

─살레온인가 헬리안인가. 선택하라!

아버지는 고심 끝에 헬리안 공작가를 선택하게 되었다.

헬리안 공작가가 군부에 막대한 영향력을 행사하고 있었기 때문이다.

사관생인 나는 물론이고 삼남인 퍼지, 장녀 율리아까지 군부에 몸을 담고 있었기에 우리의 출셋길이 막히지 않게끔 헬리안 공작가에 줄을 선 것이다.

그 탓에 나는 더 이상 집사 수업을 받고 있을 수가 없게 되었다. 심지어는 그란셀의 중등 아카데미에도 다닐 수가 없었다.

나와 비슷한 처지에 있는 애들은 쫓겨나듯 떠나야 했을 정도.

다만 내 경우에는 에리나를 지켰다는 공로가 있었기에 비교적 정중하게 배웅을 받았다.

나는 보수와도 같은 300만 실란을 받은 즉시 집으로 돌아가기로 결정했다.

올 때는 비루한 일두마차를 타고 왔지만 갈 때는 이두마차 정도는 끌고 갈 수 있을 듯했다.

그렇게 유미르에게 마차 수배를 부탁하고 기다리고 있을 때였다.

"잠깐 기다려요."

시종장 조안과 함께 나타난 에리나는 사용인을 시켜 대뜸 자루 하나를 내게 넘겨주었다.

"이건 뭡니까?"

"창이에요. 당신의 것은 그때 저를 지키려다 부러졌잖아요? 이건 우리 영지의 장인에게 부탁해서 만든 거니까 그때 당신이 가지고 있던 것에 비해 품질이 떨어지지는 않을 거예요."

나는 자루를 풀어 창을 꺼내 보았다.

검은색으로 잘 빠진 철창이었다. 무게는 조금 무거운 듯했지만 골격이 자리 잡으며 근력도 계속 성장하고 있으니 딱 알맞다.

"고마워요. 잘 쓸게요."

에리나는 잠시 뜸을 들이더니 말했다.

"……당신. 다시 한번 생각해 보지 않겠어요?"

"이제 와서 집사가 되라고요? 우리 가문은 이미 헬리안 쪽에 붙었는걸요. 다음에 만날 땐 으르렁거려야 할지도 몰라요."

"당신 같은 말단 귀족과는 관련 없는 권력 싸움이에요."

"뭐, 그렇긴 하죠. 그래도 거절할게요. 제 목표는 집사 같은 것보다 훨씬 더 크거든요."

"크다면 어느 정도로 큰 거죠?"

돌연 눈을 빛내며 캐물어 오는 에리나.

"왜요?"

"됐으니까 말해 줘요."

"글쎄요."

음, 주인공의 옆에서 어느 정도 성공을 한다고 하면.

"군부의 장군 정도일까요."

"장군……. 그 정도라면 아버님도…….”

에리나는 그렇게 중얼거리며 안도의 한숨을 내쉬더니 고개를 들어 웃어 보였다.

"꼭 이루도록 해요. 그 목표."

"예, 고맙습니다."

창을 갈무리하여 마차에 실은 나는 문득 시가지에서 사 두었던 물건을 떠올렸다.

어머니에게 선물하기 위해 사 놓은 부채였다.

그때는 돈이 얼마 없었기에 부채를 사 놓았지만 이제는 돈이 생겼으니 돌아가다가 더 좋은 선물을 준비하기로 하고, 이 부채는 창에 대한 보답으로 에리나에게 주기로 했다.

"이걸…… 저에게?"

"필요 없으면 버려도 돼요. 그럼 잘 지내요. 엇챠! 가자, 유미르."

마차에 올라탄 나는 유미르에게 출발 신호를 보냈다.

에리나는 부채를 품에 꼭 안은 채 묘한 표정을 짓고 있었다.

3장

그 집사 수업이 끝난 후 영지로 돌아온 나는 헬리안 공작령에 위치한 줄리아 아카데미로 소속을 옮겨야 했다.

뜬금없이 전학을 해야 했지만 나와 비슷한 처지의 애들이 많아 별다른 탈은 없었다.

나는 차근차근 일곱 가신에 대한 정보를 수집해 가며 중등 아카데미 1학년을 끝마쳤다.

그렇게 15세가 되어 성인이 된 내게도 의무가 생겼다.

영지를 운영하는 아버지의 일을 돕는 것이었다.

마음 같아선 내내 일리야 스승과 무예 훈련을 하고 싶었지만 스승이 얼마 전 용병 의뢰를 맡고 자리를 비운 탓에 시무룩한 채로 영지 일을 처리하고 있었다.

"도련님, 벌목소에서 인력 충원을 원한다고 합니다. 이건 현재 인력과 급여 현황입니다."

"먼저 정리를 해 놨구나. 음, 얼마 있으면 겨울이니까 벌목꾼이 더 필요하긴 하지. 우선 무작정 더 뽑는 것보단 제재소나 목공소에서 벌목꾼을 차출해 보자. 그쪽엔 벌목꾼 경험이 있는 사람들이 많으니까."

"예, 그렇게 전하겠습니다. 이걸로 오늘 업무는 끝입니다. 수고하셨어요, 도련님."

"휴우! 고마워, 유미르. 네가 없었으면 난 쓰러졌을지도 몰라."

일도 도와주지, 대련 상대도 해 주지, 제때 간식도 가져와 주지.

게임에서나 보던 만능 메이드 캐릭터가 실제로 곁에 있으니 이렇게 든든할 수가 없었다.

그렇게 대충 일을 마무리 짓고 있자니 아버지가 내 집무실에 노크를 했다.

"잘하고 있는 것 같구나."

"아버지. 어서 오세요. 무슨 용무라도 있으세요?"

"아니, 일은 없다. 그저 격려를 하고 싶어서 말이다."

"예?"

"영지민들 사이에서 칭찬이 자자하더군. 일 처리가 공정하고 매끄럽다고 말이다."

"그냥 원칙대로 일을 하는 것뿐인데요 뭘."

"그게 어려우니까 그런 거지. 그보다 곧 네 성인식이 다가오는구나. 원하는 선물이라도 있니?"

"새삼스럽게 그런 걸요. 그냥 책이라도 하나 선물해 주세요."

"그렇게 말할 줄 알았다. 미리 말하면 김이 샐지도 모르겠지만 파티에 입고 갈 수 있는 연미복을 준비하기로 했단다. 너도 이제는 사교계에 데뷔할 나이가 됐으니까."

"입고 갈 파티장이 있긴 할까요?"

귀족들의 생활이라고 하면 화려한 파티를 상상하고는 하지만 현실은 가혹했다.

내세울 게 없는 가문은 도무지 파티에 초대되지를 않기 때문이다.

장남인 맥스 형도 파티에 초대되는 건 1년에 한 번 정도.

그것도 규모가 있는 파티는 아니었다.

"그건 모르는 일이지. 어쨌든 사관실습이 끝나면 멋들어지게 성인식을 하자꾸나."

"예, 기대하고 있겠습니다."

곧 있을 성인식. 형식적일 뿐이지만 귀족에게 있어선 대단히 의미가 있는 행사라고 한다.

가족 외에도 스승이나 유미르와 같은 지인들에게도 축하 선물을 받을 예정이었으니 나로서도 기대가 되었다.

하지만 그 전에 아카데미의 사관실습이 먼저였다.

아카데미의 사관생은 성인이 되면 갖가지 체험을 하게 된다.

전쟁은 이론만으로 하는 것이 아니기 때문이다.

하여 성인이 된 후에는 정기적으로 현장에 파견을 가게 되는데, 그 현장은 대부분 최전선이었다.

우리 줄리아의 아카데미 사관생들은 이웃 국가 알바드 왕국과 대치전을 벌이고 있는 서부 전선으로의 파견이 결정된 상태였다.

실제 전장이기에 위험부담이 있긴 했지만 20세 이하 사관생들의 경우 포로가 되어도 조건 없이 석방을 해야만 하는 대륙 조약이 있다.

하여 보통은 이 조약에 의거하여 사관생들의 목숨에 최소한의 보험이 걸린다.

물론 전투 중에 죽을 수도 있고, 포로로 잡았다는 사실을 숨긴 채 죽일 수도 있으니 완전한 보호막은 아니지만.

그렇기에 사관생들은 실제 전투가 벌어지면 뒤로 빠져 있는 경우가 대다수였다.

"그렇다 해도 정신 바짝 차리렴."

어머니는 떠나려는 내게 몇 번이나 주의를 주더니 그것만으로도 부족한지 꼭 끌어안고 놔주지를 않았다.

아버지는 고개를 절레절레 흔든다.

"그만 됐소. 알스도 더 이상 어린애가 아니니 마음 편히 보내 주시오."

"하지만 당신……."

"괜찮다니까."

아버지의 위로에 겨우 나를 놓은 어머니는 부적이라도 건네주는 것처럼 투구를 하나 건네주었다.

"내 오라비가 사용하던 물건이란다. 아주 능력 있는 장교였지. 분명 너를 지켜 줄 거란다."

"하하, 어머니. 전 장교로 가는 게 아니에요. 개인 투구를 사용할 일은 없을 거예요."

"그러니……?"

"그래도 챙겨 갈게요. 혹시 모르니."

회갈색의 투구는 매일매일 손질을 했는지 윤기가 흐르고 있었다.

나는 그 투구를 짐 속에 넣고 가족들의 배웅을 받으며 사관실습이 이루어지는 폴딕으로 향했다.

알바드 왕국과의 대치전이 벌어지고 있는 서부 전선 폴딕.

"제군들. 폴딕 전선에 온 걸 환영한다."

그렇게 말한 것은 군의 부사령관인 아이언하트 군장이었다.

"부디 이곳에서 배워 가는 것이 많기를 바란다. 일단 각자 부대 배정은 해 놓았으니 확인하고 부대원들과 인사를 나누도록. 그리고 내일은 군영 회의가 있을 거다. 너희 중 일부도 그 군영 회의에 참가할 거야. 원칙대로라면 너희에게도 발언권은 있다만…… 조용히 하고 있는 게 좋을 거라고 생각한다. 이상."

우리 줄리아 아카데미의 사관생 74명은 각각 부대 배치표를 전달받았다.

나는 다목적 보병부대인 제5보병대에 배치가 되었다. 자대 배치를 받았던 옛일이 떠올라 기분이 묘하다.

어쨌든, 배치를 받은 나는 다른 사관생들과 함께 움직이려고 했으나 몇몇 특혜를 받는 녀석들이 있었나 보다.

아이언하트는 가지고 온 쪽지를 잠시 바라보더니 말했다.

"케스퍼 밀리아스, 조슈아 헤럴드. 너희 둘은 남아라. 장군님께서 만나고 싶어 하신다."

밀리아스 후작가의 신동과 헤럴드 백작가의 차남. 유력 귀족 가문의 두 명은 특별 대우를 받는 모양이었다.

나야 당연히 떨거지였다.

과거 체스 대결 이후에 눈에 띄는 행동은 최대한 자제하고 있었기도 하고, 살레온 공작가의 유괴 미수 사건에서도 내 실력은 드러나지 않았다.

그 당시 오러를 사용하긴 했지만 그걸 직접 본 건 에리나 한 명밖에 없었다.

살레온 공작가도 그 유괴 미수 사건에 대한 세부 내용을 공개하지 않았기에 나에 대한 건 알려져 있지 않았다.

"젠장, 유력 귀족가 녀석들은 다르다는 건가."

그렇게 중얼거리는 사관생 동기. 자작가의 배닝스가 내게 말해 왔다.

"알스, 넌 몇 번 부대야?"

"제5보병대. 다목적 부대라는데?"

"으악, 꽝을 뽑았네. 말이 다목적 부대지 용병들이 주축이 된 부대잖아. 용병들은 귀족 사관생을 아니꼽게 봐서 명령에 잘 따르지 않는다고 그러더라고."

"그래? 그러는 넌 어디 배치됐는데?"

"난 제2궁병대야. 비교적 쉬운 부대지. 나 같은 사관생은 물품 정비만 신경 쓰면 되니까."

나는 배닝스와 함께 군영을 돌아다니며 체계를 확인하고 있었다.

'과연, 이게 진짜 전쟁터인가.'

영상이나 사진으로만 봤지 실제로 보니 감회가 남달랐다.

그렇게 부대의 표식들을 확인하며 걷자 제5보병대에 도착할 수 있었다.

나는 각을 잡고 5보병대의 부대장에게 인사를 하려 했지만.

"……어?"

그런 반응밖에 할 수가 없었다.

"어서 와라, 알스. 기다리고 있었다."

5보병대의 대장인 일리야 스승이 나를 맞이해 주었기 때문이다.

"스승!? 어째서 이곳에……!"

놀랄 만한 일은 아닐지도 모른다. 그녀는 용병으로 전쟁터에 나갔었으니까.

현재 캘리퍼 왕국에서 대치전이 벌어지고 있는 곳은 이 서부와 북서부 전선뿐. 스승이 이곳에 있어도 이상하지 않다.

"훗, 설마 네가 이곳으로 실습을 오게 될 줄이야."

"무서운 우연이네요. 하물며 스승의 부대의 배치되다니요."

"아니, 네가 이 부대에 배치된 것만큼은 우연이 아니다."

"예?"

그 이유는 곧 알 수 있었다.

"우리 막둥이 왔구나!"

나를 등 뒤에서 덥석 껴안는 여성.

가문의 넷째이자 장녀인 율리아 일라인. 행정 장교인 그녀가 나를 이 부대로 추천한 것이다.

"누님……. 퍼지 형이 이곳에 있는 건 알았지만 누님까지 있는 줄은 몰랐네요."

"후훗, 아버지한테 말하지 말라고 내가 그랬거든. 깜짝 놀라게 해 주려고 말이야."

"나 참."

누나 율리아는 언제나 쾌활한 점이 장점이었지만 단점이기도 한 사람이었다.

그녀는 주위 시선은 아랑곳 않고 나를 잡고는 놓지를 않았다. 이런 부분은 어머니를 무척 닮았다.

"우리 막둥이. 6개월 만에 만나는 건가? 더 멋있어졌네!"

"누님, 다른 사람 앞에서는 막둥이라고 하지 말아 줘요."

"왜 그래. 이제 성인이 됐다고 그러는 거야? 안타깝지만 막둥이는 영원히 막둥이란다! 억울하면 아버지와 어머니에게 힘을 내 달라고 해!"

"무슨 소리입니까 그게……."

볼을 비벼 오는 그녀를 겨우겨우 떼어 낸 후에는 자초지종을 설명받았다.

"뭐 별거 있니? 사관후보생들이 현장실습을 온다기에 준비를 해 놓은 거지. 내가 하는 일이 뭐겠어?"

"부대의 행정 장교…… 그렇게 된 거군요."

스승과 나의 관계를 알고 있던 누나는 나를 이 다목적 부대에 배치시켰다.

더구나 이곳에는 누나만 있는 것이 아니었다.

"자제해라, 율리아. 알스가 곤란해하잖냐."

그렇게 말하며 다가온 것은 가문의 삼남 퍼지 일라인이었다.

율리아와 쌍둥이인 그는 500명의 부대를 이끄는 부대 장교의 위치에 있었다.

"퍼지 형도 있었군요."

"그래, 어서 와라 알스. 제5보병대에 온 걸 환영한다. 꽤 독특하고 거친 부대이지만 그만큼 배워 가는 것도 많을 거야."

"예, 많이 배우고 가겠습니다."

지인들과 가볍게 회포를 푼 뒤에는 퍼지 형에게 부대의 현황에 대해 브리핑을 받았다.

다목적 부대인 제5보병대는 500여 명의 용병과 500여 명의 정규군으로 구성된 1천가량의 부대였다.

명목상의 부대장은 스승으로서, 군으로 치자면 보병대장의 지위에 있었다.

쿡쿡!

율리아 누나가 내 옆구리를 찌르며 속삭였다.

"일리야 씨는 정말 대단하셔. 여성의 몸으로 2년 만에 S급 용병의 위치까지 올라선 건 최초였거든. 국가에서는 핵심 장교로 정식 임관을 제안하고 있다나 봐. 그런데도 네 개인 교사를 계속해서 해 주고 있으니…… 으이구, 우리 막둥이는 정말 복 받았구나!"

"하하……."

나로서도 그 부분에 대해서는 고마운 마음뿐이었다.

듣기로 어떤 후작가에서 지금 우리 가문에서 받고 있는 임금의 20배를 제안했다고 하는데도 말이다.

'나중에 보답을 해야겠지.'

스승과는 오래도록 같이할 생각이었기에 지금 받은 은의는 전부 갚을 생각이었다.

그렇게 부대의 현황을 보고받은 뒤에는 전황에 대한 보고를 이어받았다.

대치하고 있는 알바드 왕국군의 숫자는 자그마치 1만.

그것도 상당한 정예로 알려진 제3군단이었다.

"그걸 상대하는 우리 군의 숫자도 1만. 하지만 수비하는 입장인 우리의 지형이 훨씬 좋아. 그래서 알바드 녀석들도 접근하지 못하고 있어. 이러나저러나 두 달째 대치를 하는 중이다."

퍼지 형은 지겨운 상황이라며 머리를 긁적였다.

지형도를 살펴보던 나는 한 가지 의문을 제기했다.

"알바드의 제3군단이라면 4장군 유시스 골드레이가 지휘하는 군대 아닌가요? 그의 장기는 수비라고 알고 있는데요."

"잘 알고 있구나. 공부를 하고 왔니?"

"아, 예. 그런 셈이죠."

"네 말이 맞다. 적 진영에는 그 유시스가 있어. 그래서 우리 군도 용병을 대거 고용하거나 하여 신속하게 대처를 했던 거지. 뭐, 그런 것치고는 별달리 움직임이 없어서 상부에서는 알바드 왕국의 의도가 다른 곳에 있다고 생각 중이야."

"그 의도가 뭐죠?"

"아직은 몰라. 우리도 파악하려고 노력 중인 상황이야."

유시스 골드레이.

아테나 워 테일즈에선 R등급의 책사 캐릭터로서, 강화 비용이 적어 가성비가 좋은 캐릭터였다.

물론 초반에나 가성비가 좋지, 후반에는 여러모로 애매해서 아무도 쓰지 않았었다.

핸디 플레이를 즐기던 나 같은 사람이나 사용하던 캐릭터다.

'그 유시스의 주요 전략은 철벽같은 방어……'

절대로 무너지지 않는 수비력에 있다.

'그렇게 생각하면 분명히 이상하긴 해.'

알바드 왕국은 침공을 하기 위해 군사를 끌어모았다. 그런데도 수비에 특화된 군대를 파병하다니.

노골적으로 다른 의도가 있다고 생각할 수밖에 없었다.

군에 합류한 우리 사관생들은 날마다 부대를 전전하며 현장을 실습했다.

　행정 부대가 하는 역할과 중요성. 척후 부대의 운용 방법, 병기의 관리 방법 등등. 현장에서 배울 수 있는 것들을 교육받았다.

　그 일정마다 몇 가지 테스트가 있었는데, 여기서 노골적인 띄워 주기가 자행되고 있었다.

　"……하여 많은 숫자의 말을 이동시킬 때에는 가장 먼저 목초지를 수배해 둬야 하지. 자칫 실수를 저지르면 병사들이 먹어야 하는 식량을 말에게 줘야 하는 경우가 생겨 버리니까."

　보급 부대 장교인 요슈아는 우리 사관생을 둘러보더니 내 옆의 배닝스를 지목했다.

　"그럼 그쪽의 너. 말을 이동시키기 가장 까다로운 지형이 어디라고 생각하지?"

　"음……. 목초지를 말씀하셨으니 목초지가 자라지 않는 황야일까요?"

　"단편적으로 생각해선 안 된다. 그런 지형을 이동할 때에는 당연히 말에게 먹일 식량을 준비해서 가겠지. 게다가 황야는 말들이 달리기 좋은 지형이기 때문에 여차할 때에는 빠져나오기도 쉽거든. 다음 너. 대답해 봐라."

요슈아는 평민 사관생들은 보이지도 않는 것처럼 귀족 사관생들에게만 질문을 던졌다. 그렇게 분위기가 고조된다 싶으니 케스퍼 밀리아스를 가리켰다.

케스퍼 녀석은 기다렸다는 듯이 답한다.

"늪지대입니다!"

"정답이다. 늪지대는 사막이나 산지 이상으로 말이 이동하기가 어려운 곳이지. 말들이 늪에 빠져 허우적거리기가 일쑤고 먹을 수 있는 식물은 많지만 그렇다고 마음대로 먹게 뒀다간 탈이 나거든. 위생이 쉽게 나빠져 말 사이에 전염병이 도는 경우도 있고. 곳곳에 말을 공격하는 맹수들이나 벌레들도 많아. 그렇기에 늪지대에서 말을 이동시킬 때에는 심혈을 기울여야 한다. 아주 잘 대답했어. 역시 밀리아스의 신동이라 불릴 만하군."

그러더니 채점표에 무언가를 적기 시작했다. 케스퍼 녀석을 띄워 주기 위한 뻔한 쇼였다.

뭐, 이 쉬운 걸 틀려먹은 다른 애들도 어지간하지만.

모든 실습이 이런 형식이었다. 케스퍼 녀석 이외에는 전부 들러리. 나 또한 마찬가지였지만 오늘은 다른 모양이었다.

"그리고…… 네가 율리아의 동생이구나. 이거, 율리아가 자랑할 만한걸. 자그마한 충고지만 제3행정부대 쪽으로는 얼씬도 하지 않는 게 좋을 거야. 그쪽엔 남자에 고픈 녀석들이 몰려 있거든. 잡아먹힐지도 모른다."

"아하하⋯⋯."

"그래. 그럼 네가 원정 보급 시의 주의 사항을 말해 보겠어?"

그래도 퍼지 형과 율리아 누나의 인맥 덕분에 나도 괜찮은 채점을 받을 수 있었다.

그렇게 뻔하디뻔한 실습의 끝이 다가왔을 때였다.

돌연 어수선해지기 시작하는 군영.

몇몇 장교들은 험악한 표정으로 이곳저곳을 뛰어다니기 시작했고, 병사들도 그 낌새를 챘는지 표정이 굳어 있었다.

"⋯⋯설마."

이곳을 떠나기 위해 군장을 정리하고 있던 나는 부랴부랴 일리야 스승이 있는 곳으로 향했다.

스승도 이변을 감지했는지 본부 막사가 있는 곳을 바라보고 있었다.

곧 그 방향에서 병사가 달려와 스승의 앞에 부복했다.

"보고드립니다! 알바드의 제1군단, 제2군단이 북서 전선을 기습적으로 침공 중! 빠르게 동진하고 있습니다!"

"그런가. 1군단과 2군단이 움직였는가⋯⋯."

스승조차 마른침을 삼킬 정도로 알바드의 1, 2군단은 최정예 군단이었다.

그들이 북서 전선을 기습 침공했다는 건 예삿일이 아니었
다.

"장군께선 내일로 예정되어 있던 군영 회의를 지금으로부
터 1시간 뒤에 개최한다고 합니다! 5보병대의 장교들은 모두
참석해 주시길 바랍니다!"

"알겠다."

스승은 담담하게 받아들였지만 다른 장교들은 아니었다.

"이, 이게 무슨 일이야. 1, 2군단이 침공을 했다니……! 전
면전을 펼친다는 뜻이잖아!"

"진짜로 전쟁이 일어나는 거야!?"

알바드와는 계속해서 적대 관계를 유지했지만 근 20년간
전면 전쟁의 양상은 벌어지지 않았었다.

소규모 국지전은 있었어도 대대적인 침공은 없었다.

하여 이번 서부 전선에서의 충돌 또한 대치만 하다 끝이
날 거라 생각했지 정말 전면 전쟁이 벌어질 거라 생각한 장
교들은 많지 않았다.

내 머릿속도 복잡해졌다.

'설마 이것이 대륙 전체를 전쟁의 업화로 몰고 가는 도화
선은 아니겠지?'

게임 속에서도 어떠한 이유로 전쟁의 불길이 퍼졌는가는
나와 있지 않아 나도 알 수가 없었다.

갑작스러운 전면 전쟁.

나로서는 운명 같은 것을 느낄 수밖에 없었다.

본부 막사에 모인 100여 명의 장교들.

그 중심에는 부사령관 아이언하트 군장과 총대장이자 캘리퍼의 제3장군, 모르간 롯시가 있었다.

"정말로 쳐들어오다니 건방진 알바드 놈들……!"

모르간은 시종일관 투덜거리며 전황도를 노려보고 있었다.

퇴역까지 2년이 남아 있던 그에게 이 전쟁은 불쾌한 것이었던 모양이다.

그는 뒤룩뒤룩 붙어 있는 볼살을 흔들거리며 전황을 종합하고 있었다.

"장군님, 어찌해야 할까요?"

"어찌긴 뭘 어째!"

아이언하트 부사령관이 묻자 모르간은 버럭 소리를 질렀다.

"지키고 있어야지 않나!"

북서 전선은 이곳에서 60km 정도 떨어져 있는 곳에 위치해 있었다.

보내기로 마음먹는다면 곧장 지원군을 파견할 수도 있었

다. 강행군을 펼친다면 하루 안에는 도착할 수 있다.

"지원군을 보내야 하지 않겠습니까? 알바드의 1, 2군단이 동시에 기습을 가해 왔다면 제아무리 듀난 장군이라도 버텨 내지 못할 겁니다."

"군부에서도 녀석들의 양동작전에 대해서는 염두에 두고 있었을 거야. 게다가 지원 요청은 아직 없었지 않나!"

"그야 기습을 당했으니까요! 그럴 겨를이 없었겠지요!"

"뭐가 됐든 지원 요청은 없었다! 총군영에서 지원 지시가 오지 않는 한 나는 움직이지 않을 거다!"

언쟁을 벌이는 둘.

장교들은 꿀 먹은 벙어리처럼 입을 다문 채 그 모습을 지켜보고 있었다.

"총군영의 지시를 기다릴 여유는 없습니다! 지금 당장 지원을 보내야 합니다!"

"안 돼! 애초에 우리 지원이 의미가 있겠나! 북서부 전선은 평야를 두고 대치를 하고 있어 부대의 규모가 훨씬 크다! 우리가 3천가량의 병력을 지원한다고 해도 전황에 큰 변화를 줄 수는 없어!"

"그건 해 봐야 아는 일이지요! 적의 후방이나 측면을 파고 들어갈 수 있다면 충분히 전황에 영향을 줄 수 있을 겁니다!"

"3천의 병력으로 몇만에 달하는 병력에 무작정 들이받으라고? 그렇게 위험한 작전을 총군영의 지시 없이 할 수는 없다!"

지원을 보내길 극구 거부하는 모르간.

그의 주장도 일리가 있었다.

"무엇보다 같은 1만과 대치 중인 우리 군에서 지원군을 보낼 수는 없는 노릇이야! 우리가 지원을 보내는 즉시 눈앞의 상대가 공격해 들어올 게 뻔하지 않나!"

"지형은 우리가 우세합니다! 능히 7천의 군사로 상대 1만 병력의 발을 묶어 놓을 수 있지요! 그러니 3천의 병력을 당장 북서 전선으로 급파해야 합니다!"

"끄응……!"

보아하니 모르간은 상대 장군인 유시스와의 전술 대결을 두려워하고 있는 것 같았다.

적어도 병력이 열세인 상황에서 싸우고 싶지는 않은 것이다.

'모르간의 선택은 전술적으로 옳아.'

모든 전술의 기본이 되는 것.

상대보다 많은 병사를 준비하고. 더 높은 지형. 더 견고한 위치를 사수하는 것이다.

모르간은 이 세 가지 요소 중에 첫 번째 요소만큼은 반드시 지키고 싶어 했다.

병법적인 개념이 없는 장군은 아니라는 것이다.

하지만 전쟁이란 하나의 전투만 봐서는 안 된다. 전투에선 승리할지 몰라도 전쟁에선 패배해 버리니까.

"안 돼! 이 부분은 결론이 났다. 본부의 요청이 없는 한 북서 전선에 대한 지원은 없다. 이제부터는 차후 전략에 대해 논의하도록 하겠다!"

"허……!"

탄식하는 아이언하트.

모르간은 고집스러운 표정으로 지원군 파견을 거부하고 다음 논의 사항으로 넘어갔다.

지원군은 그렇다 치고, 이제부터 어떻게 하는가.

그때 일리야 스승이 손을 들며 말했다.

"공격을 가는 것은 어떻지?"

공격이라는 말에 웅성이는 막사.

"북서 전선을 일시에 침공한 상대 또한 이쪽으로 지원군을 보낼 여력은 없다. 우리가 같은 1만으로 눈앞의 상대를 쳐부순다면 역으로 상대가 궁지에 몰리게 될 터."

아이언하트가 스승의 말을 받았다.

"유시스 골드레이와 전면전을 펼치자는 뜻인가?"

"그래."

"분명 일리는 있지만……."

아이언하트조차 쉽사리 받아들이기 힘들 정도로 호전적인 선택이었다.

"같은 숫자의 대결이야……. 부하들이 대체 얼마나 죽어

갈지 예측조차 안 되는군."

"흥, 죽음을 두려워해서 대체 무슨 전쟁을 하겠다는 거지?"

"무, 물론 그 말은 맞다. 하지만 상대도 그걸 알고 그 유시스 골드레이를 이곳에 세운 것 아니겠나? 철저하게 준비를 하고 있는 상대에게 부딪치는 것도 무척 어리석은 일이지. 안 그런가, 일리야 용병대장?"

이번에는 모르간 장군도 아이언하트와 같은 생각인지 끄덕끄덕! 바쁘게 동조를 했다.

부하의 목숨을 걱정하는 아이언하트와는 달리 이쪽은 자신의 안위를 걱정하는 것이었지만.

모르간은 곧 꽥꽥 소리를 질렀다.

"각하다! 각하! 애초에 용병 주제에 함부로 떠들지 말아라!"

"흠. 알겠다."

스승은 그럴 줄 알았다며 팔짱을 끼고는 알아서 하라는 듯 입을 다물었다.

그러자 옆에 있던 율리아 누나가 '저 돼지 자식, 또 일리야 씨를 무시하네.'라며 자그마한 목소리로 투덜거렸다.

그러던 그녀가 내게 시선을 주고는 고개를 갸웃했다.

"막둥아? 왜 그러니?"

"……"

나는 전황도에서 시선을 떼지 못했다.

스승의 부대에 있었던 간이 전황도와는 달리 부대의 움직임이 정교하게 표현되어 있는 본부 막사의 전황도.

3일 전에 있었던 유시스 부대의 게릴라 움직임과 그에 맞선 우리 부대의 대응. 북서 전선을 기습한 상대의 의도까지.

전황도를 해석하고 있던 나는 상대의 진짜 작전을 파악해 낼 수 있었다.

'이건…….'

이 움직임대로라면 상대의 목적은 따로 있다.

나는 손을 들어 발언하려 했으나 턱! 퍼지 형이 내 손을 잡아챘다.

"가만있어라, 알스. 지금 무언가를 말해 봤자 체면만 구길 뿐이야. 말할 기회를 주지도 않을 테고. 정 말하고 싶은 게 있다면 회의가 끝난 후 아이언하트 부사령관님에게 말하도록 해. 그분은 그래도 말이 통하는 분이니까."

"……알겠습니다."

퍼지 형의 말이 옳았다.

나는 이 상황에서도 밀리아스 후작가 신동의 의견은 어떠냐느니 헤럴드 백작가의 자제는 어떻게 생각하냐느니, 헛소리를 늘어놓고 있는 군영 회의가 어서 끝나기만을 기다렸다.

내 생각을 들은 아이언하트 부사령관은 쓰게 웃으며 말했다.

"하하, 걱정을 하게 만들었나 보구나. 아카데미 사관생이 그 정도로 심각하게 생각했다니. 하지만 걱정 말아라. 적 부대가 그렇게 움직였다면 보고가 들어오지 않았을 리 없으니까."

"아뇨, 그 척후 라인은 사흘 전에 상대가 취했던 유격 작전에서 망가졌을 가능성이 큽니다."

"미안하다. 네 말을 일일이 듣고 있을 정도로 여유가 있지 않구나. 곧 핵심 장교들을 모은 2차 군영 회의가 있거든. 이 쪽이 진짜 군영 회의인 거지. 아무튼, 네 걱정은 잘 알겠다. 밤도 늦었으니 이만 가서 쉬어라."

"……예. 알겠습니다."

나는 그 이상 말하지 않기로 했다. 내가 틀렸을 가능성도 분명 있었고. 무엇보다 말이 통하지 않는다는 걸 알았으니까.

부대로 돌아온 나는 얌전히 개인 정비를 시작했다. 아카데미 사관생들은 혹시나 전투가 있을 수도 있으니 내일 오후에 군을 이탈하기로 되어 있었다.

그러던 중. 스승이 내 막사에 들어와 말했다.

"그쪽은 뭐라 그랬지?"

"걱정하지 말라고 하고는 전혀 듣지를 않네요. 저도 그러려니 하기로 했어요."

"……음. 그렇다면 나에게라도 자세히 들려다오."

"예?"

"알스, 나는 너를 신뢰한다. 지난 3년간 너만큼 영특한 사람은 보지 못했어. 네 또래의 어린애들은 물론이고 어른들도 마찬가지야. 너는 내게 있어 특별하다."

"스승……."

"나는 네 의견을 무시하지 않아. 오히려 적극적으로 따를 생각도 있다."

"따른다고요……?"

"우리 용병 부대는 어느 정도의 자율성이 보장되어 있거든. 네가 미리 말을 해 준다면 최소한의 준비는 해 놓을 수가 있어."

스승은 그럼에도 내가 망설이자 미소 지으며 말한다.

"나도 나를 따르는 용병들의 목숨을 떠안고 있다. 그들의 목숨이 헛되이 사라지지 않도록 최선을 다해야 하는 입장이지. 나는 그 최선이 네 생각을 듣는 거라고 판단했다. 그러니 부디 네 생각을 말해 다오."

"그렇다면야……."

나는 최근 보여 준 적 부대의 움직임의 의미와 최종적인 목적을 스승에게 전달했다.

스승은 별다른 토를 달지 않고 고개를 끄덕이더니 곧장 부대의 재편을 시작했다.

사실상 내 휘하에 스승의 부대가 들어오게 된 셈이었다.

스승의 도움을 받으며 용병 부대의 지휘권을 간접적으로나마 잡게 된 나는 가슴을 옥죄는 긴장감을 느꼈다.

이건 평소에 하던 무예 대련과는 차원이 다른 것이었다.

사람의 목숨이 걸려 있다. 그것도 하나가 아니라 도합 2만이 넘는 목숨이.

그렇기에 사소한 것 하나도 놓칠 수가 없었다. 스승의 막사에서 전도를 바라보며 계속해서 상황을 시뮬레이션하고 있었다.

그러던 차. 호출을 받은 퍼지 형이 기척을 내고는 막사로 들어왔다.

"일리야 씨, 저를 부르셨다고요."

"음, 어서 와라 퍼지 부대장. 알스, 네가 설명을 해 다오."

"알스……? 네가 왜 이 시간에 일리야 씨의 막사에 있는 거니?"

나는 미간을 찌푸리는 퍼지 형에게 이번 작전에 대한 것을 설명하였다.

처음에는 표정을 찌푸렸던 퍼지 형은 곧 고개를 끄덕였다.

"그런 거라면 나도 협력하겠다. 하지만 알스, 이것만큼은 명심해라. 나는 네 말을 무조건적으로 믿었기 때문에 협력한 것이 아니다. 어디까지나 그럴 가능성이 있기에 동참한 것뿐이야. 네 말대로 대비를 한다고 해서 부대에 피해가 가는 것도 아니니까."

퍼지 형은 내가 우쭐해할 것을 걱정한 모양이다.

"예, 알고 있습니다. 그것만으로 좋습니다."

"그래, 지금부터 내 보병 부대는 다음 장군님의 명령이 있기까지 일리야 안페이 용병 대장의 지휘하에 들어가겠다. 그리고…… 나와 친분이 있는 부대 장교들이 두 명 정도 더 있다. 그들도 설득을 하는 게 좋겠어. 정말 그런 식으로 일이 벌어진다면 큰일이 아닐 수 없으니까."

그러면서 퍼지 형은 신속하게 두 명의 부대장을 스승의 막사로 불러들였다.

한 명은 나도 안면이 있는 요슈아 보급 장교였고, 또 하나는 펠릭스라는 이름의 보병 대장이었다.

요슈아는 보급&궁병대를 지휘하고 있었고, 펠릭스는 중갑 보병대를 지휘하는 부대장이었다.

둘은 퍼지 형의 사관 동기라고 한다.

"이런 시간에 갑자기 무슨 할 얘기가 있다는 거야, 퍼지. 나는 2차 군영 회의 때문에 피곤하다고."

"미안해. 간과할 수 없는 일이 벌어질지도 모른다고 생각해서 말이야."

"간과할 수 없는 일?"

"설명은 이쪽……. 내 동생이 할 거다."

퍼지 형은 일을 벌인 이상 모든 책임을 져야 한다고 말하는 것처럼, 내게 일임했다.

나는 전황도를 가리키며 설명을 하였다.

두 사람이 보인 반응은 제각각이었다.

"가능성이야 있지 않겠어?"

요슈아는 믿지 않는 눈치였지만 가능성만큼은 인정했고.

"젠장, 또 애새끼의 헛소리였냐."

펠릭스는 짜증 난다며 혀를 찼다.

"왜 헛소리라는 겁니까, 펠릭스 부대장님?"

"흥, 뭐. 요슈아의 말마따나 가능성이야 있겠지. 그래서? 모든 군사들을 이 오밤중에 깨워 놓자고? 꼬맹이의 비관적인 망상 때문에?"

비웃음을 보내는 펠릭스.

나는 결심을 하기로 했다.

"아뇨, 망상이 아닙니다. 상대는 분명 그렇게 할 거예요. 그렇지 않고선 이 전술적 움직임은 설명할 수 없습니다."

내가 책임을 지기로 한 만큼 이제는 내가 틀렸을 수도 있다며 물러나지는 않기로 했다.

"오호, 자신감은 좋다만……. 이쪽은 말이야. 아까부터 밀리아스의 신동이니 헤럴드 백작가의 장남이니 뭐니 하는 코흘리개들한테 신나게 휘둘렸거든."

평민 출신 펠릭스에게 귀족 꼬맹이의 현장을 모르는 훈수는 듣기 불편했던 모양이다.

"네 말이 틀렸다면 어떻게 대가를 치를 생각이냐 꼬맹아?"

겁박을 하는 거라면 상대를 잘못 골랐다. 나는 그 눈을 정면으로 받으며 대답했다.

"틀리지 않습니다. 그러니 얌전히 이쪽의 지휘 아래로 들어오세요."

"……"

펠릭스는 잠시 숨을 죽이더니.

"하하하! 재밌는 꼬맹이로군. 퍼지, 네가 말한 일라인 가문에서 나온 천재라는 게 이 녀석이냐?"

무슨 소리일까. 평소 무뚝뚝하기 그지없는 퍼지 형이 내게 그런 평가를 내리고 있었다고?

퍼지 형은 멋쩍은지 내 눈을 피하며 말했다.

"거기까지만 해라, 펠릭스. 나중에 거하게 한잔 살 테니 얌전하게 일리야 씨의 지휘 아래로 들어와."

"흥, 좋아. 이 꼬맹이는 둘째 쳐도 일리야 안페이는 믿을 만하니까. 부대를 준비시켜 놓지."

"그러는 김에 아이언하트 부사령관님을 설득해 줄 수는 없을까?"

"아서라. 꼬맹이의 불확실한 작전을 따르는 것도 못마땅한데 심지어 그걸 아이언하트 부사령에게 말해 설득하라고? 차라리 혀 깨물고 죽으라고 말해."

"어쩔 수 없군."

이걸로 준비된 총병력은 2천. 부대의 1/5가량이 되었다.

이걸 사관생인 내가 지휘할 수도 없는 노릇이었기에 그란셀에서 사용했던 용병 웨이드의 신분을 다시 한번 사용하기로 했다.

명목상의 위치는 일리야 안페이 용병 대대의 책사였다.

부대의 하급 장교들이 모두 모인 자리에 투구를 쓰고 나선 나는 작전의 개요를 설명하며 하나를 분명히 했다.

"상대가 그리 움직이기로 결정했다면 결전의 시간은 정해져 있습니다. 내일의 새벽…… 아니, 이제 자정이 지났으니 오늘 새벽이 되겠군요."

아침. 동이 트는 것과 동시에 공격을 해 올 것이 분명했다.

동이 트는 새벽.

땅! 땅! 땅! 땅!

요란한 종소리와 함께 부대에 비상이 떨어졌다.

"적습! 적습! 빨리 진형을 잡아라!"

"무, 무슨 일이 일어난 거냐!"

막사에서 밤을 지새워 회의를 하고 있던 모르간은 허겁지겁 막사를 뛰쳐나와 주위를 바라보았다.

뒤이어 뛰쳐나온 아이언하트도 마찬가지로 주위를 둘러보다 군영의 후방을 보고는 그대로 굳어 버렸다.

"그럴……수가."

이곳에 주둔하고 있는 캘리퍼군은 분명 요지를 점하고 있었다. 다름 아닌 산지를 끼고 진영을 구축하여 고지를 장악하고 있었으니까.

더 많은 병력은 준비하지 못했어도, 더 높은 지형, 더 견고한 지형을 장악하고 있던 것이다.

그렇기에 마주 보고 있는 알바드군도 공격을 할 엄두를 내지 못했다.

언덕을 올라가면서 공격을 해야 했기에 전술적인 조건이 너무 좋지 않았다.

하지만 이 진형은 고지이긴 해도 최대 고지인 건 아니었다.

엄밀히 말하면 진영의 후방에 위치한 산악 지형이 더 지대가 높았다.

그래도 크게 신경을 쓸 필요는 없었던 것이 적군이 우회할 만한 경로에는 척후 라인이 쫙 깔려 있어 먼저 잡아낼 수 있었다. 그 경우 상대의 옆구리를 찌르면 일망타진을 할 수가 있었다.

그렇기에 신경을 쓰고 있지 않았던 것이다.

그랬던 지형이.

"이, 이 무슨 말도 안 되는……."

어버버 입술을 떠는 모르간.

그 산악 지대에 2천에 달하는 병사들이 진을 치고 자신을 내려 보고 있었기 때문이다.

"장군님! 정면에 있던 유시스 골드레이의 부대도 곧 사정거리에 들어옵니다! 준비된 협공입니다!"

앞뒤로 협공을 당하게 된 캘리퍼의 군대는 혼란스러워하기 시작했다.

아이언하트 부사령관이 서둘러 군을 정비하려 했지만 적의 공격이 더 빨랐다.

피피핑! 후방의 고지대에서 화살의 비가 쏟아지기 시작한 것이다.

그 유격 부대를 지휘하고 있던 남자는 허둥지둥하는 캘리퍼의 군대를 보며 조소했다.

"쉽군. 너무 쉬워서 하품이 나올 정도야."

그는 알바드 왕국의 제2군단장이자 핵심 장군 중 하나인 길리아스 멜번이라는 자였다.

"알티오르 살레온이 퇴역한 뒤 캘리퍼는 이빨 빠진 호랑이가 됐다는 선생님의 말이 맞았어."

북서 전선을 기습적으로 총공격한 그 행동.

그건 기만일 뿐이었다.

그 행동을 취해 상대의 주의를 돌리고 유격군을 편성하여 남하시킨다.

지금 이 부대는 북서 전선을 기습한 제2군단에서 극비리에 떨어져 나온 유격군이었다.

유시스의 군대가 캘리퍼의 척후 라인을 교란한 것을 이용해 은밀히 남하하여 뒤를 잡은 것이다.

"선생님의 계책이 읽기 어려웠다고는 해도 장군된 자, 언제든 성동격서의 계책을 경계하고 있어야 하거늘. 흥, 어쩌겠나 졸장은 얌전히 죽어야지. ……윌리엄!"

"옛!"

"저쪽에 보이는 저것이 대장기다. 집중사격하여 무너뜨려라."

"그리하겠습니다!"

처처처처척!

일제히 모르간이 있는 곳을 조준하는 궁병들.

모르간은 화살로 까맣게 물든 하늘을 마주해야 했다.

그것이 그가 본 생애 마지막 광경이었다.

비상이 떨어진 캘리퍼 군영.

나는 서둘러 혼란을 추스르고 있었다.

"당황하지 말아요! 침착하게 방패를 들고 화살을 막아 내는 겁니다! 방패가 없는 병사들은 지형지물에 엄폐하세요! 적들의 화살은 절대 무한하지 않습니다! 조금만 견뎌 내면 화살은 그칠 거예요!"

상대는 은밀히 강행군을 펼쳐 남하해 온 군대다. 그러니 무거운 보급 물자까지 같이 가져오지는 못했을 거다.

'결국 병사 한 명당 많아 봤자 화살 한 통의 분량밖에 쏘지 못해.'

그것을 적절히 나눠서 쐈다면 꽤 오랜 시간 화살을 쏘았을 지도 모르지만 지금 상대는 대장 막사가 있는 곳으로 집중사격을 펼치고 있었다.

나는 화살이 떨어지는 시점을 조율하며 장교들에게 지시를 내렸다.

"요슈아, 당신은 부대의 연락망을 빠르게 복구해 줘요! 펠릭스, 당신은 혼란해하고 있는 선진을 가다듬어 주세요! 곧 유시스 골드레이의 부대가 공격해 들어올 겁니다. 절대로 선진이 간단히 무너져선 안 돼요!"

"아, 알겠다!"

"쳇, 이젠 반말이냐고. 인마들아! 화살을 주의하며 선진으로 간다!"

그들은 더 이상 토를 달지 않았다. 내가 예측한 그대로 일이 벌어지고 있었으니까.

"퍼지 형은 부상병들과 행정병 등의 비전투 병력을 수습해 줘요."

"알았어."

후다닥 떠나는 퍼지 형.

그리고 이때.

'화살의 잔량이 떨어지기 시작했다!'

화살의 양이 눈에 띄게 줄어들어 있었다.

집중사격으로 인해 대장 막사 부근은 초토화가 되었지만 그만큼 화살의 소모도 격렬했다.

'상대가 틈을 보였어.'

만약 내가 상대의 지휘 장군이었다면 화살을 통한 공격 시간을 더 늘렸을 것이다. 그래야만 산을 올라오고 있는 유시스의 주력 군대가 시간을 더 얻었을 테니까.

지금은 장군을 비롯한 장교들을 일망타진하기 위해 화살을 너무 빨리 소모했다.

이건 내가 파고 들어갈 틈을 제공한 것이었다.

"스승, 저를 따라와 주세요. 적의 허를 찌르겠습니다."

"그래. 일리야 용병대, 출진한다!"

나는 스승의 부대와 함께 자리를 박차고 신속하게 목적지로 이동하기 시작했다.

그 도중에 스승이 물었다.

"알스, 궁금한 것이 있다."

"뭔가요?"

"어떻게 상대가 동이 트는 시점에 공격을 할 거라 확신한 거지?"

"그거 말인가요. 그야 상대에게는 선택지가 없었으니까요."

상대는 북서 전선을 기습했던 군대에서 유격군을 편성하여 남하시켰다.

이건 시간이 지날수록 들킬 가능성이 높아지는 군대다.

"그러니 밤을 이용해 어둠을 타고 강행군을 펼쳤을 거예요. 그런 반면 도착하자마자 공격하기에는 아직 날이 어두웠다는 문제가 생기죠."

"문제?"

"야전을 펼치게 될 경우에는 상대에게도 골치 아픈 상황이 펼쳐지거든요."

바로 공격 타이밍을 맞추기 힘들다는 점이다.

공격 타이밍을 맞추기 위해선 필히 신호를 보내야 하는데 오밤중에 보낼 수 있는 효과적인 신호 수단은 불을 이용한 것밖에 없다.

그리고 이건 당연하게도 들킬 가능성이 무진장 높고, 설령 한다고 해도 타이밍이 정확하게 맞지 않을 수가 있다.

그만큼 야전은 변수가 많다.

"반면 동이 트는 시점이라는 부분은 맞히기가 쉽죠. 유시스 골드레이의 군대가 먼저 움직일 수가 있으니까요."

"그렇군……! 날이 밝으면 후방의 지형에서도 유시스군의 움직임이 보이니까."

"예, 그러니 가만히 숨어 있다가 먼저 움직인 유시스군의 움직임에 맞춰 공격을 진행한 거죠. 그러면 협공의 타이밍을 정확하게 맞출 수 있어요. 후방의 군대는 화살을 이용해 언제든지 공격을 할 수 있는 입장이었으니까요. 더군다나 날이 밝은 뒤에 공격을 하면 지금처럼 대장 막사를 정밀하게 조준하여 벌집으로 만들어 버릴 수도 있고요."

하나의 움직임에 숨겨져 있는 수많은 의도.

그것을 정확하게 읽어 내야만 동등한 위치에 올라서서 판을 짜는 것이 가능해진다.

"하지만 상대는 거기서 사소한 실수를 하고 말았어요."

"사소한 실수?"

"화살을 너무 빨리 써 버린 거죠. 그리고 그로 인해…… 상대는 이런 식으로 의도치 않은 일격을 얻어맞게 되는 겁니다."

전장의 좌측을 우회하여 돌아간 나와 스승의 용병 부대는 선진을 두들기기 위해 언덕을 올라오고 있는 유시스군의 측면을 점하고 있었다.

"이대로 돌파해서 상대의 허리를 끊겠습니다. 이렇게만 하면 상대는 크게 기세를 잃을 거예요."

"좋아, 뒤로 빠져 있어라, 알스."

"아뇨, 스승에게 모든 짐을 맡길 수는 없어요."

지금 이 전장에는 전투 능력이 없는 율리아 누나도 있다.

당장은 안전한 곳으로 이동하긴 했지만 패전을 한다면 그것도 소용이 없다. 최소한 패전만큼은 면하게 만들어야만 했다.

휘릭! 나는 창을 돌리며 마음을 다잡았다.

"그럼 갑니다!"

"일리야 용병대! 돌격한다!"

우오오오!! 돌격해 들어가는 정예 용병 부대.

"뭐, 뭐야!?"

"적습! 측면에서 온다! 크억!"

캘리퍼 군영 전체가 화살 공격으로 인해 발이 묶여 있을 거라 생각하고 있던 정면의 군대에게 우리의 존재는 악몽과도 같았다.

"하아아앗!"

콱콱콱콱!!

번개 같은 4연격에 목을 꿰뚫려 절명하는 적 병사들.

이전 도적들을 죽일 때와는 달리 죄책감이 느껴졌지만 그럴 때가 아님은 알고 있었다.

'죽이지 않으면 내가 죽는다!'

마음을 독하게 먹고 계속해서 돌파를 감행했다.

꽈직! 그것은 선진을 두들기려던 유시스 군대의 측면이 얻어맞는 소리이자, 길리아스 멜번에게는 자신이 구상하던 로직에 금이 가는 소리였다.

"……대체 뭐냐 저 부대는?"

길리아스는 저세상의 것을 보는 듯한 눈빛으로 그 광경을 노려보았다.

언덕을 올라오고 있는 유시스 부대의 측면을 찌르고 들어가는 부대.

숫자는 고작 500 정도에 불과했지만 그 효과는 대단했다.

정면의 군대가 언덕을 타고 올라오던 것이었던 만큼, 상대가 옆을 비집고 들어오자 병력이 경사로로 인해 빠른 속도로 무너지면서 진형에 큰 혼란이 오고 있었던 것이다.

기습을 당한 캘리퍼군에 이런 기밀함이 있을 거라 생각지 못했던 길리아스는 뒤통수를 얻어맞는 기분이었다.

"설마 선생님의 계략을 눈치채고 역으로 이용할 준비를 하고 있었던 건가?"

일부러 기습을 허용한 뒤 반대로 허를 찌른다.

그렇다면 아귀가 맞아떨어졌다.

"아니, 그럴 리는 없어."

진심으로 혼란해하고 있는 상대의 군을 보면 명백하다.

조금 전의 화살 공격으로 고위 장교들이 모조리 죽은 탓에 지휘 체계가 혼란해진 탓이다.

아무리 그래도 고위 장교들을 모조리 희생시키면서까지 그런 작전을 사용할 리가 없다.

"그렇다면 저건 몇몇 부대의 독자적인 움직임이라는 건가……. 젠장, 화살을 빠르게 소모한 것이 실착이 되었나."

설마 그 사소한 실수를 파고들어 오는 인물이 있을 줄이야.

길리아스는 자신의 실패를 빠르게 인정하고 그다음 대책을 세우기 시작했다.

"이 상황은 위험하군. 무척이나."

결국 알바드의 주력 군대도 언덕을 타고 올라오고 있는 유시스 골드레이의 1만 군대다.

그 주력군이 올라오지 못한다면 이곳을 장악할 수 없다.

"상대가 진형을 고쳐 세우기 전에 처리해야겠어."

이제부터는 속도전이었다.

길리아스는 2천의 병사들을 모두 이끌고 산을 내려와 캘리퍼 진영의 후방을 급습하기 시작했다.

"하아앗!"

콰콰콰콱!

목을 관통당해 허수아비처럼 쓰러지는 알바드의 병사들.

상대의 피로 인해 피칠갑을 하고 있던 나는 구역질이 나오려는 것을 애써 참으며 주변을 둘러보았다.

'좋아, 허리를 완벽하게 끊었어!'

언덕을 타고 오고 있던 상대는 이런 식으로 허리를 끊기면 재차 진군을 하는 데에 오랜 시간이 걸린다.

그사이 선진의 방어 태세를 고쳐 세우면 전황은 급격히 우리가 유리해진다.

병력은 상대가 더 많지만 여전히 지형적인 이점은 우리에게 있으니까.

"스승! 상대 선진이 등을 돌리려 하고 있어요! 이제는 물러나야 해요! 이대로 있다간 고립될 수도 있어요!"

마치 무희처럼 검과 창으로 춤을 추듯 상대를 도륙하고 있던 스승은 내 신호를 받고 고개를 끄덕였다.

"내가 길을 열겠다!"

스승은 등에 메고 있던 자루에 검을 집어넣고 양손으로 창을 꼬나 쥐었다.

나는 합을 맞추며 반대편까지 길을 뚫어 전장을 벗어났다.

"허억! 허억!"

"이젠 지쳤어요, 일리야 대장!"

정면의 전장을 이탈하자 뒤를 따르던 용병들은 일제히 탈진하여 주저앉았다.

나는 그들을 향해 말했다.

"조금만 더 힘내 줘요. 곧 후방에 있던 군대가 우리 본진을 공격해 들어올 거예요. 그걸 받아쳐야만 전황을 끝낼 수 있습니다."

"……."

용병들은 묘한 눈빛으로 나를 바라보았다.

그중 하나가 참지 못하겠는지 묻는다.

"그런데 형씨는 누구쇼? 처음 보는 것 같은데. 아까부터 일리야 대장을 스승이라고 부르는 걸 보면 아는 사이인 거 같긴 한데."

"저는……."

나는 지금 어머니가 챙겨 주었던 회갈색의 투구를 끼고 있었다.

매의 형상을 본따서 만든 날렵한 형태의 투구는 얼굴을 완벽하게 가리고 있었다.

좋다고 정체를 만천하에 밝히고 다닐 생각은 없으니까. 여기서 이름을 날렸다간 내가 알고 있는 스토리가 전부 날아가 버릴 수도 있었다.

배신자가 나를 일찌감치 주목하여 경계할지도 모른다.

그러니 아무리 못해도 주인공과 만나기 전까지는 이름을 날리고 싶지 않았다.

그렇기에 체스터류 창검술마저 봉인하고 창 한 자루만을 쓰고 있던 것이다.

"당신들과 같은 용병입니다. 웨이드라고 불러 주세요. 일리야 씨에게는 과거에 창술을 가르침받은 적이 있습니다."

"웨이드? 우리 용병단에 그런 녀석이 있었나."

"최근에 들어온 신인이거든요. 그보다 이 정도면 충분히 쉬었어요. 바로 이동하겠습니다."

"얼마 쉬지도 않았다고! 젠장, 험하게 굴리기는."

투덜대면서도 착실히 뒤를 따라오는 용병들.

일반 병사에 비하면 이런 면에서 확실히 터프했다.

전투에 잔뼈가 굵은 그들은 어지간한 강행군에도 사기가 떨어지지 않는다는 장점이 있었다.

전장을 다시 우회하여 본진으로 돌아온 나는 예상대로 후방을 두들기고 있는 상대 부대를 확인할 수가 있었다.

"지, 진형을 갖춰라! 당황하지 말고……크헉!"

가장 앞에서 병사들을 쓸어버리고 있는 적의 장수. 나는 그가 누구인가를 단번에 알아챌 수 있었다.

'적갈색 갑옷과 황금색 투구…… 강격의 호른인가!'

그는 알바드 왕국의 장군 중 하나로 제2군단장 길리아스 멜번의 오른팔이었다.

'그렇다면 이곳을 지휘하는 건 길리아스 멜번인가.'

강격의 호른은 SR 캐릭터. 길리아스 멜번은 SSR 캐릭터였다.

둘 다 등급에 비해 애매하게 성능이 별로인 캐릭터들인지라 내가 애용하는 캐릭터들이기도 했다.

그런 캐릭터들과 맞대결을 펼쳐야 한다는 사실에 기분이 묘했지만 지금은 그런 감상에 빠져 있을 틈은 없었다.

"지금부터 이곳은 우리 일리야 용병 부대가 지휘하겠습니다! 장교들을 당장 지휘하에 들어오도록 하십시오!"

내 외침에 부근의 군 장교들은 떨떠름한 표정을 지었지만 우리가 정면의 군대를 파고들며 전장의 국면을 뒤집은 건 그들도 눈으로 봐 알고 있었기에 얌전히 지시에 따라 주었다.

고위급 장교들이 적의 화살 공격에 모조리 죽어 버린 것도 지금은 도움이 되었다.

그들이 괜히 지휘권에 대한 고집을 부리는 일이 없어졌으니까.

"앤디 스마이슨이다. 현재 임시로 제2보병대를 이끌고 있다. 지금은 일리야 안페이의 지휘하에 들어가도록 하겠다."

"좋습니다. 일리야 대장을 대신하여 부대를 지휘하고 있는 웨이드라고 합니다. 이제부터는 제 지시대로 움직여 주세요."

나는 스마이슨의 부대를 각각 300, 400, 300의 세 부대로 떼어 내 좌측, 중앙, 우측에 배치하여 간격을 두고 제자리를 사수해 진군해 들어오는 상대를 강하게 받아치게끔 만들었다.

이건 일종의 포석. 전술적인 쐐기를 만든 것이었다.

물밀듯이 들어오는 상대는 자리를 사수하고 있는 이 세 부대와 부딪히게 된다.

이때 진군해 들어오는 상대는 이런 식으로 쐐기의 간격 사이로 병력을 흘리게 된다.

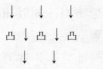

그렇게 흘러온 병력을 뒤에 위치한 우리 용병 부대가 쓸어 담는 것이 이 전술의 요지였다.

'병사들의 숫자가 의미 없이 줄어들면 곤란해지는 건 그쪽일 텐데. 자, 이제 어떻게 나올 거지, 길리아스 멜번?'

상대가 정말 그 길리아스 멜번이라면 무언가 대책을 내세울 것이 분명했다.

갑자기 나타난 세 개의 전술적 쐐기.

길리아스의 표정은 더없이 싸늘해졌다.

기세 좋게 돌격해 들어갔다고는 해도 결국엔 2천의 병력으로 9천에 가까운 병력에게 공격을 가한 것이다.

이는 기세를 잃은 유시스의 정면 군대가 재정비를 하고 다시 공격해 들어올 틈을 벌기 위해서였다.

처음에는 잘되었다.

혼란해하는 상대를 부장 호른이 거칠게 공격하며 상대를 박살 냈다.

그것이 돌연 나타난 부대에 의해 수습이 되었다.

전술적 쐐기를 설치한 것은 아픈 곳을 찌르는 수였다.

그걸 무시하고 그대로 돌파를 하자니 병력이 간격 사이로 흘러나가며 진형이 무너졌고, 협공하여 부수고 지나가자니 발이 묶이는 결과가 된다.

'누구냐. 대체 누가 저곳에 있는 거냐.'

정확하고 기밀한 전술의 정수.

책사 재목이 없기로 유명한 캘리퍼 왕국군에 이런 전술적인 반격을 당하리라고는 생각지 못했었다.

"어쩔 수 없군. 호른! 우측 날개에 위치한 쐐기를 빠르게 박살 내 버려라! 그 후에 군의 힘을 응집해 뒤에 있는 부대를 치겠다!"

압도적인 무력으로 상대를 짓누른다.

"우오오오옷!"

거대한 도끼를 휘두르며 치고 들어간 호른.

그 일격에 병사 서넛이 단번에 양단을 당했다.

"히이이익!"

"사, 살려 줘!"

"이걸 대체 어떻게 막으라는 거야!?"

패닉에 빠진 병사들.

호른은 씨익 웃으며 수급을 취하려 했지만 그때.

"핫!"

"크윽……!?"

호른은 자신의 목을 노리는 창 촉을 피해 다급히 뒤로 뛰어야 했다.

"네놈은 뭐냐!"

"……."

말없이 자신을 노려보고 있는 여성.

왼손에는 검. 오른손에는 창.

그 모습에 호승심이 끓어오른 호른이 씨익 웃었다.

"오호라. 첩보에 있던 그대로로군. 네놈이 일리야 안페이로구나!"

"그러는 너는 강격의 호른이로군."

눈빛을 주고받는 둘. 일리야가 고한다.

"경애하는 제자의 첫 출진이다. 기념으로 그 목을 받아 가도록 하겠다."

"크핫! 할 수 있다면 해 봐라!"

캉! 격돌하는 둘의 무력은 호각이었다.

힘에서는 호른이 미세하게 우위를 점하고 있었지만 기교에서 일리야가 그를 압도했다.

그렇게 전술적 쐐기를 부숴 줘야 하는 호른의 발이 묶여 버리자 길리아스는 더욱 초조해질 수밖에 없었다.

"호른의 발이 묶였나……. 그렇담 어쩔 수 없군……."

그는 결국 비장의 수를 꺼내 들고야 만다.

상대는 역시 호른을 주력으로 하여 전술을 타파하기 위해 나왔다.

'걸려들었군.'

상대의 실수는 이쪽이 가진 패를 알지 못함에도 성급하게 호른을 내보냈다는 것이었다.

'잡았어……!'

나는 곧바로 신호를 보냈다.

그러자 우측과 중앙의 쐐기가 간격을 좁혀 하나의 부대가 되어 힘을 응집했다.

그와 동시였다.

"퍼지 보병대! 돌격한다!"

우측에서 나타난 퍼지 형의 부대가 상대의 본군. 그러니까 길리아스 멜번이 있을 곳을 향해 돌격하기 시작했다.

이때 힘을 합친 우측과 중앙의 쐐기 부대가 퍼지 형의 부대와 발을 맞춰 눈앞의 상대를 격파해 내고 진격하기 시작했다.

"체크."

무방비가 된 킹을 향해 힘을 모아 진군하는 폰. 이걸로 상대 본진은 쓸린다.

병력은 우리가 더 많기 때문이다.

게다가 전황을 바꿔 줄 만한 무력을 가진 강격의 호른도 스승에게 묶여 있으니 길리아스가 있는 본군은 이 공격을 감당해 내지 못한다.

버티다가 죽거나 후퇴를 해야만 한다.

그렇게 일단 후방의 군대를 처리하면 오롯이 선진에만 신경을 쏟을 수 있다.

선진의 방어 라인은 아직 무너지지 않았으니 좋은 지형을 고수하면서 상대를 물러나게 하면 이 전쟁은 승리하게 된다.

'끝났다.'

이걸로 율리아 누나의 안전도 보장이 된다.

그렇게 안심을 하던 때였다.

"이, 이봐 웨이드 대장. 뭔가 이상해!"

"예?"

"이쪽으로 오고 있는 부대가 있다고!"

"쐐기 부대의 간격 사이로 흘러나온 잔병이에요. 처리해요."

그러나 그 군을 요격하러 간 부대는 쾅!! 오러가 실린 할버드에 의해 거칠게 부서졌다.

할버드를 휘두르는 남자. 나는 그 모습을 알고 있었다.

"길리아스 멜번……!?"

"크하핫! 이 몸이 직접 나설 줄은 몰랐나 보지?"

용병들을 쓸어버리며 내게 일직선으로 돌격해 들어오는 길리아스.

그는 정면에 있는 호위병들을 부수고 내 앞에 섰다.

"호른의 발을 보기 좋게 묶었다고 생각했겠지만 그건 반대로 말하면 네놈의 주력도 발이 묶였다는 뜻!"

확실히. 그로 인해 일리야 스승의 발 또한 저곳에 묶이고 말았다.

그렇게 서로의 본진이 약해진 상황에서 길리아스는 본진을 박차고 나와 역으로 나를 치러 온 것이다.

"우리 본진은 네가 보낸 부대로 인해 결국 무너지고 말겠지만 지금 여기서 네놈의 목을 치면 전황은 달라지겠지. 아닌가?"

"……그래서?"

"뭐?"

"당신이 저를 잡아낼 수 있을 거라고 생각하는 겁니까? 제 2군단장. 길리아스 멜번."

"홋, 그러는 너는…… 누구냐. 얼굴을 드러내라."

"거절합니다."

"좋다, 목을 쳐서 직접 확인해 주마! 흐아아앗!"

검은색의 불길한 오러를 휘감은 할버드의 날. 나는 오러를 극한으로 끌어낸 창으로 그 공격을 맞받아쳤다.

기기긱! 오러와 오러의 부딪힘.

내 오러를 본 길리아스는 험악하게 얼굴을 구겼다.

"단순한 책사인 줄 알았더니…… 오산이었군. 더 재밌어졌어!"

"하앗!"

캉캉캉! 쾌속의 3연격을 기민하게 막아 내는 길리아스.

그는 여타 병사들과 달리 전투 경험이 풍부했다.

과거 살레온 유괴 사건에서 상대했던 도적 우두머리와도 차원이 달랐다.

'과연 내가 이길 수 있을까?'

길리아스는 책사 캐릭터이지만 그 무위도 상당했다.

게임에서 그의 개인 무력은 78.

책사 캐릭터 중에선 중상위권이었다.

'지금의 내 무력이 78을 넘었기를 기도하는 수밖에……!'

그로 인해 지금 이 대결은 내가 어느 수준에 있는가, 얼마나 성장했는가를 증명하는 자리가 되어 있었다.

"흐아아앗!"

떨어져 내리는 반월의 날.

아무리 오러를 두르고 있다 한들 얇은 창대로 두꺼운 할버드를 정면에서 상대하는 것은 효율적이지 못했다.

기기긱! 나는 창대를 기울여 상대의 힘을 흘리며 반격을 가하고 있었다.

"에잇! 촐싹거리지 마라!"

"하앗!"

그렇게 40여 합이 지났을까.

나는 점점 힘에 부쳐 오는 것을 느꼈다.

'역시 창 하나만으로는 힘든가……!'

하지만 여기서 체스터류를 선보였다간 훗날 정체가 밝혀질 가능성이 있었다.

그만큼 체스터류를 사용하는 무인이 적기 때문이다.

'그래도 괜찮아. 전황은 내가 유리해.'

시간은 내 편이었다.

일단 퍼지 형의 부대가 상대의 본진을 완전히 무너뜨리면 상대도 퇴로가 없는 싸움을 해야 한다. 그 시점부터는 길리아스가 나를 죽인다고 한들 전황은 뒤집어지지 않는다.

게다가.

"우와아아아——!"

환성이 오르고 있는 좌측 쐐기.

미루어 보건대 일리야 스승이 승기를 잡은 모양이었다.

'버티기만 하면 끝난다!'

그리고 그걸 길리아스도 알고 있었다.

조급해진 길리아스는 아랫입술을 깨물며 맹공을 펼쳤지만 내 교묘한 수비를 돌파해 내지는 못했다.

이윽고는 최후의 수단을 사용한다.

"윌리엄! 지금이다!"

누군가를 호출하는 길리아스. 그와 동시에 나는 스산한 살기를 감지했다.

핑! 대기를 찢으며 쏘아진 화살이 심장을 노려 날아온 것이다.

'오러가 담긴 화살!'

실력자가 하나 더 숨어 있던 것인가.

그 오러의 수준이 높은 편은 아니어서 휘릭! 창을 휘둘러 쳐 낼 수 있었지만 이 틈을 이용해 길리아스가 공격을 가해 왔다.

"죽어라——!"

풀스윙으로 휘둘러진 할버드.

마땅히 피할 공간은 없었다.

"쳇!"

나는 혀를 차며 철컥! 등에 메고 있던 검을 왼손으로 뽑았다.

캉!! 할버드의 거력을 막아 내는 푸른 오러.

길리아스는 귀신이라도 본 것처럼 눈을 부릅떴다.

"왼손의 검······! 네놈 체스터의······!"

녀석이 그렇게 아연해하는 순간.

휙! 나는 이미 반격에 들어가고 있었다.

검을 사선으로 세워 할버드를 머리 위로 흘리며 그 아래로 몸 전체를 통과시켰다. 그러고는 놈의 측면을 파고들어 목을 향해 검을 찔러 넣었다.

"빌어먹을!"

녀석은 완전히 피할 수 없다는 것을 깨닫고 오른쪽 어깨를 이용해 목을 막았다.

푹!! 어깨에 꽂히는 검.

단번에 끝을 내지는 못했지만 이걸로 승부는 났다. 나는 오른손의 창을 이용해 녀석의 심장을 치려 했다.

그러나 그때.

"이 길리아스 멜번을 얕보지 마라--!!"

꽉! 녀석은 할버드를 왼손으로 바꿔 쥐고는 그 무거운 할버드를 왼손 하나만을 이용해 휘둘러 쳤다.

"크윽!?"

나는 오른손의 창을 세로로 땅에 박고 막아 내려 했지만 꽉! 할버드에 실린 힘은 내 철창을 휘게 만들고는 기기긱! 휘어진 창대를 타고 내 머리로 올라왔다.

"……!?"

캉!! 투구의 옆 관자놀이를 스치는 할버드의 날.

지이이잉! 아찔해지는 시야.

나는 의식이 날아가려는 것을 꾹 참으며 꽉! 어떻게든 검을 쥐고 있는 손아귀에 힘을 주었다.

녀석이 추가타를 먹이지 못하도록. 콰직! 상대 어깨에 꽂혀 있는 검을 비틀어 버린 것이다.

"크아아악——!"

이 고통에 길리아스는 할버드를 손에서 놓치게 된다.

서로가 전투력을 상실한 상황에서 나는 윌리엄이라는 자의 화살 공격이 또 올지도 모른다 생각했지만 난입한 것은 전혀 다른 인물이었다.

"장군님, 괜찮으십니까!? 어, 어깨가……!?"

"난 괜찮다! 그보다 어서 저놈을 처치해라!"

이미 피투성이가 되어 있던 강격의 호른은 거대 도끼를 들어 나를 덮치려 했다.

나는 어떻게든 그 도끼를 피하려고 했지만 조금 전의 일격으로 가벼운 뇌진탕이 일었는지 다리가 마음대로 움직이지 않았다.

'큰일이다……!'

떨어져 내리는 도끼.

캉! 이걸 일리야 스승이 난입하여 막아 주었다. 스승이 등장하자 호른의 표정이 구겨졌다.

창과 검을 교차하여 도끼를 받아 낸 스승은 투기를 폭발적으로 상승시켰다. 그와 함께 무기에 담긴 진득한 오러가 폭주하듯 파도쳤다.

"미안하다. 저격수를 정리하느라 한발 늦고 말았어. 괜찮나?"

"큭……. 전 괜찮습니다."

"넌 쉬고 있어라. 이놈들은 내가 정리해 놓겠다."

본격적으로 호른을 밀어붙이는 스승.

초반 대결은 비교적 호각이었지만 시간이 지나자 호른은 스승의 기교를 감당해 내지 못했다. 단순하고 직선적인 호른이 상대하기에 일리야 스승은 너무나도 변칙적이었다. 상성에 있다고 할까.

호른의 갑주는 거의 파괴되어 너덜너덜해져 있던 반면 스승은 별다른 상처가 없었다.

이를 보고 길리아스는 이 이상의 희망이 없다고 봤는지 어깨를 부여잡고 일어나 외쳤다.

"젠장…… 퇴각한다! 호른, 너는 후방을 맡아라. 내가 퇴로를 열겠다."

"옛!"

후퇴하는 길리아스의 유격군. 그는 이를 악물며 내게 으르렁거렸다.

"그 얼굴은 두고두고 기억해 두마 애송이……!"

"……!"

나는 무심코 얼굴을 만졌다. 할버드에 빗맞은 것으로 인해 투구가 날아가 버렸던 것이다.

서둘러 투구를 주워 착용했기에 다행히 호른과 길리아스 외에 제대로 본 인물은 없었다.

"알스…… 아니, 웨이드. 놈들을 쫓아갈까?"

"저걸 쫓아서 섬멸하려면 시간이 너무 끌려요. 추격은 퍼지 형에게 맡겨 두고 우리는 선진을 구하러 가는 게 나아요."

"내가 가지. 넌 이곳에서 쉬고 있어라."

"……그래야 할 것 같네요. 휘유!"

풀썩! 나는 무너지듯 주저앉았다.

뇌진탕의 영향도 있었지만 긴장이 한꺼번에 풀린 탓이었다.

나는 주변 상황을 정리하며 전황이 종료되기를 기다리기로 했다.

4장

기습적으로 서부 전선을 급습한 알바드 왕국.

알바드의 제2군단장 길리아스 멜번과 제3군단장 유시스 골드레이의 협공을 받은 캘리퍼군은 장군 모르간 롯시를 비롯해 핵심 장교들이 당하는 피해를 입었지만 용병 부대의 활약과 몇몇 장교들의 분전으로 인해 승전을 거두었다.

"……라는 것이 궁정에 올라갈 전후 보고서인 모양이다."

퍼지 형이 담담히 말하였다.

"말도 안 돼! 요 녀석에 대한 게 전혀 없었다고!?"

나를 가리키며 분노를 터뜨리는 펠릭스 보병대장. 그는 이번 전공을 인정받아 진급이 예정되어 있었다.

"전 괜찮아요, 펠릭스 씨."

오히려 나에 대한 것이 없어서 좋았다.

"아니, 내 동생에 관한 건 있었어. 엄밀히 말하면 알스는 아니지만."

"제가 아니라뇨?"

"용병 웨이드. 일리야 용병대장과 같은 수준의 전공으로 평가받는 모양이야. 군부에선 두둑한 사례금을 준다고 하더군."

"어…… 그건 일리야 스승이 대신 받아야겠네요."

설마 웨이드의 신분이 명성을 얻을 줄이야.

'이 부분은 효과적으로 이용할 수 있겠어.'

주인공의 스토리가 본격적으로 진행되기 전까지는 파멸에 대비하며 뒤에서 암약을 할 생각이었다. 웨이드라는 신분은 그러기에 알맞았다.

나는 요슈아와 펠릭스에게 입단속을 부탁하기로 했다.

둘은 왜 출세의 길을 마다하려 하는지 의문을 표했지만 일단은 알겠다며 고개를 끄덕였다.

그렇게 한동안 전후에 관한 것을 얘기하고 있을 때.

기척을 주며 막사에 들어온 인물이 있었다.

"잠깐 괜찮겠나?"

아이언하트 부사령관이었다.

핵심 장교인 그는 길리아스가 펼친 화살 공격에서 중상을 입었지만 빠르게 엄폐한 덕에 목숨을 부지할 수가 있었다고 한다.

"부사령관님!"

"몸은 괜찮으십니까!"

그가 등장하자 퍼지 형을 비롯해 장교들이 각을 잡았다.

아이언하트는 그들에게 편히 있으라 얘기하며 내게 눈길을 주었다.

"자네……. 알스 일라인이라고 했었지?"

그는 내가 직언을 했던 것을 떠올린 모양이었다.

"정말 자네 말대로 전황이 벌어지고 말았군."

"제 말대로라니 무슨 이야기이신지요."

"어젯밤에 자네가 직언했던 것 말이야."

"직언이요? 제 주제에 그런 행동을 했던 기억은 없습니다만."

시치미를 떼는 내게 아이언하트는 한숨을 쉬며 고개를 끄덕였다.

"그렇게 해 주는 건가. 정말 고맙군."

만약 그 일이 알려지면 아이언하트는 입지를 잃어버릴 가능성이 높았다.

정확했던 직언을 무시하여 군 전체를 위험에 빠뜨린 능력 없는 장교로 낙인찍힐 테니까.

이건 서로 윈윈을 하는 것이었다.

나는 나대로 알스라는 신분이 유명해지지 않아서 좋고, 아이언하트도 위신을 지킨다.

"그것에 관해서이지만 현재 병사들 사이에서 한 가지 묘한 소문이 돌고 있더군."

"묘한 소문……입니까?"

"그래, 우리 군에 기린아(麒麟兒)가 나타나 위기를 구원했다고 말이야."

"……."

충분히 입단속을 했지만 그럼에도 흘러간 것이 있었던 모양이다.

펠릭스와 요슈아는 찔리는 게 있는지 어색한 표정으로 내 시선을 피하고 있다.

"게다가 여러 가지 정보들이 복합적으로 작용한 모양이야. 정보만 종합해 보면 마치 몸이 여러 개가 있는 것 같은 활약을 했더군."

"여러 개요?"

"간단히 말해 여러 명이 올린 전공이 한 명에게 집중됐다는 거다. 바로 밀리아스의 신동. 케스퍼 밀리아스에게 말이야."

이번에 실습을 온 줄리아 아카데미의 사관생들.

그들은 오늘 새벽에 있었던 전투에서도 나름대로의 역할을 해냈다.

대부분이 지원 임무이긴 했지만 케스퍼 밀리아스는 달랐

다.

"녀석은 선진에서 병사들을 지휘했다고 하더군."

물론 전황을 뒤집을 만한 큰 활약을 펼친 건 아니었다.

그저 눈에 띄었다는 것 때문에 일종의 승전의 상징이 되어 전공과 명성을 몰아서 가져가 버린 것이다.

결과적으론 내 공을 어느 정도 가로채 간 느낌이다.

"녀석은 이제부터 기린아로서 칭송을 받게 될 거야. 너는 그래도 괜찮겠나?"

"조금 전부터 무슨 말씀을 하시는지 모르겠습니다. 저는 그저 구석에서 벌벌 떨고 있던 겁쟁이에 불과했던 걸요."

"홋, 노련한 매는 발톱을 숨긴다는 건가……. 뭐, 좋아. 네가 그리 원한다면 지금은 그런 걸로 알고 있도록 하지."

고개를 절레절레 흔들며 떠나는 아이언하트.

나는 그를 배웅한 뒤 본격적인 귀환의 준비에 들어갔다.

그런 일이 벌어진 이상 계속해서 실습을 할 수는 없는 노릇이었다.

어차피 실습이 끝나던 시점이었기에 우리 사관생들에게 일찌감치 군장을 정리하고 돌아가라는 명령이 떨어졌다.

나는 사태 수습을 위해 남은 율리아 누나와 퍼지 형. 용병

본부로 돌아가기로 한 일리야 스승과 인사를 나눈 뒤 영지인 리벨로 돌아가기로 했다.

군부에서 챙겨 준 여비가 두둑했기에 근처 도시에서 좋은 마차를 구하기로 했다.

그러나 그 전에 유미르가 어떻게 알았는지 마차를 끌고 먼저 나타났다.

"도련님, 율리아 아가씨에게 소식을 듣고 마중을 나왔습니다."

"고마워. 귀찮음을 덜었네."

유미르는 포근하게 미소 지으며 마차로 안내를 했으나 곧내 관자놀이에 생긴 커다란 멍을 보고는 험악한 표정을 지었다.

"도련님, 이건……?"

"일종의 훈장이지."

"머리에 상처라니. 설마 목숨을 건 전투를 하셨던 겁니까!"

"솔직히 말해서 어머니가 챙겨 준 투구가 없었다면 위험할 뻔했어. 설마 정말로 그게 부적이 되어 줄 줄이야."

유미르는 입술을 질끈 깨물었다.

"그 여자가 함께한다기에 제가 따라가지 않았던 것입니다. 그런데도 이런 상황이 되다니……!"

"일리야 스승을 너무 나무라지 마. 결국엔 내가 실수한 거니까."

"하지만……!"

유미르는 결심했다며 말한다.

"다음부터는 무슨 일이 있어도 곁에서 모시겠습니다."

"그렇게 해. 어차피 안 된다고 해도 몰래 따라올 거잖아?"

"……."

하여간 과보호가 심하다.

실제 게임상에서도 유미르는 알스만을 위해 행동했다.

주인공과의 인연 이벤트에서도 주인공과의 썸씽이 전혀
없었고. 주인공을 따른다기보다는 알스가 주인공과 함께 일
하기에 힘을 빌려준다는 느낌이 강했다.

그런데도 그녀가 일곱 가신에 포함되지 않은 이유는 하나
였다.

'스토리 막바지에 그런 일을 저지른 걸 보면 무언가 내막
이 있는 것 같기는 한데.'

은근히 떠보려 해도 유미르는 무슨 말을 하는지 모르겠다
며 고개를 갸웃할 뿐이었다.

'뭐, 차차 밝혀지겠지.'

어차피 유미르의 건은 배신자를 미리 색출하면 자연스럽
게 해결되는 일이었으니 지금은 신경 쓰지 않기로 했다.

리벨에 돌아온 나는 다시 아버지의 일을 도우며 시간을 보내고 있었다.

왕국은 당연히 시끄러워지고 있었는데, 국왕은 기습적으로 공격을 가한 알바드 왕국을 규탄하며 이웃 국가인 크로싱 공화국과 방위 협약을 포함한 동맹을 맺어 대응을 하였다.

그렇게 연합으로 대응을 하자 알바드도 일단은 꼬리를 내리는 수밖에 없었다.

각국이 외교전에 들어가며 일시적으로 조용해진 국면.

이 외교전이 어느 정도 끝난 시점에서 궁정에선 크로싱과의 전략적 동맹에 대한 축하와 함께 서부 전선 승전 파티의 개최를 선언했다.

"아, 알스, 네게 이런 것이 왔다."

아버지는 제법 놀랐는지 말을 더듬으며 내게 초대장을 건네었다.

왕의 직인이 찍힌 궁정 파티 초대장이었다. 이걸 본 맥스 형과 밀러 형은 너무 놀라 입을 떡 벌렸다.

변경의 남작가에게 있어서 궁정 파티는 꿈에서나 나오는 것이었으니까.

"전 별로 가고 싶지 않은데요……."

"무슨 소리냐, 알스! 이게 어느 정도의 영광인지는 알고 그러는 거니!?"

맥스 형이 핏대를 올리며 소리쳤다.

혼담을 건네기 위해 여러 파티를 전전하고 있던 맥스 형은 궁정 파티라는 말에 아까부터 흥분을 하고 있었다.

"이건 무조건 가야 하는 거야! 참석하는 것만으로도 우리 가문의 위신이 높아지는 거란다!"

"퍼지 형이랑 율리아 누나도 같이 가나요?"

아버지는 애매하게 고개를 끄덕였다.

"율리아는 초대를 받지 못했다. 퍼지는 받은 모양이다만."

전공의 정도에 따라 초대를 받는 모양이었다.

"그렇다면 제가 초대를 받는 건 이상하지 않나요?"

대외적으로 내 전공은 없는 것과 다름없었으니까.

이에 대해선 다른 이유가 있는 모양이었다.

"그 전장에 참가한 귀족 사관생들은 모두 초대를 한다더구나. 미래를 짊어질 인재라고 생각하는 거겠지."

"그렇다면 저는 별로 주목받지 않겠네요."

케스퍼 녀석과 헤럴드 백작가의 녀석을 제외한 나머지는 자리 채우기를 하는 정도일 테다.

"그렇다면 뭐. 가겠습니다."

파티에 참가한 게임 캐릭터들을 보는 재미도 쏠쏠할 것 같았다.

어머니는 대견하다 웃으며 말한다.

"준비했던 연미복은 네 성인식에 선물하려고 했다만……
어쩔 수 없구나. 유미르, 그 옷을 가져와 주겠니?"

"예, 사모님."

그렇게 결정된 궁정 파티로 인해 나는 한동안 예절 교육을
받으며 시간을 보내야만 했다.

파티 참가를 위해 수도 알펜서드에 도착한 나는 퍼지 형과
도시를 돌아다니고 있었다.

인구 70만의 특대도시 알펜서드.

대륙 전체에서도 열 손가락 안에 꼽히는 대도시였다.

'확실히 인구가 너무 많아…….'

이 세계는 시대 배경에 비해 인구가 특출나게 많았다.

중세 시대임에도 중간 규모의 국가가 20만까지 병력을 편
성할 수 있는 이 환경은 분명 이상했다.

게임으로 즐길 때야 게임의 재미를 위해 숫자를 부풀린 것
이라 생각했지만 실제로도 병력의 규모는 그만큼 컸다.

이에 대한 이유는 간단했다.

불가사의할 정도로 발달한 의료 체계 때문이다.

이 세계는 마법이 사실상 존재하지 않는다. 전해지기로는
수천 년 전에 있었던 신들 간의 알력 다툼으로 인해 마법이

실전됐다고 한다.

다만 여러 마법은 사라졌어도 밤을 밝혀 주는 조명 마법과 외상을 치료하는 신성 마법만큼은 지금까지도 이어져 오고 있었는데, 이 중 신성 마법의 효과가 대단했다.

완전히 뭉개져 버리거나 신체 일부가 절단되어 사라지는 것이 아닌 이상 시간만 충분하다면 대부분의 외상이 치유가 되어 버리는 것이다.

여기에 약초학까지 함께 발달하여 질병에 대해서도 의료 체계가 잘 갖춰져 있었다.

이것이 인구의 폭등을 불러오며 이 대륙의 추정 인구는 현재 5천만 정도.

실제 중세 유럽의 인구가 최대 7천만 정도였다고 하니 오히려 적어 보일 수도 있지만 이쪽의 세계는 유럽 크기의 1/3 정도다. 인구 밀도로 보면 2배가량 더 높은 셈이었다.

"알스, 뭐 하고 있니. 수도에 와서 들뜬 건 알겠지만 멍하니 있다간 길을 잃어버릴 거다."

퍼지 형이 흐뭇하게 웃으며 말했다.

"어서 가자. 빨리 움직이는 게 좋을 거야. 준비를 하려면 못해도 1시간은 걸릴 테니까."

"예, 형님."

퍼지 형을 따라 도착한 곳은 일종의 미용실 같은 곳이었다.

귀족 전용으로 운영되는 이곳에서 스타일링을 받기로 약속을 잡아 놓고 있었다.

이곳의 주인으로 보이는 여성은 나를 보고는 눈을 빛냈다.

"어머나, 오랜만에 보는 멋진 재목인걸?"

자신을 티오테라고 소개한 여성은 내게 진득한 관심을 표했다.

"내게 맡겨요. 단숨에 파티의 주역으로 만들어 줄 테니까."

퍼지 형은 의욕이 과다한 그녀에게 주의를 주었다.

"우리는 군인입니다. 너무 화려한 것은 곤란합니다."

"아까워라. 그러면 일단 준비해 온 복장을 보여 줄 수 있을까요? 그에 맞춰서 가꾸어 드릴게요."

나는 부모님이 준비해 준 연미복을 건넸다.

티오테는 필이 오는지 나를 자리에 앉혀 두고 바쁘게 손을 놀리기 시작했다.

딱히 스타일링에 관심이 없던 나는 창밖을 구경하기로 했다.

'무척 떠들썩한걸.'

보통 왕궁에서 파티를 벌인다고 하면 서민을 착취하는 이미지가 있었으나 의외로 여기는 선순환의 구조를 하고 있는 모양이다.

도시도 덩달아 축제 분위기를 띠며 소비가 촉진되고 있었다.

"다 됐어요!"

OK 사인에 거울을 보니 제법 귀티가 나게 스타일링이 되어 있었다.

반면 퍼지 형은 정갈하게 머리를 뒤로 넘겨 딱 봐도 군인인 것처럼 치장을 하였다.

옷까지 연미복으로 갈아입은 우리는 왕궁으로 들어가기 위해 준비한 마차를 타기 위해 움직였다.

그 잠시 움직이는 사이에도 여기저기서 시선이 꽂혀 왔다.

이윽고는 8살 정도 되어 보이는 여자아이가 후다닥 달려와 내게 꽃송이를 건네주기에 이른다.

"이거 받아 주세요!"

"고마워. 예쁜 꽃이네."

"에헤헤."

배시시 웃으며 언니에게로 돌아가는 아이. 언니 쪽은 용기를 낸 여동생을 부러워하고 있다.

"나 참."

퍼지 형은 기가 찬다며 한숨을 쉬었다.

"그 인기가 반만이라도 맥스 형에게 갔으면 좋았을 텐데 말이야."

"갑자기 맥스 형님은 왜요?"

"맥스 형이 결혼을 못 하고 있어서 밀러 형도 나도 혼담을 못 꺼내고 있거든. 이쪽은 할 수만 있으면 바로 할 수 있는 상황인데 말이야…….”

“퍼지 형님은 교제하고 있는 분이 계신가요?”

“사관 동기야. 같은 남작가의 영애이지. 나중에 네가 군에 임관을 하면 볼 기회가 있을지도 모르겠다.”

“그 전에 상견례로 만나는 게 최고겠네요.”

“훗, 그랬으면 좋겠네.”

그렇게 퍼지 형과 잡담을 하고 있자니 곧 마차가 준비된 곳에 도착할 수 있었다.

왕궁 연회장에 도착한 나는 딱히 주목받을 것도 없이 조용하게 입장하여 구석에 테이블을 잡았다.

보통 입장을 할 때는 소속 가문과 작위를 소리 높여 호명해 주고는 하지만 그것도 어느 정도 힘이 있는 가문이나 하는 것이다.

변경의 남작가인 우리는 방명록을 작성하고 정문이 아닌 쪽문으로 들어와 빠르게 자리를 채워야 했다.

일행인 퍼지 형은 상석의 인물들을 보고는 작게 한숨 쉬더니 옷깃을 고쳐 세웠다.

“알스, 잠깐 자리를 지켜 주겠니? 상관들에게 인사를 하고 와야 할 것 같아.”

“저도 함께 갈까요?”

“그건 좋은 생각이 아닌 것 같다.”

"옙, 그럼 다녀오세요."

나는 얌전히 식사를 하며 시간을 보냈다.

그사이 유력 귀족가들이 거의 다 입장을 하였다.

뒤로 갈수록 가세가 높은 귀족가들이 입장하게 되는데 마지막에 등장하는 사람이야말로 이 파티의 주인공인 셈이었다.

그리고 그걸 녀석이 차지하였다.

"밀리아스 후작가! 케스퍼 밀리아스, 플로라 밀리아스 님이 입장하십니다!"

그러자 여기저기서 기린아가 나타났다며 관심을 드러냈다.

어머니와 함께 입장한 케스퍼 녀석은 제법 긴장했는지 로봇 같은 걸음걸이로 국왕의 앞으로 향했다.

나는 국왕과 그 주변에 있는 인물들을 훑어보았다.

눈에 띄는 사람은 둘.

국가의 두 공작 가문인 살레온 공작가와 헬리안 공작가의 인물들이다.

살레온 공작가의 경우 알티오르가 사실상 일선에서 물러났기에 그 후계자이자 당주인 길버트가 자리를 채우고 있었다.

'길버트 살레온과 레그나트 헬리안……. 둘 다 R등급 캐릭터였었지.'

길버트 살레온은 그저 스토리 비중이 있었기에 등장한 캐릭터로 실제 성능은 좋지 않았다. 핸디 플레이를 위해 R캐릭터를 주로 육성했던 나조차 외면했던 캐릭터다.

반면 그 옆에 앉아 있는 레그나트 헬리안은 다르다.

레그나트 헬리안 공작. 마찬가지로 게임에서는 R등급의 인물이었지만 내정 방면에서 극히 낮은 코스트라는 이점을 통해 UR급의 활용도를 보이며 내정에 한하면 1티어를 넘어 0티어로 사용된 캐릭터였다.

그 레그나트는 케스퍼가 올린 전공에 대해서 칭송조로 국왕에게 설명하기 시작했다.

핵심에는 길리아스 멜번과 강격의 호른을 패퇴시켰던 것도 포함되어 있었다.

그건 나와 스승의 용병 부대가 한 전공이었지만 어떻게든 은근슬쩍 끼워 넣은 모양이다.

'뭐, 저 녀석도 활약을 하긴 했으니까.'

나는 신경을 끄고 식사를 재개했다.

그때였다.

"오랜만이에요, 알스 님. 잘 지내셨나요?"

"⋯⋯?"

구석에 있는 내 테이블까지 찾아온 아리따운 금발의 여성.

그녀는 좌륵! 부채를 펼치며 미소 지어 보였다.

그녀가 나타나자 주위에 있던 또래들 모두 홀린 듯이 바라보며 놀람을 표하고 있었다.

'낯이 익은데. ……누구였지?'

나는 눈매를 좁히며 생각해 보다가 그녀가 살레온 공작가의 여식이었음을 떠올렸다.

그러나 막상 이름이 애매하게 생각나지를 않았다. 그도 그럴 게 그때 이후로 1년 가까이 지났다.

그 유괴 사건에서 내가 선명하게 기억하는 건 엘드릭 왕자 정도. 나머지는 스치는 인연에 불과했다.

'에로 시작해서 나로 끝나는 이름이었던 것 같기는 한데.'

확실하지 않으니 도박을 걸지는 않기로 했다.

나는 작위적인 미소를 지으며 말했다.

"반갑습니다. 잘 지내셨나요. 살레온 양."

"……."

그녀의 얼굴이 굳었다. 곧 이를 악문 듯한 목소리로 말한다.

"알스 님? 이곳엔 저 말고도 살레온 가문의 사람들이 많답니다. 가능하면 이름으로 불러 주실 수 있을까요?"

"으음…… 역시 그래야겠죠?"

"그럼 재차 인사를 나눠 볼까요? 알스 체이싱 일라인 님."

내 미들네임까지 넣으며 압박을 주는 그녀. 나는 어떻게든 떠올리려 했지만 중간 글자가 도무지 생각나질 않았다.

그렇다고 면전에서 이름을 묻는 실례를 범할 수는 없었다.

나는 재빨리 그녀의 뒤에 서 있는 사용인에게 눈짓을 보냈다.

사교계에선 이런 식으로 이름을 잊어버리는 게 다반사인지라 수행원이 대신 이름을 외우고 다니고는 한다.

내 시선의 의미를 눈치챘는지 사용인은 입모양만으로 내게 신호를 보냈다.

[에리나]

그렇군.

"예, 오랜만에 만나네요, 에이나 양."

쩌적! 순간 공기가 얼어붙은 것 같았다. 아무래도 입모양을 잘못 읽은 듯하다.

"어감은 비슷하지만 한 글자가 틀렸답니다. 에리나예요. 에리나 살레온. 이번 건 조크라고 생각하고 그냥 넘어가겠지만 다음에는 실수하지 않아 줬으면 하네요."

"아, 에리나 양이었죠. 미안해요. 조금 착각을 했나 보네요. 불쾌했다면 사과하겠습니다."

"그렇담 사과의 의미로 춤이라도 신청해 주시겠어요?"

"그건 조금 곤란하네요."

"……제가 잘못 들은 걸까요?"

"더 크게 말해야 하나요? 춤은 곤란하다고 했어요."

"······후훗. 그렇게 나오겠다 이거군요?"

부글부글 끓는지 웃는 표정으로도 모종의 압박을 보내는 에리나.

춤을 못 추는 건 아니지만 살레온 공작가의 영애와 궁정 파티에서 춤을 추면서 주목받고 싶지는 않았다.

애초에 나는 헬리안 계파에 속해 있기도 했고.

"그럼 다과라도 함께하죠. 그것도 안 된다고 말하진 않겠죠?"

에리나는 고집스러운 표정으로 내 테이블에 앉았다. 이미 또래 사이에서의 주목도는 최고치를 달리고 있었다.

그나마 어른들끼리 활발히 인사를 나누고 있는 도중이라 어른들의 시선이 이쪽으로 향하지 않은 게 다행인 정도.

"이번 전쟁에서 활약을 하셨다고 들었어요."

"후방 지원일 뿐인데요 뭘."

"그것만으로도 대단한 거죠. 그래도 그렇다면 제가 선물한 창을 사용할 일은 없었겠군요. 사용할 일이 없었음을 기뻐해야 하는 걸까요, 그도 아니면 안타까워해야 하는 걸까요."

"아, 그건 부러졌어요."

"예!? 후방 지원을 하는데 철창이 부러질 일이 생길 수 있나요?"

"뒷걸음질을 치다 넘어졌을 때 엉덩이로 깔고 앉았더니 그냥 구부러지던데요?"

"그럴 리가……. 그란셀의 최고 장인이 만든 창인데……."

확실히 그 창은 훌륭했다. 그 창이 구부러지면서까지 버텨 주지 못했다면 할버드가 투구에 스치는 게 아니라 목을 베었을 테니까.

"다음에는 더 좋은 창으로 준비할게요."

"아뇨, 제 스승께서 성인식 선물로 창을 하나 장만해 주겠다고 하셨거든요. 구태여 신경 써 주실 필요 없습니다."

"으읏……."

그렇게 에리나와 잠시 대화를 나누고 있을 때였다.

매서운 눈빛으로 다가오는 소년이 하나.

"네놈. 어디 감히 에리나 양을 귀찮게 하고 있는 거냐."

미루어 보건대 살레온 계파에 속한 사관생인 것 같았다.

살레온 계파 쪽의 귀족 사관생들도 우리랑 비슷하게 전투가 벌어진 북서부 전선에서 실습을 하고 있던 만큼 마찬가지로 파티장에 초대되어 있었다.

녀석은 내가 헬리안 계파인 걸 대번에 눈치챈 모양이었다.

그런 내가 살레온 공작가 영애에게 이야기를 걸고 있으니 이 녀석의 입장에선 눈이 뒤집히는 일이었겠지.

"데니안, 나는……."

"신경 쓸 필요 없습니다, 에리나 님. 이런 놈은 제가 쫓아내겠습니다."

"아뇨, 저는……!"

그는 에리나의 얘기도 듣지 않은 채 나를 노려보았다.

이때다 싶었다.

"정말 죄송합니다. 그 정도로 높은 신분의 영애분인지는 몰랐네요. 다시는 이런 일이 없도록 주의를 하겠습니다."

"흥, 주제는 알고 있는 모양이군. 알았다면 어서 사라져라."

"예, 그럼 이만."

홀라당 빠져나온 내 뒤로 둘의 목소리가 들려왔다.

"에리나 님, 이제 편히 파티를 즐기실 수 있을 겁니다. 뭣하면 저와……."

"그 입 다물어요. 불쾌하니까."

"예……?"

에리나는 미련 없이 자리를 박차고 떠나갔다.

데니안이라 불린 녀석은 뭐가 잘못된 거였냐며 절규.

일단 다른 테이블에 옮겨 앉은 나는 신경을 끄고 다시 식사를 하기로 했다.

"그냥 보내도 괜찮은 거냐, 알스."

"……? 앗, 스승!"

일리야 스승은 파티에 어울리지 않는 간소한 복장으로 참여를 하고 있었다.

이에 몇몇 귀족들이 아니꼬운 시선을 보내고 있었지만 용병이 왕정 파티에 참여한 것이 처음은 아닌지 기본적으로는 이해를 받는 모양이었다.

"꽤나 귀여운 아이던데. 사견이지만 너와 어울려 보였다."

"에이, 무슨 소리예요. 사는 세계가 다른데요. 그보다 스승. 파티에는 못 올 거 같다고 하지 않았어요?"

"용병 협회 쪽에서 하도 간곡하게 부탁을 했거든. 협회의 위신을 세울 수 있는 일이라고 말이야. 그리고 보니 용병 웨이드도 초대를 받았어. 알고 있니?"

"헉."

사실상 나는 두 개의 초대장을 받은 셈이다.

스승은 얘기 상대가 고팠는지 내 테이블에 합석을 하였다. 나는 도시에서 본 것들에 대해 이야기를 나누며 시간을 보냈다.

그러던 중. 파티장을 뒤흔드는 초대형 사건이 일어나고 만다.

데니안이 에리나에게 춤을 신청했다가 신경질적인 거절을 당한 건 사소한 축에 속했을 정도로 말도 안 되는 일이 벌어졌다.

동맹국 크로싱의 사절단이 20여 명의 노예를 대동하여 파티장에 등장한 것이다.

크로싱 공화국은 공공연하게 괴짜라 불리는 국가였다.

아무런 맥락 없이 전쟁을 일으키는가 하면, 또 어떤 때는 구호물자를 마구 보내오기도 한다.

귀족 제도를 폐지하고 평등을 주장하지만 왕이 존재하고 노예 제도가 성행하는 국가. 행동 원리를 쉽게 이해할 수 없는 국가가 크로싱이었다.

캘리퍼 입장에선 알바드를 견제하기 위해서 어쩔 수 없이 동맹을 맺긴 했지만 꺼림칙한 느낌이 드는 건 어쩔 수 없었다.

그런 크로싱의 사절단이 궁정 파티장에 노예를 대동하여 나타난 것은 왕국을 넘어서 대륙을 떠들썩하게 할 만한 대사건이었다.

"고귀한 자리에 이 무슨 추태를 보이는 것이냐!"

"당장 떠나가라!"

원로 귀족들은 즉각적으로 반발하며 호통을 쳤다.

그러나 크로싱 사절단의 대표는 이 험악한 분위기에서도 여유롭게 웃어 보였다.

"불청객을 맞이하는 듯한 태도는 삼가 줬으면 합니다만. 이것도 전부 계약이 되어 있는 것이라고요."

나이는 이제 30대를 넘은 정도일까.

나는 이 남자를 알고 있었다.

'쥬라스 파밀리온……!'

게임 속에서는 적군으로만 나오는 악역 캐릭터 중 하나로 현 십걸 중 수위를 차지하는 인물이었다.

동시대의 인물인 엘드릭 왕자를 만년 2인자로 전락시켜 버린 게 바로 그였고, 왕가의 핏줄이 아니면서도 수년 전까지 크로싱의 왕위 계승 1순위였던 것이 쥬라스였다.

그 정도로 불세출의 인물이었다.

만약 게임에서 가챠 캐릭터로 나왔다면 UR등급은 당연하고, 성능으로도 부동의 0티어가 될 거라는 평이 자자한 캐릭터였다.

그의 별명은 천의무봉(天衣無縫).

알바드 왕국의 대장군 사략(師略)의 카이엔, 서방 제일의 장군인 악뇌(惡腦) 제무토와 함께 거론되는 3대 장군 중 하나이기도 했다.

"국왕 폐하, 이번 노예 옥션에 대해서 이야기를 해 놓지 않으셨던 겁니까?"

"으, 으음……! 조만간 자리를 마련하겠다고는 하였지만 그게 이번 파티라고는 말하지 않았네!"

"조약에서는 유력 귀족 가문들이 모이는 첫 번째 행사에서 노예 옥션을 개최한다고 명시되어 있었습니다만? 우리가 해석을 잘못했다고 말씀하시는 겁니까?"

그러자 상급 관리로 보이는 남자가 국왕에게 무언가를 속삭였다.

국왕은 체념한 표정으로 고개를 끄덕였다.

"알겠네. 뜻대로 하시게."

"현명한 판단이십니다."

노예 옥션이라는 말에 연회장이 크게 술렁였다.

이곳 캘리퍼 왕국은 법적으로 노예 제도가 금지되어 있었다. 노예 옥션은 어불성설이었다.

반면 크로싱 공화국은 노예 제도를 적극적으로 장려하는 국가다.

그래도 복지 시스템은 잘 갖춰져 있어서, 노예가 일정 수준의 빚을 변제하면 시민으로 승격할 기회를 준다.

노예 제도는 허용되어 있지만 노예를 혹사시키거나 학대하는 것에 대해선 철저히 제재를 가한다.

'주인공은 이러한 노예 제도에 반발하여 크로싱을 적대했었지.'

역사적인 관점에서 보면 크로싱이 노예를 운용하게 된 것은 어쩔 수 없는 부분이 있었다.

땅이 워낙 척박하여 정착하는 국민보다 떠나는 국민이 더 많았기 때문이다. 그걸 어떻게든 노동력을 확보하고 강제로 인구를 늘리기 위해 노예 제도를 장려한 것이다.

"안녕하십니까 캘리퍼의 고귀한 여러분. 오늘은 여러분에게 크로싱의 노예 옥션에 대해 소개를 해 드리려고 합니다."

이번 동맹 조항에는 노예 옥션 입점에 관한 것이 삽입되어 있었던 모양이다.

쥬라스는 한두 번 해 본 실력이 아닌지 능수능란하게 노예 옥션에 대해 설명하기 시작했다.

노예라는 것에 거부감이 있는 몇몇 귀족들은 불편함을 표출했지만 관심이 있는 자들은 빠져든 것처럼 경청하기 시작했다.

"친애하는 캘리퍼 왕국의 귀족 여러분에게 옥션을 처음 선보이는 이 자리는 우리에게도 특별합니다. 하여 이번에는 우리 크로싱 공화국의 건국일에나 갖춰질 법한 상등품의 노예를 데리고 왔습니다."

하나하나 노예들에 대해 설명하기 시작하는 쥬라스.

그 면면을 확인한 나는 벼락을 맞은 것 같이 놀라 몸을 떨어야 했다.

"말도 안……돼."

나는 왜 노예들 사이에 그가 있는가를 도저히 이해하기가 힘들었다.

"……."

각양각색의 노예들 사이에서도 존재감을 드러내는 남자.

그의 불타오르는 듯한 붉은색의 머리칼과 또렷한 눈동자가 내 기억을 강렬하게 두들기고 있었다.

'틀림없어. 저건 카시우스 로이드야.'

카시우스 로이드.

아테나 워 테일즈의 주인공이 노예 수갑을 찬 채로 서 있었던 것이다.

저 얼굴은 내가 기억하던 주인공 카시우스 로이드였다. 일러스트와는 조금 차이가 있었지만 틀림없다.

그가 추레한 차림새와 함께 묵직한 수갑을 차고 있었다.

'이상해. 카시우스가 어째서 노예가 돼 있는 거지?'

물론 나도 주인공의 과거에 대해서는 잘 알지 못했다.

보통의 게임이 그러하듯이 주인공은 플레이어의 감정이입이 잘되도록 무미무취로 설정하는 경우가 다반사다.

아테나 워 테일즈에서도 잘빠진 일러스트 외에 주인공에 대해 공개된 정보는 많지 않았다.

'주인공은 본래 노예였던 건가?'

그렇다면 이상한 점이 있다.

게임에서 주인공은 귀족 신분을 가지고 있었으니까. 로이드 후작가의 삼남으로서 말이다.

이 로이드 후작가라고 하면 남방의 대국인 빌랑 연합의 유력 귀족가다.

'아귀 자체는 맞아떨어져.'

노예인 주인공이 머지않아 로이드 후작가에 입양 형식으로 팔려 간다면 이상할 것도 없다.

크로싱 공화국을 적대하던 성향도 본인이 크로싱에서 노예로 굴렀으니 이해를 할 수 있다.

'하지만⋯⋯.'

결정적으로 이해할 수 없는 부분이 있었다.

게임 속의 주인공은 쥬라스 파밀리온을 알지 못했으니까.

조우 이벤트 때도 처음 보는 듯 이야기를 했었다.

'혹시 어딘가에서 이미 스토리가 바뀌어 버린 걸지도 몰라.'

그런 혼란을 느낀 나는 자그마한 공황 상태에 빠져 있었다.

그사이 쥬라스는 캘리퍼 귀족들의 반응을 즐기며 노예들을 하나하나 소개하고 있었다.

노예들은 그의 말대로 상등품의 것이었다.

이름 높은 무인, 뛰어난 외모의 여인과 남성. 그리고 요리나 건축 등의 특기를 가진 사람들까지.

"노예 제도가 없는 캘리퍼 왕국의 귀족 여러분에게 이것은 구제 사업이 되겠군요. 저에게 대가를 치르고 이자들을 구원해 주는 겁니다. 관점을 달리하여 보면 생각이 바뀌지 않습니까?"

달변을 뽐내는 쥬라스. 이미 넘어간 귀족들이 한둘이 아니었다.

돈을 내고 구매를 하는 것도 구제 사업이라고 치장하면 오히려 명예로운 일이 되니까.

흔들리는 귀족들. 이를 감안했는지 레그나트 헬리안 공작이 먼저 나섰다.

"확실히, 구제 사업이라고 생각하면 되겠군."

"말이 통하는 분이시군요."

씨익 웃는 쥬라스.

그런 그에게 헬리안이 냉혹하게 고했다.

"그렇다면 그 전원을 내가 구제하겠다. 돈은 원하는 만큼 내주지. 그러니…… 용건을 끝낸 네놈들은 이 자리에서 썩 사라져라."

"……오호."

역시 내정의 0티어. 강하게 저질러 버렸다.

그는 쥬라스를 상대로도 기 싸움에서 추호도 밀리지 않았다.

"왜 그러지, 내가 그만한 돈을 내지 못할 거라 생각하는가?"

"설마요. 캘리퍼의 헬리안 공작가라면 굴지의 상인 가문으로도 유명한 곳 아닙니까. 이 정도의 대가는 치러 낼 수 있겠죠. 하지만 이곳엔 돈으로 살 수 없는 노예도 있습니다."

"뭐라?"

그러면서 쥬라스는 주인공 카시우스와 온몸이 화상으로 짓뭉개져 얼굴을 구분하기 힘든 여성을 가리켰다.

"둘만큼은 이 중에서도 특별합니다. 돈 이외의 것이 필요하죠. 먼저 이 남자로 말하자면 과거 멸망한 펜실론 황가와 밀접한 연관을 가진 자입니다. 구체적인 것은 지금 밝히지 못하나 요주의 인물임은 보장하겠습니다."

그건 사실이다. 주인공은 설정상 펜실론 황가의 마지막 남은 핏줄이었다.

"그리고 이것. 이 흉측한 물건은 놀라지 마십시오. 쿠라벨 성국의 마지막 발키리. 에오니아 미라벨입니다."

그러자 연회장이 걷잡을 수 없이 웅성이기 시작했다.

카시우스의 경우 펜실론 제국이라고 해 봤자 어차피 30년 전에 멸망한 국가이기에 크게 의미를 두지 않았지만 쿠라벨 성국은 다르다.

쿠라벨 성국은 불과 1년 전에 크로싱에 의해 멸망한 독특한 신앙을 가진 국가였다.

발키리라 함은 그 쿠라벨 성국의 당대 왕실 근위단장을 칭하는 것으로, 1인 전승으로만 이어지는 발키리의 무예는 우아하고 매섭다 전해진다.

"그자가 에오니아 미라벨이라고……? 그 말을 믿으라는 건가?"

"분명 이 몰골을 보면 누구도 믿지 않겠죠. 우리도 곤란할 따름입니다. 순결을 유린당하지 않겠다며 스스로 불길에 몸을 던져 자해를 해 버릴 줄이야. 그래도 걱정하지 마십시오.

꾸준히 치료를 받으면 본래의 뛰어난 풍모를 회복할 수 있을 겁니다."

"그랬는데 에오니아 미라벨이 아니라면 정말이지 웃기는 일이겠군."

"맹세하도록 하겠습니다. 저 쥬라스 파밀리온의 이름을 걸고, 크로싱 공화국의 명예를 걸고 이 물건이 마지막 발키리 에오니아임을 말입니다."

"……그래서? 그자들을 구제할 수 있는 방법은 무엇이지?"

에오니아 미라벨이라고 하면 캘리퍼에게 있어서도 상당한 전력이 되는 인재였다.

왕실 경비대였으니 장군으로서의 역량은 없어도 개인 경호 능력만큼은 확실했다. 불길에 몸을 던질 정도로 크로싱에 적대적이니 첩자일 가능성도 적다.

그런 만큼 여러 귀족들이 에오니아를 탐내고 있었다.

쥬라스는 그런 분위기를 즐기듯 씨익 웃었다.

"방법은 간단합니다."

주인공과 에오니아.

이 둘을 구매할 수 있는 방법은 그의 말과는 달리 절대 간단한 것이 아니었다.

"바로 저. 쥬라스 파밀리온에게 어떠한 것이라도 한 가지를 이길 수 있다면 이자들을 대가 없이 드리겠습니다."

쥬라스가 호기롭게 내건 조건.

"무예도 좋고, 주제를 건 토론도 좋고 뭐든 좋습니다. 저를 승복하게끔 만들어 보십시오. 그렇다면 이들을 데리고 가도 좋습니다."

하지만 선뜻 나서는 자는 없었다. 현 십걸의 위상은 그만큼 거대했다.

덤비는 자가 있다고 하면 세상 물정을 모르는 얼빠진 녀석들 뿐.

"제가 해 보겠습니다."

호기롭게 나선 것은 케스퍼 녀석이었다.

쥬라스는 씨익! 입꼬리를 광대까지 올린 섬뜩한 미소로 케스퍼를 바라보았다.

"밀리아스의 신동……. 캘리퍼의 기린아입니까. 당신은 무엇으로 저를 승복시킬 생각입니까?"

"체스입니다."

"체스입니까. 좋습니다. 바로 대국을 준비하도록 하죠."

결과가 뻔히 보였기에 나는 케스퍼 녀석에게 신경을 끄고 근처에 있던 일리야 스승을 막는 데 집중하기로 했다.

"진정해요, 스승!"

"막지 마라. 이건 내가 해야만 하는 일이다."

그녀가 갑자기 이러는 이유는 간단했다.

"알스, 언젠가 네게도 말했었지. 1년 전의 일을."

"쿠라벨 성국에게서 의뢰를 받고 용병으로 전장에 나갔었다는 그 일 말이군요."

"그래. 나는 그 당시 에오니아와 등을 맞대고 싸웠던 적이 있다. 깊은 인연은 아니었다만 저런 치욕을 당하고 있는 걸 내버려 둘 수는 없어."

에오니아 미라벨이라고 하면 게임에선 SSR등급의 캐릭터였다.

개인 무력은 93으로 나름대로 상위권에 있었지만 왕실 경비대 출신이기에 그런 건지는 몰라도 전쟁에서의 스킬은 구제불능급으로 좋지 않았다.

심지어 메인 스토리에도 관여되는 바가 없는 번외 캐릭터였다.

스토리를 진행하는 도중 크로싱 측의 군대에서 흉측한 몰골을 한 괴인 무장으로 등장을 하는데, 포획을 하는 히든 이벤트를 보지 않는다면 그냥 소리 소문 없이 사망하고 다시는 나오지 않는다.

포획을 하여 아군으로 만들어도 개인 인연 이벤트가 자신이 쿠라벨 성국의 근위단장으로 일하던 때를 회상하는 것뿐이어서 인연 이벤트조차 메인 스토리에 관여하는 바가 전혀 없었다.

추후 업데이트되는 스토리에 지분이 있었을지도 모르겠지만 그 스토리는 나도 모르는 것이니 상관할 바가 아니다.

'그러고 보니 일리야 스승과의 인연 이벤트가 있었어.'

서로 아는 사이라며 창술을 겨뤘던 간단한 이벤트다. 그 이벤트 이후 발키리의 창술을 통해 깨달음을 얻었다며 일리야의 무력이 2 상승을 했었지 아마.

발키리에게만 1인 전승으로 이어져 오는 창술. 나로서도 흥미가 있었지만…….

"저 녀석을 어떻게 이길 생각인데요?"

"하나밖에 없지. 창과 검이라면 금방이라도 준비할 수 있다. 설령 패배한다고 해도 나는 상관하지 않는다. 이건 내 무인으로서의 자존심이 걸린 문제야."

"진정하라니까요……!"

내가 이렇게 조마조마한 이유는 게임에서의 일 때문이었다.

십걸 중 누군가에게 당해 왼팔을 잃어버렸다던 그녀.

'그게 혹시 지금이 아닐까?'

그 생각을 떨쳐 낼 수가 없었던 것이다.

그도 그럴 게 게임에서 쥬라스 파밀리온의 개인 무력은 자그마치 98이었으니까.

이는 전체에서도 열 번째로 높은 수치로, 저놈은 책사로서도, 무인으로서도 괴물인 것이다.

스승이라면 어느 정도 비빌 수는 있겠지만 이길 수 있을 거라고는 생각하기 힘들었다.

나는 어떻게든 말렸지만 들어먹을 기미가 보이지 않았기에 어쩔 수 없이 최후의 수단을 꺼내기로 했다.

"에잇……! 알겠어요. 그럼 이렇게 해요. 제가 대신 할게요."

"대신 한다니? 이런 말을 하기는 뭐하지만 알스, 네게 승산은 없다."

"괜찮아요. 어차피 무예로 겨루려는 건 아니니까. 그보다 스승, 혹시 가지고 있는 용병 옷 있어요? 그리고 투구도요."

"너 설마……."

스승을 지키기 위해선 어쩔 수 없다.

용병 웨이드가 등장하는 수밖에.

케스퍼 녀석이 시선을 끌어 주는 동안 연회장을 나온 나는 스승이 구해 준 용병 옷과 얼굴을 가리는 회색의 투구를 착용하였다.

왕궁 파티에 얼굴을 가리고 가는 것은 실례되는 일을 넘어서 말도 안 되는 일이었지만 지금은 어떻게든 밀어붙인다면 가능할 것 같았다.

그렇게 변장을 하고 다시 파티장으로 돌아오니 체스의 결과가 대충 나와 있었다.

"잘하는군요. 과연 밀리아스의 신동이라 불릴 만해요. 기린아라는 호칭은…… 과한 듯하지만. 훗."

"크윽!"

체스판의 상황은 일목요연했다. 쥬라스가 농락을 하면서 케스퍼 녀석을 박살 내 버렸다.

케스퍼는 벽을 느꼈는지 사색이 되어 부들부들 떨고 있었다.

"자, 잠시 자리를 비우겠습니다!"

완전히 형세가 기울기 전에 박차고 나가는 케스퍼 녀석. 그래야만 그나마 체면이 살기 때문이다.

"안타깝지만 에오니아 미라벨을 데려가지는 못하겠군요. 다음, 저와 겨루어 볼 분이 계십니까?"

조용해진 파티장.

나는 녀석이 이제 끝이냐며 물러나려 하기 직전에 한껏 목소리를 긁어 최대한 변조를 하고 고했다.

"제가 하도록 하죠."

일제히 나에게 모이는 시선.

얼굴을 가리는 투구에 많은 사람들이 얼굴을 찌푸렸으나 쥬라스는 아니었다.

"오호라……. 그 잿빛의 투구. 당신이 길리아스 멜번을 패퇴시켰다는 용병. 웨이드로군요."

내 뒤에는 보증을 서는 것처럼 스승이 서 있었다.

스승은 죽일 듯이 쥬라스를 노려보았다.

"하핫, 일리야 안페이입니까……. 1년 전의 전장에서 본 이후로 처음이군요. 격조했습니다."

빠득! 스승은 살기로서 대답을 대신했다.

그러자 쥬라스의 측근 일부가 맞서서 살기를 내뿜으며 험악한 분위기를 연출했다.

쥬라스는 측근에게 곧장 주의를 주었다.

"그만해라, 이곳은 그러한 자리가 아니다."

"일리야, 물러나 있으세요."

내가 단호하게 이름으로 부르자 스승은 새삼스러웠는지 눈을 둥그렇게 뜨며 고개를 끄덕였다.

"그래서요? 용병 웨이드. 당신이 저와 겨루고자 하는 것은 무엇이죠?"

"체스입니다."

"으음, 체스입니까. 미안하지만 다른 것은 안 될까요? 또 한 번 시시한 승리를 거두는 건 저에게도, 관객분들에게도 지루한 일이 될 테니까요."

"시시한 승리입니까……. 당신은 하늘 위의 하늘을 보지 못한 거로군요."

높은 경지의 체스에선 시시한 승리 따위는 없다.

최고의 경지에 오른다고 한들 쉽게 승리할 수가 없다.

하늘 위의 하늘. 인공지능이 있었으니까.

인공지능이 선보이는 수 싸움의 세계는 말 그대로 저세상의 것이었다. 최소한 쥬라스 녀석이 그 벽을 경험해 보진 못했겠지.

"간접적이 되겠지만 당신에게 그 하늘 위의 하늘을 경험하게 해 드리죠."

"하늘 위의 하늘이라니 용병 주제에 거창한 말을 하는군요. 좋습니다. 도발에 넘어가 주도록 하겠습니다."

"말이 배치되는 즉시 바로 시작하죠."

"그 전에……. 조건을 걸어야 하지 않겠습니까?"

"조건? 이야기가 다르군요. 그런 조건이 있다는 말은 듣지 못했습니다. 조금 전의 대국도 그랬고요."

분명 케스퍼 녀석과의 대국에는 그런 조건이 없었다.

"조금 전의 대국에선 충분히 제가 얻어 가는 것이 있었죠. 밀리아스의 신동이자 캘리퍼의 기린아를 꺾었다는 명성을 획득했으니까요. 하지만…… 당신을 이겨서 제가 얻는 이득은 대관절 무엇입니까? 저는 조건이 있다는 말은 하지 않았지만 없다는 말도 하지 않았습니다. 제 말이 틀립니까?"

"쯧."

상황이 묘해졌지만 상관없었다.

"뭘 원합니까?"

"그러게 말입니다. 용병 따위에게 얻을 수 있는 게 뭐가 있을까 저도 의문이군요. 뭣하면 왼쪽 팔이라도 걸겠습니까? 당신이 패배하면 왼쪽 팔을 내놓고 가십시오."

"뭐……! 너 이 자식……!"

나는 결투에 패배하여 스스로 왼쪽 팔을 내놓는 스승의 모습을 상상하고 말았다.

설마 실제 스토리에선 이런 식으로 스승의 왼팔을 가져갔었던 것일까.

"……마음대로 하십시오. 어차피 이기는 건 나일 테니까."

"좋은 자신감입니다. 뭐, 이런 자리에서 피를 보는 건 저도 좋은 생각은 아니라고 생각하니까요. 제 조건은 간단합니다. 제가 이길 경우 그 투구를 벗고 얼굴을 드러내도록 하세요. 용병 웨이드의 정체를 온 세상에 밝히는 겁니다."

내 입장에선 그것도 리스크가 큰 제안이었지만 받아들이기로 했다.

"서론이 끝났으면 빨리 시작합시다."

"급하기도 해라. 백말을 잡겠습니까?"

"당신이 가져가십시오. 혹여나 흑을 잡아서 졌다고 핑계를 대면 곤란하니까."

"대체 어디서 나오는 자신감인지 확인해 보도록 할까요. 그럼 먼저 시작하겠습니다."

머리에 올라온 피를 가라앉히고 체스판을 바라보았다.

최고조로 올라와 있는 집중력.

나는 녀석을 철저하게 때려 부수기로 마음먹고 있었다.

탁! 탁!

살 떨리는 정적 속에서 움직이는 체스 말.

쥬라스는 이 긴장감을 즐기는 건지, 그도 아니면 애초에 긴장을 느끼지 않는 건지 계속해서 재잘거렸다.

"전 개인적으로 체스를 좋아하지는 않습니다. 좋지 않은 추억이 있거든요."

"……."

"훗, 이유를 물어보지 않는 겁니까?"

쥬라스는 개의치 않고 기물을 움직이며 말을 이어갔다.

"여덟 살 때의 일이었을까요. 저에게 군략을 가르쳐 주던 스승께서 체스라는 걸 알려 주더군요. 당연하다면 당연하지만 전 패배했습니다. 이길 수가 없는 싸움이었죠."

그런 스승을 이기게 된 것은 고작 한 달만의 일이었다고.

"그 이후 스승이 저를 바라보는 눈빛이 달라지더군요. 얼마 지나지 않아서는 저를 시기하기 시작했습니다. 체스가 계기가 된 거겠죠. 모든 부문에서 제자보다 열등해지고 있음을 깨달았던 겁니다. 그로부터 3년 후. 그는 스스로 목숨을 끊었습니다. 그렇게 저는 스승을 잃고 만 거죠. 참으로 슬픈 이야기라 생각하지 않습니까?"

"촌극이 따로 없군요. 어린애에게 벽을 느끼고 스스로 목숨을 끊다니."

"하하하! 이해합니다. 분명 우습죠. 저도 그저 제 스승이 모자란 인물이었던 것이 아닐까 생각했어요. 하지만 아니었습니다."

"……?"

"그야 저는 그 이후 단 한 번도 체스 대결에선 진 적이 없으니까요. 제 스승은 지금껏 제가 만난 인물들 중에는 가장 강했던 셈이 되는 겁니다."

이 말을 듣고 있던 몇몇 귀족들은 소름이 돋는지 몸을 부르르 떨었다.

나는 조소하며 말을 받았다.

"그 부분이 촌극이라 말하는 게 아닙니다. 고작 이따위 실력에 벽을 느꼈다는 게 우습다는 거죠. 쥬라스 파밀리온, 당신은 우물 안의 개구리라는 말을 알고 있습니까?"

"흐음, 맥락으로 보아하니 제가 그렇다는 말이로군요?"

"잘 알고 있네요."

나는 고했다.

"지금으로부터 44수 후. 당신은 첫 번째 체크를 당하게 될 겁니다."

"……."

"그리고 8수 후에 또 한 번 체크. 그 뒤 16수 후에는 체크메이트예요."

"말로는 뭐라고 못 하겠습니까."

허세라고 생각했는지 여유로운 웃음을 무너뜨리지 않는

쥬라스.

그러나 20수 후.

"……."

입이 다물어졌다.

그는 뚫어지게 체스판을 바라보기 시작했다.

이제 여유가 생긴 건 내 쪽이었다.

"뭐, 저의 예고 체크는 빗나갈 수도 있겠네요. 당신이 제가 생각한 것 이상으로 멍청하다면 말이죠."

웅성이는 연회장. 체스에 대해 잘 아는 귀족들은 경이로운 눈으로 대국을 관전하고 있었다.

마침내 예고한 44수.

탁! 나는 나이트를 이용해 왕의 목에 칼날을 들이밀었다.

"체크."

우오오오!! 탄성이 터져 나오는 파티장.

크로싱 사절단 측에서는 당황하는 기색이 보였다.

"말도 안 돼. 재상님이 밀리고 있다고?"

"쥬라스 님과 동등하게 겨룰 수 있는 자는 샤략의 카이엔 정도밖에 없을 텐데……?"

나는 입꼬리를 올려 비웃으려 했으나…… 어차피 투구를 쓰고 있어서 남들에겐 보이지 않았기에 일부러 소리 내어 웃었다.

"하하하핫! 예고 체크를 피하기 위해 일부러 악수를 두는

멍청한 짓은 하지 않았군요. 예, 칭찬해 드리겠습니다. 참 잘
했어요."

"……."

이미 이 대국은 끝나 있었다. 쥬라스에게 상황을 타파할
만한 수는 없다.

이것이 체스가 인공지능에게 빠르게 정복당한 이유였다.

체스는 바둑에 비해 경우의수가 많지가 않다.

그 바둑조차 이제는 인공지능에 의해 정복된 상황에서 체
스는 대국 시작과 동시에 끝이 결정된다고 할 정도로 길이
많은 편은 아니었다.

그렇기에 초반의 오프닝과 그 이후의 미들게임의 수 싸움
이 무척 중요하다.

인공지능과 수백 국의 대국을 하며 무엇이 상수인가를 수
도 없이 익힌 내게 쥬라스가 아무리 재능이 있다 해도 상대
가 될 수는 없다.

나는 인류의 재능 따위는 초월해 버린 존재인 인공지능과
대결을 하며 실력을 키웠으니까.

쥬라스는 많은 부분에서 실수를 하였다. 나에 비해 정상급
의 대국을 해 본 경험이 없기 때문이다.

뭐, 그걸 제외해도 내 실력이 우위에 있었으니 결국엔 여
유롭게 승기를 잡았겠지만.

"그럼 어디 당신의 그릇을 보도록 할까요. 예고 체크 메이

트를 피하기 위해 더 악수를 두는가. 그도 아니면 그대로 결과를 받아들이는가. 십걸 쥬라스 파밀리온의 선택. 흥미롭군요."

"네놈⋯⋯."

처음으로 분노를 드러내는 쥬라스.

왜냐하면 이건 가불기이기 때문이다.

내 예고 체크메이트를 피하려 다른 악수를 둔다면 차악보다 최악을 선택하는 멍청이가 되는 것이고 그대로 결과를 받아들이면 상황을 타파할 생각을 하지 않는 멍청이가 된다.

결국엔 뭘 선택하든 멍청한 그릇이다.

쥬라스가 선택한 것은 전자였다.

"체크 메이트."

"⋯⋯졌습니다."

그대로 나의 수 계산을 인정하고 체크 메이트를 받아들인 것이다.

내 승리로 끝난 체스 대결.

용병 웨이드의 승리에 파티장의 사람들은 믿기지 않는다는 반응을 여과 없이 드러냈다.

"십걸의 필두 중 하나인 쥬라스 파밀리온이 패배했다

고······?"

"놀랍군. 정말 놀라워!"

"그야말로 차원이 다른 체스 실력이군. 경이로울 정도야!"

어떤 도전이든 받아 준다는 쥬라스의 기행은 유명한 것이었다.

도전을 받는 것 자체도 그러했고, 단 한 번도 패배하지 않은 것도 그러했다.

그 명성이 깨졌다.

한낱 용병에게 말이다.

"재대국을 하지 않겠습니까?"

쥬라스는 이글거리는 눈빛으로 재전을 신청했다.

나는 능글맞게 답했다.

"조건은 무엇입니까?"

"조건······이라고요?"

"이미 당신이 내놓은 노예는 제가 받은 것 아닙니까? 그렇다면 새로운 걸 내놓으셔야죠? 가령. 아까 당신이 지껄였던 왼팔이라든가요······!"

"······!"

내 위협에 쥬라스가 움찔했다.

그도 알고 있던 것이다. 다시 대결을 한다고 해도 자신이 이길 가능성이 높지 않다는 걸.

왼팔을 걸고 대결을 하기에는 너무 리스크가 크다는 걸.

"무엄하다! 한낱 용병 주제에 쥬라스 님에게 그 무슨 망발이냐!"

"조용히 하십시오. 키암."

"하지만 쥬라스 님……!"

"닥치라고 했어. 두 번 말하게 하지 마라."

"주, 주제넘었습니다."

쥬라스의 분위기가 일변했다.

그는 에오니아를 가리키며 말한다.

"어차피 당신과 일리야 안페이가 원하는 건 에오니아 미라벨 쪽이겠죠. 만약 이번에도 이긴다면 이 펜실론의 끄나풀까지 주도록 하겠습니다. 어떻습니까?"

주인공을 준다는 건가.

솔직히 말해 그건 어떨까 싶었다.

에오니아야 메인 스토리에 관련이 없는 인물이니 괜찮을 거라 생각하고 있었지만 주인공은 아니었다.

주인공의 심복 포지션이어야 하는 알스가 역으로 주인공을 노예로 부리다니.

스토리가 산으로 가는 수준을 넘어서 충격과 공포의 도가니가 아닐 수 없었다.

그 시점에서 내가 아는 스토리는 전부 사라지게 될 테다.

'이 대국은 거절하는 게 맞겠어.'

때마침 헬리안 공작이 도움의 손길을 내주었다.

"거기까지. 둘 다 이 이상 파티의 흥을 깨뜨리지 마라."

그는 노예 옥션의 종료를 선언했다.

"쥬라스 파밀리온. 이 이상의 무례는 용납하지 않겠다. 노예는 도로 가져가도 상관없으니 물러나라."

"……좋습니다. 저도 일부러 분위기를 싸늘하게 만드는 취미는 없으니까요."

"이미 파티 분위기를 충분히 망쳐 놨다고 말하고 있는 거다만?"

"훗, 그건 송구하군요. 그럼 저는 이만 물러나겠습니다. 노예들은 얘기한 대로 데리고 가도 좋습니다. 값은 받지 않도록 하죠. 사과와 우호의 선물이라고 생각해 주십시오."

"흥, 첩자일지도 모르는 자들을 좋다고 받을 줄 아는가."

"그 부분은 알아서 결정하시길……."

쥬라스는 주인공 하나만을 데리고 파티장을 떠나갔다.

에오니아 미라벨도 약속대로 풀어 준 모양이었다.

"에오니아!"

일리야 스승은 곧장 에오니아의 손을 붙잡으며 무사함을 기뻐했다.

에오니아는 설마 쥬라스가 패배할 거라고는 꿈에도 생각지 못했는지 어리둥절한 채로 서 있었다.

그런데 이제부터 어쩐담.

스승을 지키기 위해 어쩔 수 없었다고는 해도 일이 제법 커지고 말았다.

⊕

쥬라스와의 대결을 끝낸 나는 부랴부랴 파티장을 빠져나
왔다.

그대로 있다간 붙잡혀서 얼굴을 공개당할 것 같았으니까.

용병 협회 인물들과 스승의 도움으로 파티장을 나온 나는
깊은 한숨을 내쉬었다.

"스승, 하나만 약속해 줘요. 앞으로 이런 일이 생긴다면
반드시 저와 상의해서 결정을 하겠다고요. 무인의 자존심이
중요한 건 저도 알지만 실리라는 게 있잖아요. 제가 가능한
한 좋은 방향으로 이끌어 볼 테니까 부디 저를 믿고 상담해
줘요."

"홋, 그래. 그게 좋은 것 같구나. 다음부터는 꼭 그렇게 하
마."

"스승?"

"체스를 잘한다는 건 알고 있었지만 설마 그 쥬라스에게
승리를 거둘 줄이야. 너를 영특한 아이라 정확하게 평가하고
있다 자부했지만 아무래도 그렇지 않았던 모양이야. 너는 더
특별한 녀석이야."

스승은 대견한지 내 어깨를 쓰다듬어 주었다.

'어째서 머리가 아니라 어깨를 쓰다듬는 거지?'라고 생각하고 투구의 존재를 뒤늦게 떠올렸다.

나는 주변의 시선이 없음을 확인하고 투구를 벗고 변조하던 목소리를 되돌렸다.

"휴우! 답답해 죽는 줄 알았어요. 전장에선 피가 튀는 걸막아 주니까 답답해도 참을 수 있었는데 실내에서 쓰고 있자니 고문이 따로 없네요."

"무슨……!"

내가 얼굴을 드러내자 에오니아가 눈을 부릅떴다.

"어째서 아이가……?"

"일단 올해로 성인으로 인정받는 나이가 됐는데요. 아직성인식은 하지 않았지만요. 그보다 통성명을 해 볼까요? 저는 알스 체이싱 일라인이라고 합니다."

"에, 에오니아 미라벨이다. 아니…… 미라벨입니다."

갑자기 왜 존대를 하는 걸까.

어쨌든. 에오니아의 처신을 결정해야 했다.

워낙 유명한 인물이니 함부로 어디에 둘 수가 없었다. 쥬라스 녀석이 추적을 붙여 놓을 수도 있는 일이고.

다만 이 부분은 스승이 시원스러운 해결책을 제시했다.

"이걸 다행이라고 생각해야 하는지 모르겠지만 지금 에오니아의 얼굴은 화상으로 인해 알아볼 수가 없다."

"그건…… 그렇죠."

"그러니 서서히 치료를 하면서 외모를 이전과 다르게 바꿔 가면 되는 일이야."

"그런 것도 가능한가요?"

"아마 될 거다. 내가 아는 사람 중에 이와 비슷한 경우가 있었어. 완전히 다른 사람이 되는 건 힘들지만 인상을 바꾸는 건 충분히 가능할 거다."

물론 당분간은 에오니아라는 이름을 숨기고 생활을 해야 한다.

이를 그녀는 시원스럽게 받아들였다.

"전 1년 전에 죽은 것이나 다름없는 사람입니다. 이름을 숨기는 것 정도는 대수로운 일이 아닙니다. 게다가…… 당신에게 입은 은혜를 갚을 수만 있다면 어떤 일이든 상관하지 않을 생각입니다."

"은혜라니. 미리 말해 두지만 그런 건 신경 쓰지 않아도 좋아요. 난 그저 스승을 구하기 위해 쥬라스와 승부한 겁니다. 당신의 신세가 어떻게 되건 하등 상관없었어요. 그러니 당신은 이제부터 스스로가 원하는 인생을 살면 되는 거예요."

"예, 그럴 생각입니다. ……한번 꺾였었던 저의 창은 당신의 의지를 따라 다시금 적의 목을 겨눌 것입니다. 부디 곁에서 모시는 걸 허락해 주십시오."

"나 참."

올곧고 강렬한 시선을 부딪쳐 오는 에오니아.

나는 머리가 아파 왔다.

'이건 주인공에게 했던 맹세와 비슷하잖아.'

오히려 더 강도가 높은 느낌이 들었다. 게임에서 주인공과는 동료로서 인정했다는 느낌이라면 이건 마치 주종의 맹세 같았으니까.

주인공도 아닌 내가 SSR등급 캐릭터의 충성 맹세를 받다니.

농담 삼아 내 조력자들을 일곱 가신이라 칭하긴 했지만. 지금 이건 정말로 가신을 받아 버리게 된 셈이었다.

그래도 메인 스토리와 관련이 없는 인물이니 상관없을 거라 자기 합리화를 하기로 했다.

재차 환복을 하고 파티장으로 돌아온 내게 퍼지 형이 심각한 얼굴로 다가왔다.

"알스, 너……. 대체 무슨 일을 한 거니?"

"쉿, 지금은 그냥 넘어가 줘요, 퍼지 형. 나중에 다 설명할게요."

퍼지 형은 한숨을 쉬더니 이내 고개를 끄덕였다.

"미리 말해 두지만 지금 이곳엔 네가 웨이드라는 걸 알고 있거나, 추측하고 있는 사람들이 있다."

"윽. 역시 그런가요?"

그 당시 함께 일을 도모했던 펠릭스와 요슈아도 그렇고 아이언하트 부사령관도 그렇다.

아이언하트 부사령관의 소속을 생각하면 헬리안 계파의 핵심 인물들은 내 정체를 알고 있다고 봐도 무방했다.

심지어는 에리나까지 나를 의심의 눈초리로 보고 있었다.

아마 내가 사라진 뒤에 웨이드가 등장하고, 웨이드가 사라지고서야 내가 나타난 걸 보고 의심을 한 것 같다.

'가시방석에 앉은 것 같은 기분이야.'

급기야는 에리나가 내게 다가오려 했으나 그 전에 파란이 일었다.

"그랬군! 그랬던 거였어!"

한 중견 귀족 하나가 이렇게 말한 것이다.

"케스퍼 군이 투구를 쓰고 다시 나타났던 건가!"

치졸한 수작이었다.

캘리퍼 왕국의 기린아가 쥬라스에게 패했다는 걸 대외적으로 알릴 수가 없었기에 용병 웨이드를 케스퍼라 혼동시켜 그 부분을 흐지부지해 보려 한 것이다.

이걸로 헬리안 계파 쪽의 위신도 동시에 세울 수 있었다. 케스퍼가 속한 밀리아스 후작가는 헬리안 계파의 핵심 세력 중 하나였으니까.

애초에 케스퍼 밀리아스가 용병 웨이드가 아니냐는 소리까지 있었기에 이 치졸한 정치질이 먹혀들고 있었다.

헬리안 계파의 귀족들은 케스퍼가 웨이드가 아님을 알면서도 뻔한 연극에 어울려 주었다.

문제는 여기서 한술 더 떠 버렸다는 거다.

긍정도, 부정도 하지 않아야 할 밀리아스 후작가 쪽에서 이 정치질을 인정해 버린 것이다.

"내가……?"

막 파티장에 돌아온 케스퍼 녀석은 갑작스러운 상황에 얼떨떨해했지만 아버지인 조제트 밀리아스 후작의 귀띔을 받고는 눈을 부릅떴다.

밀리아스 후작은 그러더니 내가 있는 방향을 정확하게 응시했다.

"훗."

내 쪽을 바라보며 입꼬리를 올리는 조제트 밀리아스.

그 생각은 뻔히 읽을 수 있었다.

'날 이용해 보겠다는 건가.'

밀리아스 후작의 귀띔을 받은 케스퍼 녀석은 침을 꼴깍 삼키더니 불안한 눈빛으로 외쳤다.

"마, 맞습니다. 제가 투구를 쓰고 심기일전하여 그를 상대했습니다."

우오오! 탄성이 오르는 연회장.

연극인 걸 다 알면서도 어울리는 귀족들이 대부분이었지만 실제로 믿는 사람들도 더러 있었다.

살레온 계파 쪽은 연극이라는 걸 알면서도 가만히 지켜보고만 있었다. 아무런 근거도 없이 사칭을 했으니 가만 놔둬도 파멸할 거라는 걸 알았으니까.

"쥬라스를 상대로 승리하다니 과연 캘리퍼의 기린아라 불릴 만하군!"

"역시 용병 웨이드는 케스퍼였어!"

나는 케스퍼 녀석이 더없이 안쓰러워 보였다.

어른들의 이기심에 놀아나는 모습을 보니 과거의 내가 떠올랐기 때문이다.

"어이가 없군요."

내 앞에 다가와 앉은 에리나도 이 연극이 역겨웠던 모양이다.

"당신의 공을 이런 식으로 가로채 버리다니 말이에요."

"메리나 양? 그건 무슨 말씀이시죠?"

"에리나라고 몇 번을 말해야 알아듣는 걸까요? 웨이드 님?"

"……."

하여간 눈치는 더럽게 빠르다.

그럴 만도 한 게 에리나는 내 무예 능력을 익히 알고 있다.

내가 오러를 다룰 정도의 강자임에도 실력을 감추고 있는 걸 알고 있으니 추론이 쉬웠을 테다.

"제가 선물한 철창이 망가진 것도 엉덩방아를 찧어서 그런 게 아니고 길리아스 멜번과의 결투 때문에 그랬던 거죠?"

"설마요. 그랬으면 동네방네 자랑하고 다녔겠죠."

"특이하게도 당신은 그런 성향이 아니니까요. 오히려 저 멍청한 자들이 공을 가로채 가 줘서 다행이라고 생각하고 있죠. 틀린가요?"

정곡을 찔렸다.

다른 변명할 말이 별로 떠오르질 않아 난감한 상황이었다.

그러던 와중이었다.

"아가씨, 문제가 되는 행동은 삼가 주십시오."

살레온 가문의 시종장 조안이 살며시 다가와 말한 것이다.

"아가씨는 다른 이들의 이목을 받고 계시니까요. 우리 측의 귀족 자제와 담소를 나누는 거면 모를까 그게 아니라면 곤란한 문제가 발생합니다. 아가씨에게도, 상대방에게도 말입니다."

"알고 있어요. 잠깐이면 돼요."

"예, 부디 이야기가 길어지지 않게 주의해 주십시오."

그렇게 말한 조안은 나를 보며 고개를 슬쩍 눈인사를 보냈다.

나는 어깨를 으쓱여 보였다.

"오랜만이네요, 조안 씨. 잘 지내셨나요?"

"일라인 님이야말로. 무양하셨습니까."

"보다시피 잘 지냈습니다."

"그러네요, 변하신 게 없는 것 같아 안심입니다."

조안은 나를 훔쳐보는 주변 귀족 영애들을 곁눈질하며 한 숨을 쉬었다.

"여전히 열렬한 시선을 받으시는군요."

"하하……."

"그렇다고는 해도 에리나 아가씨와 합석을 하는 건 바람직하지 않은 일이라 생각합니다만. 그걸 모르시는 건 아니겠죠?"

"예전에도 말했던 것 같지만 전 잘못 없어요. 찾아오는 건 제가 아니라 상대 쪽이거든요."

"예에…… 그랬었죠."

내게는 다행스럽게도 조안이 이 자리를 수습해 주려는 모양이었다.

그녀는 에리나에게 자리에서 일어날 것을 넌지시 전했으나 에리나는 왜인지 충격을 받은 표정이었다.

그녀가 문제 삼는 건 다른 부분이었다.

"잠깐만요, 어째서 조안의 이름은 기억하고 있는 거죠?"

"예? 그야 기억을 하고 있으니까요."

"내, 내 이름은 기억하지 못했잖아요!"

"그건 어쩔 수 없죠. 당신을 얼마나 봤다고요."

"조안은 다르다는 건가요?"

"다르죠."

조안과는 집사 수업이 진행되는 2달 동안 매일 얼굴을 마주했다. 아무리 나라도 얼굴과 이름 정도는 기억한다.

"웃……!"

납득이 가지 않는다는 듯 아랫입술을 깨무는 에리나.

조안은 골치 아프다며 고개를 흔들고는 내게 말했다.

"일라인 님, 슬슬 다른 분과도 이야기를 해 보시는 게 어떠실지요."

"그래야겠네요."

마침 데니안이란 녀석이 이곳을 보고 눈에 불을 켠 채 다가오고 있었기에 나는 그것을 핑계 삼아 자리에서 일어나기로 했다.

여러 가지 사건이 벌어진 왕실 파티.

파티를 끝내고 일상으로 돌아온 나는 혹여나 쥬라스 녀석이 무슨 짓을 해 오지 않을까 싶어 조마조마했으나 며칠이 지나도 별다른 일은 일어나지 않았다.

미루어 보건대 내 뒷조사에는 실패한 모양이었다.

'아니, 단순히 뒷조사를 하지 않은 걸지도 몰라.'

에오니아에 대해서도 깔끔하게 넘겨줬다고 생각하는지 미

행을 붙인다거나 하는 미련을 보이지는 않았다.

그 덕에 에오니아는 실력 있는 신관이 있는 도시로 향해 무사히 치료를 받고 있었다.

그나마 일이 있다고 하면 내 명성을 역이용한 케스퍼 녀석의 위세가 하늘을 찌르고 있었다는 것 정도.

 -용병 웨이드가 쥬라스 파밀리온을 꺾었다!
 -용병 웨이드는 밀리아스의 신동이었다!

이런 소문이 국내에 퍼지게 되면서 케스퍼 녀석의 위상은 대단히 높아져 있었다.

다른 국가들은 이런 뜬소문을 쉽게 믿지 않았던 반면 왕국 내 국민들은 이런 우상화 선동이 쉬웠다.

줄리아의 시민들은 케스퍼 녀석이 지나가기라도 하면 일손을 놓고 동물원의 동물을 보는 것처럼 녀석을 바라보았고, 듣자 하니 이런저런 혼담이 물밀듯이 몰려오고 있다고 한다.

'노골적인걸.'

밀리아스 후작가의 의도는 뻔했다.

내게 도착한 편지를 보면 명확하다.

만나서 이야기를 하고 싶다. 웨이드.

조제트의 직인이 찍혀 있는 편지.

내게 어떤 제안을 해 올지 너무도 일목요연했기에 이에 대한 대비가 필요한 상황이었다.

'일단은 시기를 최대한 늦춰야겠군.'

다행히 저쪽도 일을 급하게 진행시키고 싶지는 않은지 사람을 보낸다거나 하는 등의 강압적인 방식은 선택하지 않았다.

나는 답신을 무시하고 건강에 문제가 있다는 소문을 내기로 했다. 그로 인해 다니던 아카데미에 가지 않아도 되었다.

그 틈을 이용해 그 일에 착수하기로 했다.

철옹성의 로젠버그. 그에 대한 영입 작업을 말이다.

내가 다른 이의 간계에 놀아나지 않기 위해 필요한 것은 뒷배였다.

뒤를 지켜 주는 세력만 있으면 그 치졸한 간계에 놀아나지 않아도 된다.

'그 후보군은 셋.'

로젠버그는 그중 하나였다.

루트거 로젠버그 백작.

지금은 가세를 잃었다고는 하지만 로젠버그 백작가는 전성기 적 알바드 내에서 다섯 손가락에 꼽는 명문가였다.

그를 내 편으로 만든다면 밀리아스 후작을 견제할 방법을 찾을 수 있을지도 모른다.

'물론 그것만으로는 부족하긴 하겠지만.'

당장은 도움이 되는 게 사실이었다.

나는 유미르를 대동하고 루트거가 목격됐다고 하는 칼론 산지로 향했다.

베카비아 왕국과 알바드 왕국의 접경 지역인 이곳에서 루트거의 목격담이 나오고 있었다.

산지 부근에 형성되어 있는 마을에 도착한 나는 허름한 주점에서 그 흔적을 찾을 수 있었다.

'저자들이군.'

명백히 품고 있는 기운이 다른 두 명의 남자. 용병이라기에는 그 풍모가 정갈했고, 정규군이나 기사라기에는 야인의 기색이 느껴졌다.

나는 그들이 들을 수 있을 정도의 목소리로 주점의 점주에게 말했다.

"주인장, 이곳에는 중환자라도 있는 겁니까?"

"그건 무슨 말씀이십니까?"

"약재가 보여서 말입니다. 거기에 놓여 있는 그건 루어의 풀인 것 같고. 그 옆에 있는 건 시스오의 줄기입니까? 둘 다 제법 독한 약재여서 중환자라도 있는 줄 알았죠."

"하하, 저는 맡아 두고 있는 것뿐입니다요. 환자는…… 있습니다만. 저는 자세히는 모릅니다."

점주는 환자 이야기가 나오자 남자 둘을 흘겨보았다. 남자들은 내 쪽으로 시선을 고정시키고는 긴급하게 얘기를 나누고 있었다.

  "흠, 이건 쓸데없는 참견이지만 루어의 풀을 사용할 때는 주의하는 게 좋다고 전해요. 그건 약초이기도 하지만 고열이 있는 환자에게 처방했다간 맹독으로 작용하니까."

  "그, 그렇다면 직접 주의해 주시는 건 어떻습니까?"

  점주는 어느새 지근거리까지 다가와 있는 남자들을 가리켰다.

  그들은 경계와 정중함이 오묘하게 섞인 태도로 내게 말해왔다.

  "잠시 괜찮겠습니까?"

  "무슨 일이십니까?"

  "음……!?"

  그들은 후드 속에 숨어 있는 내 얼굴을 보고는 오만상을 찌푸렸다. 얼굴이 가면으로 가려져 있는 것을 보고 경계심을 높인 것이다.

  "훗, 그 태도로 보아하니 용건은 사라진 모양이군요."

  "아, 아닙니다. 불쾌했다면 사과를 드리지요. 실례가 안 된다면 귀하의 고명을 여쭤보고 싶습니다만."

  "쉽게 이름을 내놓을 처지가 아니라서요. 거절하죠."

  얼굴을 가리고 있는 이유가 있을 것이라며 대충 이해하고 넘긴 것인지, 그도 아니면 그게 상관없을 정도로 절박한 것인지 남자가 말을 이어갔다.

"그렇담 이름에 대해선 아무래도 좋습니다. 한 가지 부탁 드리고 싶은 게 있습니다만. 귀하께선 약학에 밝으신 것 같은데, 혹여 환자 한 명을 봐주실 수 있겠습니까?"

좋아, 걸려들었다.

그렇다고 넙죽 알았다고 하면 굳이 이런 상황극을 한 이유도 없었기에 조금 뜸을 들이기로 했다.

"갈 길이 바빠서 말입니다."

"그걸 어떻게든 좀……."

"두 번 말하고 싶지 않습니다. 이야기는 이걸로 끝내도록 하죠."

그러자 잠자코 있던 다른 남자 하나가 목소리를 높였다. 다혈질인 모양인지 쏘아 내듯 내게 말해 왔다.

"환자가 있다고 말하잖아! 잠자코 따라오라고!"

"……귀찮은 녀석들이었군. 르미유. 쫓아내."

내 말에 유미르가 은은한 투기를 발산했다. 등골을 찌르는 살기에 남자들은 우당탕! 허겁지겁 뒤로 물러나며 허리에 차고 있던 검을 뽑아 들려 했다.

점주는 사색이 되어 소리쳤다.

"부탁이니 밖에서 해 주십시오! 제발!"

"……흠. 미안합니다. 내가 자리에서 일어나는 게 낫겠군요."

딸그락! 나는 테이블 위에 동화 하나를 올려놓고 일어났다.

그렇게 미련 없이 주점을 떠나려는 내게 남자가 쿵! 머리를 박으며 오체투지를 했다.

"부탁드립니다! 조금 전의 무례는 사과드리겠으니 부디 환자를…… 우리 아가씨의 상태를 봐주십시오!"

유미르의 무력시위가 효과가 있었다.

그걸로 말미암아 내가 비범한 인물이라는 걸 어필했으니까.

이쯤 하면 충분하다. 이제 승낙할 일만 남았는데.

"흠, 그런데 그쪽은 머리 안 박습니까?"

"……엉?"

멍하니 있던 다혈질의 남자는 어리둥절하며 신음했다.

그의 옆에 오체투지를 하고 있던 남자는 작은 목소리로 으르렁거렸다.

"야, 조지. 뒈지고 싶지 않으면 머리 박아."

"……옙!"

정중한 남자가 상관이었는지 다혈질의 남자도 곧 머리를 박았다.

나는 그 모습에 못 이기는 척. 그들을 따라가기로 했다.

게임의 스토리에는 한계가 있기 마련이다.

특히나 여러 캐릭터가 마구 등장하는 가챠 게임은 더더욱 그렇다.

그 캐릭터 하나하나에 심도 있는 스토리를 넣기란 현실적으로 불가능했다.

하여 게임사들은 어쩔 수 없이 클리셰를 사용한 개인 스토리를 내고는 하는데 루트거 로젠버그는 그런 유의 캐릭터였다.

병약한 외동딸을 둔 아빠. 대표적인 클리셰다.

그의 딸 에스텔 로젠버그는 10살 때까지는 그 미모로 영지 내에서 유명했다고 한다. 성장한다면 장차 알바드 왕국을 대표하는 미녀가 될 거라며 칭송을 받았다.

그러나 그런 미모는 돌연 온몸에 생긴 흉측한 종기들로 인해 망가지고 말았다.

루트거는 저명한 의사들을 불러 병의 이유를 알아보려 했지만 그 누구도 병에 대해서 알아내지 못했다.

그런 와중 그의 영지에 지독한 전염병이 돌게 된다.

ㅡ저것이 원인이다! 저것이 병을 퍼트리고 있는 거야!

ㅡ이 괴물!

영지민들은 그 전염병의 원인으로 에스텔을 지목하며 저주를 퍼부었다.

입이 마를 정도로 칭송할 때는 언제고 이제는 괴물 취급하며 돌을 던지기 시작한 것이다.

이에 영지민들에게 크게 실망한 루트거는 영지와 작위를 반납하고 측근 부하들만을 대동한 채 대륙 각지를 떠돌아다니며 병의 원인을 찾기 시작했다.

거병을 한 주인공과 알스는 훗날 산적단으로 전락해 버린 루트거 무리를 토벌하러 갔다 이 사정을 알고 도움을 주기로 한다.

이때 대륙 북동부로 파견을 갔던 알스가 우연히 병의 원인을 알아낸다.

그렇게 알스가 치료약을 가지고 루트거가 있는 곳으로 갔지만 아버지의 짐이 되기 싫었던 에스텔은 이미 스스로 목숨을 끊은 후였다.

루트거는 딸을 잃은 슬픔에 오열하면서도 백방으로 노력해 준 주인공 일행, 특히 알스에게 감복하며 휘하에 들어간다는 것이 루트거의 스토리였다.

"그런데……. 책임자가 없는 모양이군요."

루트거가 보이질 않았다. 내 물음에 안내를 맡은 정중한 남자, 잉스는 볼을 긁적였다.

"눈치채셨습니까. 예, 추측하신 대로 우리 주군께서는 희귀한 약초를 구하기 위해 남방에 가 계십니다."

"그 주군이라면?"

잉스는 잠시 머뭇거리더니.

"루트거 로젠버그. 비취의 로젠버그라고도 불립니다만. 알고 계십니까?"

"들어 본 적은 있습니다."

과거 알바드의 제2장군이자 사략의 카이엔의 오른팔로 불리던 명장. 그것이 로젠버그였다.

'쳇, 엇갈려 버리고 만 건가.'

들어 보니 루트거가 돌아오기까지 못해도 보름은 걸린다고 한다. 그때까지 기다릴 수도 없으니 루트거와의 대면은 후일을 기약하는 수밖에 없었다.

잉스가 안내한 곳은 산지 구석에 위치한 산장이었다. 산장 부근에 도착하자 악취가 풍겨 오기 시작했다.

"미리 부탁드립니다만 부디 비명을 지르거나 하지는 말아 주십시오. 아가씨께서 상심하실 테니까."

그렇게 말하고는 문을 열어젖히는 잉스.

그곳에는 흉물이라 표현할 수밖에 없는 이형이 있었다.

언제나 침착한 유미르가 헛숨을 들이켰을 정도다. 잉스가 미리 주의를 해 주지 않았다면 소리를 질렀을지도 몰랐다.

'생각 이상으로 심각한데.'

게임에선 그저 흉측한 몰골이었다 정도로 표현이 되기에

알 수가 없었지만 이건 정말 심각했다.

언젠가 우연찮게 익사체의 사진을 본 적이 있었는데 지금 에스텔의 모습은 그것보다도 심각했다.

영지민들이 에스텔을 역병의 원인이라 여긴 것도 이해가 갔다.

온몸에 난 종기는 잔뜩 부풀어 고름이 꽉 차 곧 흐를 것 같았고, 이미 터져 버린 고름에선 악취가 진동했다.

"잉스……? 당신인가요?"

"그렇습니다."

"아버님은……."

"말씀드렸다시피 루트거 님께서 돌아오시기까지는 시간이 걸릴 겁니다."

부풀어 오른 종기가 눈을 덮어 앞이 보이질 않는지 그녀는 어디를 바라보고 이야기해야 하는지 제대로 알지 못했다.

그러나 곧 나의 존재를 본능으로 눈치챘는지 움찔, 몸을 움츠렸다.

"혹시, 다른 분이 계신가요?"

"예, 아가씨의 상태를 봐주실 분입니다."

"……."

이제는 의사들에게 어떤 기대도 하지 않는지 침울한 기색을 보이는 에스텔.

어떠냐며 바라보는 잉스에게 나는 어깨를 으쓱이며 말했

다.

"할 수 있는 데까지 해 보도록 하죠."

"엇……! 병에 대해 짐작 가는 게 있으신 겁니까?"

"확신하지는 못합니다."

어디까지나 게임에서 나온 이야기였으니까.

게다가 실제 알스가 구해 왔다는 약초는 사용해 보지 못했었다. 그 전에 에스텔이 스스로 목숨을 끊었기 때문이다.

'계산 착오가 있었네.'

설마 이 정도로 심할 줄은 몰랐다. 그렇기에 준비해 온 약재가 부족할 것 같았다.

"그것만으로 충분합니다. 저희는 아무런 갈피도 잡고 있지 못한 상황이었습니다. 부디 부탁드립니다."

"그럼 준비를 하도록 하죠."

그러나 그때였다.

"……전, 치료받고 싶지 않아요."

에스텔의 말이었다.

"무슨 말을 하시는 겁니까, 아가씨!"

"……."

낫고 싶지 않다는 뜻은 아니었다. 그저 믿지 못하겠다는 뜻이었다.

지금껏 자신을 찾은 수십, 수백 명의 의사가 어떤 호언장담을 하고서 자신과 자신의 아버지를 속였는가를 그녀는 알고 있었던 것이다.

잉스는 빠득! 이를 악물고는 내게 말했다.

"준비해 주십시오. 아가씨는 제가 설득해 놓겠습니다."

"뭐, 그러도록 하죠."

산장에서 나온 나는 유미르의 도움을 받으며 도구를 준비했다. 일단 고름을 째야 하기에 의료용 칼을 소독하고 미리 가져온 약재를 빻아 특수한 기름을 넣어 연고로 만들었다.

나에겐 이러한 약학 지식이 있었다.

현대의 지식은 아니었다. 그저 이 세계에서 공부할 거라곤 그런 것밖에 없었기 때문이다.

루트거의 일도 있고, 훗날 도움이 될까 하여 나는 틈틈이 약학 서적을 읽었었다. 스승의 도움을 받아 응급처치 기술도 배워 의료 기술을 일정 수준 갖추고 있었다.

"유미르, 넌 저 병에 대해 짐작 가는 게 있어?"

혹시나 하여 물었더니 유미르는 고개를 흔들었다.

"처음 보는 증상입니다. 그보다도 도련님, 저 환자를 너무 가까이하지 않으시는 게 좋겠습니다. 필요한 처치는 제가 하겠습니다."

"왜, 전염이라도 될까 봐? 괜찮아. 그랬다면 다른 사람들도 다 죽었겠지."

"그보다…… 베카비아에는 가 보지 않으셔도 괜찮은 건가요? 날이 넘어가면 베카비아에서 머무를 시간이 줄어들 겁니다."

"아, 그거 말이지."

유미르에게는 그렇게 둘러댔었다. 갑자기 내가 루트거를 만나러 간다고 하면 이상하니까.

"다음에 가지 뭐."

난 유미르의 도움을 받으며 치료 준비를 하고 있었다.

그러던 중이었다.

"잠시 괜찮겠소?"

다혈질의 남자. 조지라는 자였다.

"무슨 일입니까? 재촉하는 거라면 거의 다 됐습니다."

"그건 아무래도 좋소. 다만 한 가지. 부탁하고 싶은 게 있을 뿐이요."

"부탁?"

조지는 침을 삼키더니 말한다.

"부디 아가씨의 비극을 당신이 끝내 주시오."

"……오호라."

에스텔을 죽여 달라. 그렇게 말하고 있는 조지의 얼굴에 쓰여 있는 건 다른 게 아니었다.

"이 이상 이런 외딴곳에서 썩기 싫다는 겁니까?"

"……!"

"저 환자만 없다면 루트거 로젠버그는 자유의 몸. 그렇게 될 경우 당신도 다시 세상의 빛을 볼 수 있게 되는 거니까요."

정곡이었는지 조지는 주먹을 꽉 쥐었다.

"무슨 이유가 됐든 상관없소. 아가씨의 병은 고칠 수 없는 것이요! 그 어떤 고명한 의사도 해내지 못했지. 그러니 모두가 행복해질 수 있는 길을 택하자는 것뿐이야! 당신이라면 좋소. 정체를 알고 있지 못하니 루트거 님도 어쩔 수 없는 일이었다며 체념을 하시겠지. 당신에게 복수한다거나 하는 일은 없을 테니 안심하시오."

"훗, 그걸 과연 충성심이라 부를 수 있는 것입니까?"

"크윽!"

"뭐, 쓸데없는 이야기는 여기까지 하죠. 르미유, 그것들을 챙기고 따라와."

그리고 다시 도착한 산장에서도 잉스가 고래고래 소리를 지르고 있었다.

"정신 똑바로 차리십시오, 아가씨! 당신이 그런 태도를 보이니까 루트거 님도 마음을 강하게 먹지 못하는 겁니다! 당신 뒷바라지를 하고 있는 저와 조지의 입장도 생각해 주십시오! 제발 좀!"

"흑! 흐흑!"

고름 사이로 흘러내리는 눈물.

잉스의 눈빛엔 에스텔에 대한 존중이나 존경보다는 분노와 혐오가 더 강하게 깃들어 있었다.

'이거 완전 콩가루 집안이구만.'

후에 루트거를 휘하에 들일 때 이놈들은 쳐내기로 했다.

"아……. 부끄러운 모습을 보여 드렸군요. 아가씨는 설득했습니다. 치료 준비는 된 겁니까?"

"됐습니다만. 정말 설득한 것 맞습니까?"

"맞습니다. 그러니 어서 치료를 해 주시지요."

"흠."

치료 과정 자체는 단순했다.

먼저 종기를 칼로 째 그 안에 있는 고름을 전부 짜내야 한다.

준비해 온 약재가 부족해 모든 종기를 짜내는 것은 무리였기에 생활에 문제가 되는 종기들만 처치를 해 놓기로 했다.

찌익! 기괴한 소리를 내며 벌어지는 종기. 그 안에서 고동색의 고름이 주르륵 흘러나왔다.

'이건…….'

일반적인 고름이 아니었다. 고름이란 백혈구가 세균과 싸워 생기는 치유 작용의 일종이다.

이 고름에는 그런 느낌이 없었다. 과학적으로 분석을 할 수가 없으니 뭐라 할 수가 없었지만 적어도 몸의 치유 작용은 아닌 것 같았다.

'애초에 이만큼 종기가 생길 정도로 백혈구가 일을 했다면 몸이 남아나지 않았을 거야.'

이마의 종기를 짜내자 눈이 보여 왔다.

"……."

그녀는 가면 속의 내 눈을 응시해 왔다.

푸른색의 깊은 눈. 그 눈에선 눈물이 흐르고 있었다.

"르미유, 연고를 줘."

"예."

고름을 짜낸 뒤에는 칼로 쨀 흉터에 연고를 발랐다.

잉스가 묻는다.

"그걸로 치료가 끝난 겁니까?"

"우선은 긴급하게 처치를 해 놓은 것뿐입니다. 병의 근본적인 원인을 치료하는 건 아니에요."

우선 눈 쪽의 종기를 처리한 뒤에는 등 쪽의 종기들을 처리했다. 그것으로 준비해 온 약재는 전부 사용하게 되었다.

"이걸로 적어도 편안하게 누울 수는 있을 겁니다."

"그렇게 됐으면 좋겠군요."

잉스는 상황을 낙관하지 않았다.

"몇몇 의사들도 당신과 똑같은 처치를 했었습니다만 몇 시간 후 곧바로 재발하더군요. 더 심각하게 말이죠."

"그 몇 시간이라고 하면?"

"대략 4시간에서 5시간입니다."

"그럼 그때까지는 기다리고 있도록 하죠."

나로서도 치료에 대한 확신은 없는 상황이었다.

지금 준비한 약재는 게임에서 알스가 준비했던 물건이었다.

'내가 이 세계에서 읽은 약학 서적에 이런 약초 조합은 없었어.'

실제 사용해 보질 못했으니 게임의 알스가 잘못 짚었을 가능성도 있다.

그 경우 루트거의 영입에 차질이 생기겠지만 그때를 위한 다른 방법도 준비해 놓고 있었다.

나는 잉스가 준비해 준 산장에서 하루를 보내기로 했다.

그렇게 처치를 하고 12시간이 지난 시점이었다.

쿵쿵쿵! 산장 문을 다급하게 두드리는 소리가 들려왔다.

"저입니다! 잉스입니다!"

나는 가면을 착용하고 문을 열었다.

"차도가 있습니까? 뭐, 그 표정을 보니 있는 것 같군요."

"예, 있습니다! 종기가 재발하지 않았어요!"

좋아, 게임의 알스는 틀리지 않았다. 그렇다면 병의 완치 방법도 짐작이 갔다.

"그럼 제 역할도 여기서 끝이군요. 연고를 만드는 방법을 알려 줄 테니 다음부터는 직접 처치하도록 하세요."

"예? 하, 하지만 병의 근본적인 치료가 되는 건 아니라고 하시지 않았습니까."

"그래서요?"

"치료를 해 주셔야 하지 않습니까!"

"하, 무슨 소리를 하나 했더니. 나는 어디까지나 당신들이 환자를 봐 달라고 하기에 봐준 것뿐입니다. 맡아서 치료를 하겠다고는 말하지 않았어요. 애초에 그 병을 치료하기 위해 선 긴 시간이 필요한데, 저 환자 하나를 위해 내게 그 정도의 희생을 감수하라는 겁니까?"

"대, 대가는 드리겠습니다!"

"필요 없습니다. 당신들이 나를 고용할 정도의 능력이 있는 것 같지도 않고. 이만 가 보도록 하죠. 르미유, 가자."

"기다리십시오!"

잉스는 내 바짓가랑이라도 붙잡으려 한 모양이지만 탁! 유미르가 먼저 쳐 내 버렸다.

잉스는 읍소했다.

"루트거 님이라면, 루트거 님이 돌아오시면 대가를 지불할 수 있을 겁니다. 그러니 이름만이라도 알려 주고 가십시오! 부탁드립니다!"

"그렇담 좋습니다. 그 루트거가 돌아오면 전하도록 하세요. 딸을 고치고 싶다면……."

이걸로 루트거 영입 작전의 첫발을 뗄 수 있게 된다.

"용병 웨이드를 찾아오라고."

5장

칼론 산지에서 돌아오고 며칠.

나는 밀리아스 후작의 간계에 대처할 본격적인 방법을 생각해 내야 했다.

'남은 선택지는 두 개인가.'

루트거를 통해 견제한다는 방법이 실패한 지금 남은 선택지는 두 개.

살레온 계파와 손을 잡는 것과, 크로싱 공화국과 손을 잡는 것이었다.

당연하게도 둘 다 꺼림칙한 선택이었다.

살레온 계파와 손을 잡는다고 해도 결국 이용당하는 건 똑같았고, 크로싱의 경우 어떤 식으로 일이 진행될지 알 수가 없었으니까.

'크로싱은 너무 위험하긴 하지. 그렇담 살레온 쪽에 손을 내밀어야 하는 건가.'

다행이 내게는 살레온 커넥션이 있었다.

바로 에리나였다.

얼마 전에도 살레온 공작가에서 편지가 왔었다.

다시 한번 제대로 이야기를 나눠 보고 싶다고.

아마도 파티에서 애매하게 대화가 끊긴 일 때문에 에리나가 나를 호출해 낸 것이리라.

그때는 루트거를 영입하기 위해 칼론 산지로 향하려던 때였기에 정중한 거절 답장에 세로 드립으로 '질척대지 좀 마요.'라고 적어 보내 주었지만 이젠 오히려 내 쪽에서 다가가 이야기를 나눠야 할지도 모르겠다.

그렇게 살레온 쪽과 접촉하기 위한 준비를 하며 며칠이 더 지나.

내 생일이자 성인식의 날이 찾아왔다.

이날에는 퍼지 형과 율리아 누나까지 휴가를 내고 집으로 돌아와 있었다.

"성인이 된 걸 축하한다 알스. 이건 자그마한 선물이다."

퍼지 형은 군 장교들이 사용하는 지휘 막대를 선물해 주었다. 좋은 나무로 만든 것인지 광택이 흐르고 있다.

맥스 형은 구애의 시가 적힌 시집. 밀러 형은 역사서. 그리고 율리아 누나는 멋들어진 사복을 선물해 주었다.

"축하해, 막둥아. 하여튼 어느새 다 커 가지고. 예전에는 누나, 누나 하면서 졸졸 따라다녔었는데 말이야."

"그런 기억은 없습니다만. 그리고 누님, 이제는 막둥이라 부르지 말아 주세요."

"후후, 전에도 말했지만 막둥이는 언제까지나 막둥이란 다! 그게 싫으면 어머니와 아버지에게 힘을 내 달라고 말 하렴!"

"그러니까 그게 그렇게 됐다고요."

"……엉?"

영문을 몰라 하는 누나에게 부모님이 멋쩍은 얼굴로 말한 다.

진짜 막둥이가 될 막내의 잉태 소식이었다.

이를 몰랐던 퍼지 형과 율리아 누나는 펄쩍 뛰며 놀라 했 다.

아버지가 말하길, 내가 성인이 되어 일을 돕기 시작하면서 어머니와 시간을 보내는 일이 많아졌다고.

그렇게 내 성인식은 막내의 잉태 소식과 함께 더욱 떠들썩 해졌다.

형들은 귀한 술을 마음껏 풀어 마시고 있었고, 율리아 누 나는 어머니의 배에 귀를 가져다 대며 경이로워했다.

노산이 걱정되는지 실력이 좋은 산파를 구하겠다며 벌써

부터 난리를 피운다.

내 성인식이었는데, 어느새 주인공은 부모님이 되어 있었다.

"그런데……."

나는 주위를 두리번거렸다. 일리야 스승이 며칠 사이 보이지 않았기 때문이다.

스승의 선물을 기대하고 있던 내게는 맥이 빠지는 상황이었다.

"도련님."

"아, 유미르. 마침 잘됐네. 물어볼 게 있었어."

"뭐든 물어보세요. 하지만 그 전에…… 이걸 받아 주십시오."

유미르가 건네준 것은 특이한 모양을 한 푸른색의 보석이 박힌 목걸이였다.

'이건……!'

게임 속의 알스가 항상 차고 다니던 목걸이였다. 그 당시에는 그냥 일러스트를 화려하게 보이기 위한 장신구이겠거니 했었다.

'그게 유미르의 성인식 선물이었다니. 이런 사정이 있는 물건이었군.'

무척 기뻤다. 선물 자체도 기뻤지만 스토리대로 이야기가 흐르는 것 같아서 더욱 좋았다.

"성인이 되신 걸 축하드립니다."

"고마워. 그런데 괜찮은 거야? 척 봐도 굉장히 비싸 보이는 물건인데."

"예, 괜찮습니다. 구매한 것이 아니라 제가 맡아 놓고 있던 물건이니까요."

"맡아 놓고 있던 거라면 더더욱 안 되잖아. 주인이 따로 있다는 거 아니야?"

"아뇨, 그 목걸이의 주인은 알스 님이십니다. 그것만큼은 분명합니다."

"……?"

무슨 사정이 있는 것처럼 보여 물으려 했으나.

스륵! 때마침 내 방에서 느껴지는 기척.

"응……? 누구지?"

가족들은 전부 1층에 있고, 내 방을 마음대로 들어올 수 있는 유일한 사용인인 유미르도 여기에 있다.

나는 괜한 의심이 들었으나 유미르가 속삭였다.

"일리야 님입니다. 조금 전에 조용히 저택에 들어오셨어요."

"조용히라니 어째서……."

그건 들어가서 물어보기로 했다.

끼익! 슬그머니 문을 열고 들어가자 스승은 군것질을 들킨 어린아이처럼 움찔하더니 이내 나를 보고 깊은 한숨을 내쉬었다.

모습을 보아하니 선물과 편지를 내 책상에 올려놓고 떠나려던 모양이다.

"곤란하게 됐군. 모르게 두고 갈 생각이었는데…….."

"산타클로스도 아니고 뭐 하고 있어요, 스승?"

나는 종종걸음으로 다가가 선물을 확인했다.

잘 제련된 검과 창이었다.

"정말 고맙습니다. 이것도 읽어 봐도 되죠?"

나는 곧장 편지까지 뜯었다.

"아니, 잠깐…….."

스승은 멈추려는 모션을 취했으나 곧 체념하고 입을 다물었다.

왜 그러는가는 편지 내용에 쓰여 있었다.

"……다시는 제 앞에 나타나지 않겠다뇨? 무슨 소리예요 이게?"

"쓰여 있는 그대로야. 알스, 나는 이제 네 앞에 나타나지 않겠다. 그러니 앞으로 나에 대한 건 잊고 살아가 다오."

"무슨 일이 있었나 보네요. 말해 주세요."

"미안하다. 이건 말할 수가…….."

"말해 주세요."

꽉! 그녀의 어깨를 잡고 말을 이어 갔다.

"전에 파티장에서도 말했었죠. 무슨 일이 있으면 부탁이니 제게 상담을 해 달라고요. 제가 가능한 한 더 좋은 방향으로 일을 이끌어 가겠다고요. 그때 스승은 그렇게 하겠다고 약속했죠? 그 약속을 헌신짝처럼 저버리는 건 긍지 있는 무인으로서 어떨까 싶은데요?"

"크윽······!"

그녀는 이내 고개를 떨어뜨리며 자초지종을 설명했다.

내가 칼론 산지에 가기 며칠 전. 스승에게는 한 가지 용병 의뢰가 들어왔다고 한다.

보수금은 자그마치 1천만 실란. 우리 영지의 반년 치 예산과 맞먹는 거금이다. 한화의 가치로 따지면 1억 정도일까.

하지만 스승은 이 거액의 조건을 받아들이지 않았다.

부가 조항에 나를 대동할 것이 명시되어 있었기 때문이다.

그렇다기보다 이 의뢰는 용병 웨이드에게 온 것과 다름없었다. 신원미상의 인물인 웨이드에게 직접 보낼 수가 없으니 관계자로 알려진 일리야 스승에게 보낸 것이다.

"제게 의뢰가······ 어디에서 보낸 거죠?"

"크로싱 공화국이다."

"크로싱······!"

쥬라스 녀석의 짓이 분명했다.

"크로싱은 최근 대대적으로 병사들을 소집하고 있어. 그 탓에 국경을 접하고 있는 국가들은 비상이 떨어져 있는 상태야. 주요 상대는 알바드 왕국과 베카비아 왕국. 그 둘이지."

"알바드와 베카비아……. 크로싱과는 역사적인 앙숙들이네요."

그런 와중에 나에게 의뢰를 보냈다는 건 다른 뜻이 아니다.

"그들은 너를 군의 지휘관으로서 사용하고 싶은 모양이야. 이 거액의 의뢰금을 보면 분명해."

"제가 지휘관으로요……?"

"말도 안 되는 일이지. 이제 막 성인식을 치른 아이에게 본격적인 군의 지휘라니."

"아뇨……. 애초에 용병을 정규군의 지휘관으로 쓴다는 것 자체도 어불성설이에요. 폴딕 전투에서의 전공이 있다고 하더라도 말이에요."

"그래, 그러니 짚이는 건 하나밖에 없었다."

"제가 쥬라스와 체스 대결을 벌인 것 때문인가요……."

"그래. 내 탓으로 인해 알스 네가 이상한 주목을 받은 것 같아 마음이 무거웠지."

나를 걱정하는 것도 이해가 갔다. 그때의 체스 승부는 스승을 대신하여 나섰던 것이니까.

"그렇기에 거절을 했지만 곧 치졸한 방법을 써 오더군."

쥬라스. 그 녀석은 목적을 이루기 위해선 뭐든 한다.

곧바로 스승의 용병 부하들을 붙잡아 협박을 가한 것이다.

"이것 때문에 다시는 제 앞에 나타나지 않으려 했던 거군요."

"그래. 제자의 발목을 잡는 못난 스승은 될 수 없으니까."

"어휴, 그래서요? 혼자 어떻게 하려는 건데요?"

"어떻게든 부하들을 구출해 내고 조용히 은거하여 살아갈 생각이다."

"소용없어요."

"뭐?"

어차피 쥬라스는 포기하지 않을 테니까.

"이건 그 녀석이 나름대로 배려를 해 준 거예요."

"배려라고?"

"그야 그럴 생각만 있었으면 더 과격한 수를 썼을 테니까요. 스승의 부하들을 인질로 잡는 건 보여 주기식의 유치한 짓이죠."

좋은 말 할 때 나타나라.

쥬라스는 그렇게 말한 것이다.

"부하들을 붙잡아 약점을 잡은 것도 딱히 어떻게 해 보려한 게 아니라 참지 못한 스승이 제게 이야기를 하게끔 만들려던 거예요. 그러니까 아마 그들은 별 탈 없이 무사할 겁니다."

그런데 이걸 어떻게 한담.

부하들을 약점으로 잡은 건 형식상의 협박이었겠지만 내가 거절을 할 경우 어떻게 될지는 알 수가 없었다.

게다가 내 예상이 맞다면 이번 전쟁은 그 전쟁이다.

과거의 이야기는 잘 나오지 않는 게임에서도 몇 번 언급이 되었던 대전쟁.

삼사자 전쟁이다.

'마침 좋은 기회야.'

크로싱과의 커넥션을 만들 기회.

살레온 계파와 손을 잡는 것도 별로 내키지 않는 상황이었던 만큼 이번 일로 돌파구를 찾아볼 생각이었다.

"스승, 크로싱에 답변을 보내 줄래요? 2천만 실란과 함께 전리품 일부를 약속한다면 제안을 받아들이겠다고요."

두 배로 올린 보수금.

이 제안을 쥬라스는 단박에 수락.

나는 크로싱으로 향하는 여정에 들어가게 되었다.

크로싱이 제시한 합류 시한은 보름 정도.

그 전까지 준비해야 할 것들이 있었다.

먼저 부모님에게 사정을 설명하기로 했다.

다만 어머니의 경우에는 걱정을 시키면 태교에 좋지 않을 것 같았기에 스승과 수행을 떠난다는 식으로 둘러대고 아버지에게만 사정을 말하였다.

"흠, 크로싱으로 가게 됐다니……. 기구한 일이 되었구나."

퍼지 형에게 미리 귀띔을 받은 게 있는지 아버지는 크게 놀라지 않는 눈치다.

"네 결정은 존중한다만 너무 상대의 의도대로 흘러가는 것 아니냐?"

"그럴지도 모르죠. 하지만 피한다고 해서 답이 나오는 것도 아니에요."

오히려 피하기만 한다면 상대가 더 악랄한 수를 써 올지도 몰랐다.

"지금은 녀석의 의도에 놀아나는 한이 있더라도 정면에서 담판을 짓는 게 낫다고 생각해요."

솔직히 위험한 일이긴 했다.

밀리아스 후작과 쥬라스 파밀리온. 진정으로 무서운 게 누구냐고 한다면 후자였으니까.

"일라인 남작, 정말 면목이 없습니다. 저의 탓으로 당신의 귀한 아들을 위험에 빠뜨리고 말았어요. 어떤 비난이라도 달게 받겠습니다."

일리야 스승은 깊숙이 고개를 숙였다.

"너무 자책하지 말게. 결국엔 아들 녀석이 스스로 결정한 일이니까. 선생 된 자라면 제자의 선택을 믿고 지켜봐

주게나."

"……감사합니다. 목숨을 바쳐서라도 알스를 당신의 품으로 돌려보내겠다 맹세하겠습니다."

"그보다는 둘 다 생환하는 게 좋겠지. 무사를 기원하겠네."

그렇게 아버지를 납득시킨 후에는 곧바로 채비에 들어갔다.

영지 내에서 마차를 수배한 뒤, 얼굴을 가려 줄 회갈색의 투구를 새로이 제작하기로 했다.

어머니가 내게 준 투구는 그때 길리아스의 일격을 맞고 파여 버렸으니까.

'아마 그곳에선 투구를 쓰고 지내는 시간이 더 많을 거야.'

그러니 되도록 쓰고 있기 편안한 투구를 제작하기로 했는데, 영지의 대장장이가 너무 힘을 준 것이 문제였다.

"하하핫! 어떻습니까, 도련님. 도련님에게 딱 어울리는 투구 아닙니까? 과거 신화시대의 용기사들이 사용했다던 칠용투구를 빗대어 만들어 봤습니다."

"음……. 분명 멋지긴 합니다만."

전쟁에서 사용하기에는 어떨까 싶었다.

너무 눈에 띄면 상대에게 표적이 되기 딱 좋으니까.

'뭐, 괜찮으려나. 일부러 대장의 표식을 휘황찬란하게 만들어서 효과를 보는 경우도 있으니까.'

그래도 혹시 모르니 똑같은 모양의 투구 하나와 평범한 투구를 하나 더 만들기로 했다.

그 투구의 제작이 끝나 출발을 하기 직전.

때마침 치료를 끝마친 에오니아가 이쪽으로 합류를 하였다.

그녀는 나를 보자 곧장 한쪽 무릎을 꿇으며 소리 높여 말했다.

"에오니아 미라벨! 지금 이 시간부로 착임하겠습니다!"

"착임이라니. 그런 거창한 말투는 하지 않아도 괜찮아요."

용병 웨이드가 에오니아 미라벨을 쥬라스로부터 구했다는 건 잘 알려진 사실이었기에 웨이드로 활동하는 때만큼은 그녀가 정체를 밝힌 채 온전히 활동할 수가 있었다.

그렇기에 이번 여정에도 데려가기로 결정한 상태였다.

"우리들은 그냥 동료예요. 용병 동료."

"그, 그렇습니까……."

아쉽다는 눈치다. 형식 같은 것에 굉장한 구애를 받는 모양이다.

일리야 스승은 에오니아의 그러한 성향을 알고 있는지 피식 웃으며 말한다.

"그러면 알스의 근위기사라는 건 어때, 에오니아. 네 적성에도 맞고 괜찮을 것 같은데."

"어……? 근위기사는 일리야 너 아니었어?"

"아니야. 나는 이 아이의 가정교사 같은 거거든."

"그렇다면 알스 님의 근위기사는……."

"아직 없을 거다. 네가 맡는다면 첫 번째가 될 거야."

"첫 번째……!"

첫 번째라는 말에 에오니아는 부들부들 떨며 강력하게 자기주장을 시작했다.

자신이 쿠라벨 성국의 근위단장이었다는 커리어를 역설하며 근위기사직을 열렬히 희망한 것이다.

'이미지가 많이 다르네.'

게임에서 에오니아의 이미지는 세상에 달관을 한 것 같은 느낌이었다.

무려 6년여간을 화상을 입은 흉측한 몰골로 죽은 사람처럼 생활했으니까 그럴 만도 하겠지.

지금은 대략 7개월여 만에 구출되었다. 그게 사람이 바뀔 정도의 시간은 아니었던 모양이다.

'그건 그렇고 대단한데. 정말로 그 심각했던 화상이 전부 치료되다니.'

에오니아는 과거의 화려했던 풍모를 되찾은 상태였다.

미라나 다름없었던 피부는 매끄러워져 있었고 전부 다 타버렸던 머리카락도 단발의 형태로 자라고 있었다.

치료 과정에서 인상을 바꾼 탓인지 내가 알고 있던 일러스트와는 달랐지만 그럼에도 대단한 미모였다.

"알스 님, 부디 저를 근위기사로 사용해 주십시오!"

"미안하지만 근위기사는 이미 있어요."

"……예?"

나는 주위를 슬쩍 둘러본 뒤 외쳤다.

"유미르, 여기 있지?"

그러자 스르르! 어디서 나타났는지 암갈색의 딱 붙는 옷을 입고 있는 유미르가 나타났다.

"대단하세요, 도련님. 기척은 완벽하게 숨겼다고 생각했는데요."

"기척은 느끼지 못했어. 그냥 있을 것 같아서 불러 본 거야. 아버지가 따라가라고 한 거지?"

"예에. 그런 셈이죠……."

애매하게 말끝을 흐리는 유미르.

"그보다 도련님, 설마 저를 근위기사라고 말하시는 것은 아니시겠죠?"

"맞아. 실제로 하는 일은 비슷하잖아?"

"안 됩니다. 저 같은 천한 것에게 도련님의 첫 번째 근위기사는 과분해요. 훗날 누군가에게 책을 잡힐 것입니다."

이 세계에서 수인은 차별을 받는다는 걸 생각하면 그녀의 걱정도 이해가 되었다.

"나는 그런 건 전혀 신경 쓰지 않아. 네가 진심으로 싫다면 재고해 보겠지만."

"싫은 건 아니지만……."

오히려 내심 기쁜지 자기도 모르게 꼬리를 살랑이고 있다.

"그럼 그렇게 하는 걸로 하고. 에오니아. 당신에겐 경호대를 맡길게요."

"경호대입니까?"

경호기사도 근위기사와 본질적으로는 같지만 하는 일은 조금 다르다.

근위기사의 주목적이 요인 보호라면 경호대는 경비대를 통솔하는 일을 한다.

지금이야 경비대고 뭐고 없으니 형식상의 직책이긴 했지만 에오니아는 그것조차도 무척 기뻐했다.

"경호대장 에오니아 미라벨! 분골쇄신하여 알스 님을 보좌하도록 하겠습니다!"

에오니아는 순식간에 일행에 녹아들었다.

친화력 하나만큼은 타고났는지 사이가 껄끄러웠던 유미르와 스승의 사이를 중재시키는 위업을 달성해 낸다.

그렇게 유미르(27세), 에오니아(28세), 일리야(29세). 훗날 아줌마 트리오라 불리는 콤비가 결성된 것이었다.

소집 장소는 크로싱의 서부에 위치한 대도시 카르텐이었

다. 현재 카르텐에는 10만의 정규군과 함께 크로싱의 핵심 군 장교들이 모조리 집합해 있었다.

나는 이두마차를 빌려 카르텐으로 향하는 여정에 올랐다.

도착까지 소요되는 시간은 대략 2일에서 3일.

그 마차 생활이 지겨울 거라 생각했기에 이번 전쟁에 관해 읽어 둘 만한 책을 챙겨 왔지만 그걸 읽을 틈은 없었다.

기마술을 배워야 했기 때문이다.

"지형적 조건으로 인해 기마를 운용하기 힘든 캘리퍼 왕국의 전장과는 달리 이번 전쟁에는 기마병이 활발하게 운용될 거다. 알스, 네가 직접 기마병을 이끌고 돌격하는 일은 아마 없을 테지만…… 크로싱에선 장교들에게 필히 군마를 지급하게끔 하고 있어."

말을 타 본 적은 있었지만 제대로 달려 본 기억은 없었다.

캘리퍼 왕국은 기마병을 등한시하는 경향이 있었기에 그와 관련된 훈련을 받지 못했다.

스승은 마차 외에 따로 준비해 두었던 기마를 끌고 왔다.

"스승이 알려 주시는 건가요?"

"아니, 나보다 뛰어난 적임자가 있거든."

스승이 지목한 것은 에오니아였다.

'그러고 보니…….'

게임에서 에오니아의 병과는 기마병이었다. 그것도 특수 병과였던 백마 부대다.

뭐, 백마 부대라고 해서 다른 기마대에 비해 성능이 더 뛰어나거나 하지는 않았지만 캐릭터 스킨적인 느낌으로 좋은 평가를 받았었다.

"그럼 알스 님. 주제넘지만 교육을 진행하겠습니다."

"예, 부탁할게요."

"……."

"에오니아?"

"그…… 가능하면 말씀을 낮춰 주실 수 있겠습니까? 주군에게 존대를 받는 건 이상한 느낌인지라……. 편하게 에오라고 불러 주시면 됩니다."

애초에 주종 관계가 아니라 말해도 듣지 않았기에 그녀의 뜻대로 해 주기로 했다.

"알겠어. 그럼 시작해 줘, 에오."

"예!"

그녀는 최종 목표를 말을 타고 책을 읽는 것으로 정해 주었다.

"도착 전까지 가져오신 책을 모두 읽는 것으로 하겠습니다."

"그건 너무 가혹한 거 아니야?"

내가 가져온 책은 총 다섯 권. 하루에 6시간씩은 읽어야 도착 전까지 다 읽을 수 있는 수준이었다.

"말을 다루는 요령을 익히면 어렵지 않을 거예요."

"요령 말이지…….."

"간단합니다. 말은 스스로 생각하고 행동할 수 있는 영특한 생물. 이 의미만 깨칠 수 있으면 금방 해내실 수 있을 겁니다."

말 또한 스스로 생각할 수 있다.

그녀의 말대로 그것이 핵심이었다.

딱히 내가 무언가를 하지 않아도 말은 스스로 판단하고 움직인다.

기수는 그저 방향을 정해 주는 것뿐.

그걸 깨치고 나서야 편안하게 몸을 맡기고 책을 읽을 수 있게 되었다.

이틀째가 되는 날에는 말에 올라탄 채 꾸벅꾸벅 졸 수 있게 되었고, 이후에는 말 위에서 편안하게 잠이 들 수 있게 되었다.

마지막 3일째가 되는 새벽.

"……대단하신 분이야."

비몽사몽하고 있는 내 귀로 그런 목소리가 들려왔다.

마차 안에서 에오와 스승이 얘기를 나누고 있는 것 같았다.

"이렇게나 빠르게 말을 다룰 수 있게 되실 줄은 몰랐어. 책도 기껏해야 세 권 정도 읽으면 많이 읽는 거라고 생각했는데 벌써 다섯 권째를 끝내셨다니까!?"

에오는 흥분하여 재잘거리고 있었다.

"하핫, 기쁜 건 알겠지만 목소리를 줄여라. 그러다 알스가 깰지도 몰라."

"헉."

에오니아는 조심스럽게 마차 문을 통해 이쪽을 엿본다.

나는 조용히 자는 척을 하기로 했다.

안심을 했는지 그녀는 무려 1시간이나 극찬을 늘어놓기 시작했다.

'에오는 은근히 간신의 기질이 있네.'

나에 대해선 표리가 없이 그저 좋은 방향으로만 해석을 한다.

그러나 듣기 좋은 말만 하는 부하는 독이 될 수도 있는 법.

'뭐, 그래도 지금은 괜찮겠지.'

그렇게 극찬의 세례를 애써 무시하고 있자니 서서히 목적지인 카르텐이 보이기 시작했다.

카르텐은 사실상 크로싱의 수도와도 같은 도시였다.

실제 수도는 동부 해안에 위치한 크로스 혼이었지만 동부로 갈수록 토지가 척박해지는 크로싱의 특성상 오히려 인구는 서부 끝자락에 위치한 카르텐이 더 많았다.

이 지역의 인구수는 자그마치 80만. 비수도 구역 중에서는 인구 규모가 가장 많았다.

"이곳이 카르텐……. 쥬라스 녀석이 다스리는 지역인가……."

나는 카르텐에 들어온 시점부터 투구를 착용해야 했다.

그리고 이건 에오도 마찬가지였다.

그녀의 정체 자체는 밝힐지언정 얼굴은 밝히지 않기로 한 것이다. 그래야 내가 알스로 있을 때도 곁을 지킬 수 있으니까.

내심 에오가 투구를 불편하게 여길지도 모른다 생각을 했으나 그녀는 나와 짝을 이뤄 투구를 끼고 있는 게 퍽이나 만족스러운지 아까부터 신이 나 있다.

나는 카르텐의 명물인 노예 옥션, 도박장, 만물 시장 등을 무시하고는 곧바로 중앙 군부로 향했다.

군부에서는 매일 24시간 회의가 진행되고 있었는지 나는 도중에 참석을 할 수가 있었다.

"용병 웨이드 님이 들어가시겠습니다!"

내가 모습을 드러내자 가장 상석에서 지루한 표정으로 앉아 있던 쥬라스의 얼굴이 한풀 밝아졌다.

마치 기다리고 있던 장난감이 온 것 같은 모양새다.

"와 줬군요, 웨이드. 기다리고 있었습니다."

쥬라스 외에도 크로싱 군부의 인물들이 나를 평가하듯 눈매를 좁혔다.

　이곳에는 제1장군이자 총사령관인 쥬라스 외에도 2장군 크리퍼 놀락, 3장군 패티 허트 등도 자리를 하고 있었다.

　그중 크리퍼 놀락은 뭐가 아니꼬운지 잔뜩 인상을 찌푸리며 말한다.

　"총사령, 정말 괜찮은 겁니까? 애초에 저자가 당신을 이겼다던 그자가 맞기는 한 겁니까?"

　"틀림없습니다."

　"캘리퍼의 밀리아스 후작가 쪽에서 수를 쓴 것일 수도 있습니다."

　"그 멍청한 집단은 무시하세요. 밀리아스 후작가는 용병 웨이드와 하등 관련이 없는 곳입니다."

　"그렇다면 일리야 안페이는 어떻습니까? 보수금을 얻기 위해 아무런 관련도 없는 용병을 대역으로 세운 것일 수도 있지 않습니까?"

　"홋, 희박하지만 그 가능성도 분명 있죠. 하지만 그 옆에 서 있는 것은 다릅니다. 놀락, 당신이라면 알겠죠. 저 투기가 누구의 것인지를."

　그제야 놀락은 에오니아를 발견한 듯했다.

　에오는 증오스러운 듯 놀락에게 살기를 내뿜고 있었다.

　"이 투기…… . 에오니아 미라벨인가……!"

　"쿠라벨 성국을 정복할 당시 당신이 직접 겨뤘었던 그 에오니아가 맞습니다. 그녀는 제게 승리한 웨이드를 따르고 있을 거예요. 그녀가 이곳에 있는 이상 저자는 제가 알고 있는 그 웨이드가 맞습니다."

"으, 으음!"

크로싱의 인물들 모두 내게 흥미를 드러내고 있었다.

핵심은 하나였다. 도대체 어떤 기량을 가지고 있기에 쥬라스를 이겼냐는 것이다.

나는 조소를 금할 수 없었다.

"그렇다고 해도 당신이 제대로 된 결정을 내리지 않았다는 건 분명하지 않습니까?"

"제 결정이 잘못됐다는 말입니까?"

"물론이죠. 단순 체스 대결에서 승리했다고 하여 정규군의 지휘를 맡기겠다니. 이런 말을 하기는 뭐하지만 제정신입니까?"

그러자 '이놈! 용병 주제에 무엄하다!'라며 다른 인물들이 맹반발을 하였다.

쥬라스는 씨익 웃으며 그들을 진정시켰다.

"분명 그 말대로입니다."

"그 말대로라고요?"

나는 분명 길리아스 멜번을 격퇴한 일을 근거로 들먹일 줄 알았다.

그러나 쥬라스는 가볍게 인정을 했다.

"제가 당신을 고용하기로 한 것은 어디까지나 그 체스 승부 때문이 맞습니다. 객관적으로 보면 제정신이 아닌 결정이긴 하죠. 하지만 지금껏 제가 했던 제정신이 아닌 결정들은 언제나 제가 원하던 결과를 만들어 주더군요. 지금도 마찬가지일 거라 확신하고 있습니다."

"핫…… 궤변은 잘 들었습니다. 그래서? 제게 맡길 일이라는 게 무엇입니까?"

"당신에게는 한 군단의 지휘를 맡아 줬으면 합니다."

역시 예상대로 군의 지휘를 맡기는 건가.

아니, 잠깐.

"지금 뭐라고 했습니까? 군단……이라고요?"

"그렇습니다, 당신이 맡아 줄 군은 바로 이 부대입니다."

쥬라스가 지휘대로 가리킨 것은 전략도에서 병사 모양의 말이 여섯 개가 모여 있는 곳이자, 다른 군부의 인물들이 나를 아니꼽게 보는 이유이기도 했다.

쥬라스 파밀리온.

이 미친놈은 내게 6만 명에 달하는 대군의 총지휘를 맡기려 한 것이다.

기껏해야 1천. 일리야 스승과 합한다면 2~3천 정도를 지휘할 거라 생각하고 있던 내게 6만의 대군은 예상을 한참이나 벗어나는 것이었다.

심지어는 하달된 작전조차 제정신이 아니었다.

그저 자리를 고수하며 전선을 지키는 것이라면 그렇게까지 어려운 게 아닐 수도 있었겠지만 쥬라스가 지시한 것은 다름이 아니라 점령전이었다.

"당신은 6만의 부대를 이끌고 북부의 캐링턴으로 향해 주세요. 그곳에서 베카비아의 군대와 싸워 줘야겠습니다."

크로싱이 전선에 펼친 군대는 총 셋. 서부의 알바드와 맞붙는 패티 허트의 6만 군대와 북서부 알바드&베카비아의 연합 군대와 맞붙는 쥬라스의 8만.

그리고 북부의 베카비아와 맞붙는 캐링턴의 6만이다.

크로싱 공화국은 두 개의 국가와 동시에 전쟁을 벌이고 있던 것이다.

그래도 완전한 2 대 1 승부는 아니었다.

크로싱의 동맹국 캘리퍼가 참전은 하지 않을지언정 알바드와 접경한 전선으로 병력을 배치하며 알바드 왕국 쪽에서도 전력을 집중시킬 수 없는 형국이 됐으니까.

"아마 알바드 쪽은 버티기에 들어가겠죠. 캘리퍼군이 어떻게 움직일지 확신을 할 수 없는 상황이니까요. 하여 서부와 북서부 전선에선 뚜렷한 결과가 나오지는 않을 겁니다."

"흠."

"그러니 웨이드, 당신이 베카비아와 맞붙는 캐링턴에서 전과를 올려 줬으면 합니다."

캐링턴은 전선 부근에 위치한 베카비아의 영토로 전략적 요충지였다.

그곳을 뺏어 올 수 있다면 곧장 베카비아의 곡창지에 위협을 줄 수 있다.

당연히 그곳을 수비하는 베카비아는 필사적이다.

수비 병력은 이쪽보다 5천이 많은 6만 5천. 베카비아가 가동할 수 있는 전 병력이다.

"……진심입니까?"

"왜 그러죠?"

"진심으로 내게 이 일을 맡기려는 겁니까? 전쟁의 성패가 걸린 국면을 용병인 제게 맡긴다고요?"

"물론 진심입니다. 그리고 당신이 보기 좋게 해낼 것이라 믿고 있어요."

대체 무엇을 근거로 그런 말을 하는 것인지는 알 수 없었지만 이 미친놈은 정말로 그렇게 생각하고 있다.

'속을 알 수가 없는 놈이야. 엘드릭 왕자는 상대조차 되지 않을 정도로.'

애당초 왜 이 전쟁을 하려 하는지. 크로싱이 얻어 갈 수 있는 실리가 무엇인지. 모두 알 수 없었다.

게임에서도 크로싱은 노예를 잡기 위해 전쟁을 하는 미쳐 버린 국가라고만 표현되지 그 내막에 대해선 구체적으로 나오질 않았다.

'애초에 그런 이유로 전쟁을 마구잡이로 벌였던 거라면 단숨에 망해 버렸을 거야.'

그러나 게임에서도, 지금 이곳에서도 크로싱은 대륙 세 손가락에 드는 국력을 가지고 있었다.

이 삼사자 전쟁도 그렇다.

게임에서는 이 전쟁에 대해 이렇게 설명하고 있었다.

－크로싱 공화국이 알바드, 베카비아 왕국에게 전쟁을 선포하여 승리. 이 전쟁에서 큰 피해를 입은 베카비아는 멸망의 길을 걷게 된다.

베카비아가 멸망하는 것은 좋다.

하지만 그 이후가 문제였다.

크로싱은 베카비아를 병합하지 않고 그대로 놔두어 난장판이 벌어지게 만들었다.

하여 주인공이 후에 이 베카비아 지역을 평정하고 궐기를 하여 신펜실론 왕국을 건립한 것이 게임의 메인 스토리였다.

'토지를 병합할 생각이 없었다면 어째서 전쟁을 선포했던 걸까?'

여러모로 의문점이 많았다.

"작전에 대한 설명은 여기까지입니다만. 어쩔 거죠, 웨이드?"

"지금 포기하고 돌아간다고 하면요?"

"아마 누군가는 처량한 신세가 되겠죠."

약점으로 잡고 있는 스승의 부하들을 말하는 것인가.

"그게 씨알도 안 먹히는 협박이라는 건 알고 말하는 겁니까?"

"훗, 역시 그렇습니까? 사실을 말하자면 일리야 안페이의 부하들은 이미 돌려보냈습니다."

"⋯⋯!?"

"당신이 이곳으로 오고 있던 시점에서 그들에게 용무는 없어졌으니까요. 그건 그쪽의 일리야 안페이도, 에오니아 미라벨도 마찬가지예요. 제가 관심을 가지고 있는 건 어디까지나 당신입니다. 자, 웨이드. 이제 당신을 옭아매는 제약은 없어졌어요. 어떤 선택을 할 겁니까? 당신 스스로의 선택을 제게 보여 주십시오⋯⋯!"

얼핏 광기까지 엿보이는 녀석의 눈빛.

이전 파티장에서 나는 녀석에게 말했다. 네 그릇을 보이라고.

쥬라스는 똑같이 말하고 있었다.

이건 위험하고 터무니없는 일이지만 완수하기만 하면 많

은 것을 거머쥘 수 있다.

일단 보수금만 해도 몇 년은 편안히 먹고살 수 있는 금액을 획득하는 것이니까.

그 기회를 거침없이 차 버리는 선택을 하여 놈을 엿 먹일 것인가. 그도 아니면 역겹더라도 기회를 거머쥘 것인가.

어떤 선택을 하든 녀석은 그걸 통해 내 그릇을 보려는 것이다.

나는 마음을 굳혔다.

"……4천만 실란의 보수금을 약속하고 그중 2천만을 선금으로 준다면 당신에게 놀아나 주도록 하죠."

또 한 번 두 배로 뛴 보수금.

쥬라스는 섬뜩하게 양 입꼬리를 올리며 답했다.

"거래 성립이로군요."

군부 회의장을 나온 내게 스승이 격앙하여 물었다.

"알스! 어째서 그 제안을 받아들인 거냐!"

스승의 부하들이 문제가 되지 않는다면 그대로 물러나면 되는 일이긴 했다.

그럼에도 제안을 수락한 이유는 여러 가지가 있었다.

"지금은 스승의 부하들을 풀어 줬다고 해도 나중에 또 어떤 짓을 해 올지는 알 수 없는 일이니까요."

"그건 의뢰가 끝난 다음도 마찬가지다. 일을 끝낸 뒤에 너를 처리하려 들 수도 있어!"

"그것도 그러네요."

엄밀히 말하면 이건 이제 이유가 아니었다.

내가 이 일을 받아들인 결정적인 이유는 밀리아스 후작을 견제할 힘을 키우고자 함도 있지만, 크로싱의 목적을 알기 위함도 있었다.

게임 속에서도 악의 국가로 표현되며 주인공의 앞을 사사건건 가로막았던 크로싱 공화국.

'아마 곧 업데이트되는 스토리에서 그들의 진정한 목적이 나왔을 거야. 그렇다는 건 나와 밀접한 관련이 있을 수 있다는 건데.'

그때가 마침 알스가 파멸한 시점이기 때문이다.

알스를 함정에 빠뜨린 배신자의 배후에 크로싱이 있을 가능성도 농후했다.

'주인공이 크로싱의 노예로 있던 것도 그렇고. 분명 내가 모르는 무언가가 있는 거야.'

나는 이 전쟁을 통해 그 부분을 가늠해 보고 싶었다.

작전의 개요를 전달받은 나는 필요한 물건들을 챙기고 캐링턴으로 향했다.

북부의 캐링턴.

6만의 군대가 주둔하고 있는 이곳에 도착하자 놀랍게도

아는 얼굴이 나를 마중 나왔다.

"어서 오십시오, 웨이드 장군님. 저는 쥬라스 님의 부관인 안톤 케이로스라고 합니다."

적갈색의 갑옷을 입고 있는 미청년.

'적기사 안톤……!'

이 녀석은 쥬라스의 심복으로 스토리 내내 주인공을 괴롭혔던 녀석이다.

장군이 아닌 단순 무장인지라 십걸이나 20인의 군웅에 속해 있지는 않았지만, 그 일신의 무력으로 말미암아 명성을 떨치고 있는 인물이었다.

개인 무력은 자그마치 99로 게임에서도 최상위권에 있었다.

가챠로 나오지는 않았지만 나온다면 UR등급은 확정적인 녀석. 그런 녀석이 내게 절대복종을 외치고 있었다.

"쥬라스 님의 명에 따라 이번 전쟁에선 웨이드 님의 지시를 철저히 이행할 것을 맹세하겠습니다."

"좋습니다, 안톤. 그럼 곧장 군부 회의를 시작해 볼까요."

"옛."

신속하게 개최된 군부 회의.

나는 내심 군 장교들과의 마찰을 걱정했으나 그런 일은 일어나지 않았다.

이곳에 모인 6만의 군사들은 모두 쥬라스의 충실한 사병들이었으니까.

'나름대로 배려를 해 준 모양인걸…….'

이놈들은 쥬라스를 신처럼 모시는 것 같았다.

그 쥬라스가 내린 명령이니 갑자기 나타난 용병의 지시라도 토를 달지 않고 따르려 들었다.

'뭐, 내게는 편리한 상황이 됐네.'

다른 일에 신경을 쓸 필요 없이 오직 전쟁에 대해서만 생각하면 됐으니까.

한편 캐링턴의 베카비아 진영.

"엉? 용병 웨이드라고? 누구냐 그건?"

자신의 막사 안에서 창부를 안고 있던 중년 남자가 미간을 찌푸렸다.

보고를 하고 있던 병사는 알몸으로 널브러져 있는 창부들을 바쁘게 곁눈질하고는 힘을 주어 외쳤다.

"그렇습니다! 폴딕 산지에서 벌어진 알바드와 캘리퍼 왕국의 마찰에서 길리아스 멜번의 유격군을 격퇴했다는 그 용병입니다!"

"크하핫! 웃기지도 않는걸. 고작 그 정도의 성과에 6만 군대의 지휘를 맡겨 버렸다고? 쥬라스 녀석. 기행이 지나

치군."

"총군사님께선 어떻게 행동할 것인가 묻고 계십니다."

"어떻게고 자시고 있나! 쥬라스나 놀락이 나온 게 아니라면 주저할 것 없다. 조무래기에게 격의 차이를 알려 줘야겠지! 바로 간부 회의를 개최하겠다!"

"옛!"

이곳 베카비아의 진영에는 세 명의 핵심 장교가 존재했다.

간부 회의를 소집한 이 남자는 제1장군이자 대장군인 칼 맥스먼이란 자로 전쟁터에서 잔뼈가 굵은 자였다.

그리고 군 최고 막사에서 그를 맞이하는 젊은 남녀 두 명.

"오셨습니까, 사부님."

"늦었잖아요! 뭐, 보나 마나 여자나 탐하고 있었겠죠."

남자는 맥스먼의 제자이자 제4장군인 매컬리 쿤이란 자였고, 여자 쪽은 베카비아의 첫 번째 공주이자 그 군략의 재능으로 말미암아 여자의 몸으로는 이례적으로 총군사의 자리까지 오른 소피아 베론이었다.

맥스먼은 그들이 펼쳐 놓은 전황도를 보고는 호탕한 웃음을 터뜨렸다.

"크하핫! 용서하시오, 공주. 그대가 전부 준비하고 있을 것을 알고 있으니 나도 모르게 늑장을 부리게 되지 뭡니까."

"넉살은 여전하네요. 그래서요? 어떻게 할 거죠?"

"제 전법은 알고 있지 않습니까. 공주도 이미 준비를 해 두고는 시치미를 떼기는요."

맥스먼이 가리킨 전황도에는 이미 수차례나 전장의 시뮬레이션이 진행되고 있었다.

그 전략은 기조는 확실했다.

전면 공격에서 파생되는 변수를 활용하는 것. 그것이 맥스먼이 가장 좋아하는 전법이었다.

소피아는 으르렁거리듯 말한다.

"쥬라스나 크리퍼 놀락이 나왔다면 신중하게 할 생각이었지만요. 용병 웨이드라고 했나요? 초전에 박살을 내 주겠어요."

"크하핫! 공주께서 화가 단단히 나신 모양이군요."

맥스먼의 말대로 소피아는 불쾌함을 감추지 않았다.

"쥬라스 파밀리온……. 용병 따위를 저의 상대로 배치하다니 무시해도 한참 무시했군요. 이번 공격으로 쥬라스 그자를 이 전선으로 불러내겠어요!"

본래 수비를 해야 하는 입장인 베카비아.

하지만 개전을 하자 먼저 치고 나선 것은 오히려 그들이었다.

개전 첫날.

크로싱이 알바드와 베카비아에게 공식적으로 선전포고를 한 날의 정오였다.

"웨이드!"

일리야는 허겁지겁 알스의 막사를 들추며 소리쳤다.

"적들이 진군하고 있다!

"흐음. 그 정도로 난리를 치는 걸 보면 혹시 전군 전진인
가요?"

"음……! 그 말대로다."

"당황하지 않아도 좋아요, 스승. 이것이 칼 맥스먼의 주력
전법이라는 듯하니까요."

맥스먼은 소위 말하는 전장의 냄새를 직감적으로 캐치하
는 유형의 장군이었다.

'처절한 전투 속에서 생겨나는 변수를 활용한다고 했나.'

그렇기에 고의적으로 전면전을 벌여 난전을 유도한 뒤 이
득을 챙긴다.

그런 주제에 정석적인 전술도 갖추고 있다.

바로 베카비아의 총군사 소피아 베론이 있기 때문이다.

본능과 정석의 절묘한 조합. 그렇기에 이 베카비아의 제1
군단은 제법 위용이 있었다.

"그렇다고는 해도 많이 얕보였네요."

"얕보였다니?"

"아마 이 자리에 있는 게 제가 아니라 쥬라스나 다른 이름
있는 장군이었다면 이런 식으로 개전 첫날부터 덤벼 오지는
않았을 테니까요."

그렇다면 그 선택을 후회하게 만들어 준다.

알스는 장비를 갖추고 막사를 나와 소리쳤다.

"안톤!"

곧 적기사 안톤이 다가와 부복한다.

"부르셨습니까."

"미리 얘기한 대로 병력을 배치해 줘요. 적들을 맞이하겠습니다."

"옛!"

베카비아군과 크로싱군의 맞대결.

후세에는 지낭(智囊) 알스의 출사 전쟁이라 전해지는 캐링턴 전투가 막을 올린 것이다.

발을 맞춰 전진해 오는 베카비아의 군대.

상대는 6만 5천의 군대를 각각 2만, 1만, 2만으로 구성하여 양 날개에 힘을 주었다.

나머지 1만 5천은 후방에서 본진을 형성하며 베카비아는 凸 형태로 진형을 구축하고 남진해 오고 있었다.

첫날부터 전면전을 선택한 상대.

이는 캐링턴이 탁 트인 평야 지대이기에 가능한 것이기도 했다.

지형적인 이점 없이 오직 전술적인 요소로만 부딪히게 된 양군.

탁! 나는 퍼지 형이 선물해 주었던 지휘대를 두드리며 상대에 맞춘 진형을 구축했다.

"기러기진을 만드세요!"

기러기진은 V 자 형태의 진형으로, 만약 상대가 돌격을 해오면 상대의 힘을 받아 내며 자연스럽게 U 자 진형이 되어 포위진을 형성할 수 있는 진법이었다.

크로싱군은 일사불란하게 진형을 갖추기 시작했다.

각 3천의 소대로 나뉜 군대가 자리를 잡아 기러기진을 형성한다.

'역시 훈련도가 높은걸.'

쥬라스의 정예 사병이라 그런 걸까.

전술 수행 능력이 탁월했다.

병사들의 훈련도도 좋았고, 장교들의 전술 이해도도 훌륭했다.

'자, 이걸로 포석은 끝났어. 이제 어떻게 나올 거지?'

나는 상대의 대응을 지켜보기로 했다.

알스가 펼친 기러기진.

총군사인 소피아 베론은 재밌다며 고개를 끄덕였다.

"용병 웨이드라고 했나요? 기본적인 병법 지식은 있는 모양이네요. 하지만……!"

그녀는 곧장 4천의 기마대를 각각 2천으로 떼어 내 전장을 우회하게 만들었다.

V자를 형성하고 있는 상대의 옆구리를 ⌐V⌐ 형태로 때리기 위해서다.

이때 기마대에 의해 옆구리가 털려 양쪽의 허리가 끊긴다면 순간적으로 전방의 병력은 고립이 된다.

베카비아는 이때를 노려 전방의 병사들을 고립 섬멸하면 그만이었다.

"허리가 끊기면 곤란해질걸요."

입꼬리를 올리며 웃는 소피아.

그때 마찬가지로 알스도 가소롭다며 코웃음을 쳤다.

"핫! 걸려들었네?"

그리고 쿵! 옆구리를 찌르고 들어가던 베카비아의 기마대는 예상치 못한 장애물을 만난다.

진형 곳곳에 기마들의 경로를 방해하는 목벽이 숨어 있던 것이다. 이 급조한 목벽으로 기마대의 돌격을 완전히 막아 내지는 못해도 기세를 죽이고 길을 좁히는 것 정도는 충분히 가능했다.

그렇게 진입로가 좁아지자 기마병들이 엉키면서 속도가 눈에 띄게 죽고 만다.

"지금입니다. 궁병대는 쏘세요!"

이 틈을 타 후방에 위치한 궁병대가 엉켜 있는 기마대들에게 화살의 비를 쏘아 내며 기마대가 빠르게 줄어들기 시작했다.

이 반격에 소피아는 까득! 이를 악물면서도 전황을 낙관했다.

"뭐가 됐든 허리는 끊었어요! 가요, 맥스먼!"

"크하핫! 알겠습니다, 공주. 그럼 가자, 애들아! 적들을 유린해라!"

진군하는 베카비아의 양 날개.

그렇게 양군은 양익에서 강하게 부딪치며 본격적인 전면전에 들어가게 된다.

전면전이 펼쳐지며 난전이 벌어진 전장.

나는 전장 전체를 관조하며 판짜기에 들어갔다.

상대의 움직임, 우리 군의 움직임. 전쟁의 판도.

그 모든 걸 순식간에 계산하여 체크 메이트로 이어지는 길을 만든다.

'우선은 저것에 대한 대처를 해 놔야겠네.'

전장의 격류 속에서 난전을 벌이며 빈틈을 찾아다니는 칼 맥스먼이다.

본능형, 직감형. 뭐라 불리든 좋다. 어찌 됐든 기형적인 유형의 장군인 그는 이 난전 속에서 먹잇감을 찾아다니고 있었다.

'저자들의 눈에는 전장의 요충지가 화염에 휩싸여 보이거나 밝게 빛나 보인다고 했지.'

나는 그걸 시험하기 위해 일부러 함정을 섞은 전술적인 빈틈을 만들어 보았지만 맥스먼은 걸려들지 않았다.

함정의 냄새를 본능적으로 깨닫고 들어오지 않은 것이다.

'어이가 없는 유형이네.'

자기가 먹기 좋은 먹잇감만 물어뜯고 함정에는 절대 걸리지 않는다.

얼핏 무적처럼 보이는 유형이다.

'하지만 약점은 분명히 있어.'

너무 변칙적으로 움직이기 때문에 병사들이 제대로 따라가지를 못하는 부분이다.

이 때문에 병대 꼬리 부분의 병사들이 무의미하게 죽어 나가고 있다.

물론 그만큼 머리 부분에서 전과를 챙기기 때문에 결과적으론 손해를 보고 있지 않았지만.

"알스, 내가 나서겠다. 저자는 빠르게 막아 둬야 해."

위기감을 느낀 스승이 무기를 꼬나 쥐며 말했지만 나는 고개를 흔들었다.

"아뇨, 스승은 이곳에 있어 주세요."

"……그건 전술적인 선택이냐? 그게 아니면 그저 내 신변이 걱정돼서 그러는 거냐."

"예, 맞아요. 스승이 걱정돼서 그런 게 훨씬 더 커요. 전술적인 이유도 있긴 하지만요."

크로싱과 베카비아. 나와는 크게 관련도 없는 국가의 전쟁에서 스승을 위험에 빠뜨리고 싶지는 않았다.

그러느니 크로싱의 인물을 적극 활용할 생각이었다.

나는 대기하고 있던 적기사 안톤을 호출해 말했다.

"안톤, 지금입니다. 저자에게 목줄을 채워 놓도록 하십시오."

"옛! 분부하신 대로 움직이겠습니다!"

내 명령을 받은 안톤은 신속하게 맥스먼에게 당도하더니 큼지막한 월도를 휘둘러 쳤다.

"흐어엇!"

"……!?"

캉!! 멀리서도 들려오는 무기의 맞부딪침.

안톤을 상대하게 된 맥스먼은 그 자리에서 발이 묶이고 만다.

보아하니 맥스먼의 개인 무력은 대략 90에서 95 정도. 스승이나 에오와 비슷하거나 조금 더 높은 레벨이다.

과연 일국의 대장군을 맡을 만한 맹자. 하지만 그럼에도 무력 99의 안톤은 당해 내지 못한다.

"흐읏!"

"젠장!"

캉!! 버티기에 급급한 맥스먼.

이걸로 발을 묶여 버린 그는 번뜩임을 잃게 된다. 번뜩임을 잃은 본능은 그저 허무한 발버둥일 뿐.

발이 묶이자 맥스먼의 군대는 빠르게 병력이 줄어 가고 있었다.

그리고 이로 말미암아 나는 체크 메이트로 가는 판짜기를 끝마칠 수 있었다.

소피아는 일사불란하게 움직이는 크로싱의 군대를 보며 마른침을 삼켰다.

난전 속에서도 규율을 잃지 않고 침착하게 맞받아치는 상대.

그 속에는 치밀한 전술적인 설계가 있었다.

'말도 안 돼……!'

상대의 전술적인 움직임은 상궤를 벗어나 있었다.

'이 난전 속에서 모든 부대를 통솔하고 있다고……!?'

알스가 각 3천으로 나눴던 부대.

이건 일종의 유닛 나누기 작업이었다.

알스는 이 3천을 각각의 기물처럼 취급하며 전술을 움직이게 만들고 있었다.

말이 쉽지 이런 난전 속에서 이 모두를 컨트롤한다는 건 어지간한 대장군이나 책사가 아니면 엄두도 못 내는 일이었다.

"총군사님! 맥스먼 장군님의 발이 적기사에 의해 묶였습니다! 이대로 시간이 지체되다간 장군님은 고립되고 말 겁니다!"

"크윽!"

알스의 전술적인 움직임에 어떻게든 따라가고 있던 소피아에게 혼자서 단독행동을 취하고 있는 맥스먼은 불협화음처럼 작용하고 있었다.

이는 얼마나 알스가 효과적으로 대처하고 있는가를 알려 주는 부분이었다.

다른 전쟁에선 베카비아군이 이런 식으로 불협화음이 일어난 적이 거의 없었으니까.

베카비아 군대가 이뤄 낸 본능과 정석의 조합.

알스는 그딴 짓이 가능할 것 같냐며 비웃듯이 빈틈을 파고 들어 왔다.

'웨이드……. 저놈의 의도는 분명해.'

발을 묶은 맥스먼을 서서히 고립시켜서 섬멸하는 것이다.

지금 취하고 있는 전술적인 움직임은 모두 그걸 가리키고 있다.

현재 베카비아의 주력군은 말할 것도 없이 맥스먼의 군대다. 이게 섬멸당한다면 전장은 그 즉시 패배로 이어질 테다.

'그렇다면 내가 해야 하는 건 하나야.'

소피아는 곧바로 소리쳤다.

"아마르티! 5천의 병력을 주겠어요! 적기사의 발을 붙잡으세요!"

"옛! 바로 가겠습니다!"

소피아는 자신이 위치한 본진에서 5천의 병력을 떼어 내 전방으로 파견했다.

안톤을 떼어 내 맥스먼에게 자유를 주기 위해서다.

상대 본진에서 뛰쳐나와 안톤을 붙잡는 상대의 특공대.

나는 힘이 쭉 빠지는 걸 느꼈다.

'제법 기대를 했는데……'

상대의 총군사 소피아 베론.

그녀는 게임에서 주인공의 히로인으로 등장하는 캐릭터였다.

주인공이 베카비아 지역을 평정하는 과정에서 조력자로 등장해 군사로 활약을 한다.

서서를 얻은 유비처럼 알스의 삽질로 답답해하던 주인공

을 보좌하며 신들린 병법을 선보였다.

캐릭터 등급은 SSR.

하지만 직접 상대해 본 감상은 별거 아니었다.

'이렇게 시시하게 끝나 버릴 줄이야.'

맥스먼에게 자유를 주기 위해 본진에서 파견한 특공대.

나는 이때를 노리고 있었다.

맥스먼에게 자유가 주어진 순간 처척! 전술적인 움직임을 통해 미끼를 놓는다. 내 본진으로 향하는 공격로를 보여 준 것이다.

맥스먼은 이 미끼에 걸려든다. 화염이 일어났다며, 전장에 한 줄기 빛이 보인다며 좋다고 달려든다.

"크핫! 좋은 먹잇감이 있구나. 간다!"

보기 좋게 걸려든 맥스먼.

함정의 냄새까지 알아채는 그가 왜 내 의도대로 움직였냐 함은 간단하다.

이것이 함정이 아니기 때문이다. 이건 정말로 전술적인 실착이었다. 장교들의 표정에는 당혹이 서려 있었고, 병사들은 혼란해하고 있다.

그만큼 본진을 노출시키는 것은 절대 해서 안 되는 악수였다.

안톤에게 발이 묶여 답답함이 쌓여 있던 맥스먼에게 이건 지나칠 수 없는 먹잇감이었겠지.

"웨이드! 놈이 이쪽으로 빠르게 치고 들어온다!"

스승이 다급하게 외쳤다. 전술적으로 완전히 당한 모양새.

하지만 단 하나의 수법으로 인해 상황은 완전히 반전된다.

쾅!! 순간 부서지는 상대의 우익군.

"뭣⋯⋯!?"

맥스먼은 그제야 더없이 불길한 냄새를 맡았는지 눈을 부릅뜨고 그 방향을 바라보았다.

그곳엔 좌익의 군대를 규합한 안톤이 있었다.

상대 특공대에 의해 발이 묶였다고 생각되었던 안톤.

그가 내 지시대로 좌익의 군대 1만을 규합하여.

"간다! 적의 본진을 남김없이 섬멸하겠다!"

소피아가 있는 상대 본진으로 돌격하기 시작한 것이다.

"뭐라고!?"

소피아는 펄쩍 뛸 수밖에 없었다.

안톤의 발을 묶어 맥스먼에게 자유를 준다.

그녀가 이렇게 판단할 것을 알스는 처음부터 읽고 있었다.

그렇기에 그걸 반대로 이용했다.

일종의 발상 전환이었다.

맥스먼에게 자유가 주어졌다는 건 마찬가지로 안톤에게도 자유가 생겼다는 뜻.

그리고 자유를 얻은 안톤은 상대 본진으로의 효율적인 돌격 경로를 얻었다.

소피아가 본진에서 특공대를 파견한 탓에 본진으로 향하는 수비진이 헐거워져 있었으니까.

"공주님! 뒤로 물러나십시오!"

4장군 매컬리 쿤이 본진의 병력을 지휘하여 안톤을 막아보려 했지만 안톤의 무위는 쉽게 제어할 수 없는 것이었다.

"우오오오옷!"

"히이익!?"

콰드드득! 수비진을 짓이기며 들어오는 안톤을 본 베카비아 병사들은 겁에 질려 버렸다.

"미쳤어……."

소피아는 망연하여 중얼거렸다.

그녀가 느끼기에 알스의 전술은 마치 사람을 가지고 체스를 하는 것 같았다.

어떻게든 상대 킹을 따면 끝난다고 말하는 것처럼 병사들의 막대한 희생도, 전술적인 손해도 감수하고 과감하게 본진을 노렸다.

'그걸 위해 맥스먼에게 일부러 틈을 내준 거구나……!'

미끼를 물고 적진에 깊숙이 파고들어 가고 만 맥스먼은 안톤을 막기 위한 회군이 불가능해졌다.

다만 그렇다고 전황 자체가 나쁘냐 하면 그런 건 아니었다.

맥스먼 또한 똑같이 상대 본진을 노릴 수 있는 상황이었으니까.

엘리미네이션 게임.

서로 상대 본진을 끝장내기 위해 치킨 게임을 하는 형태가 되고 말았다.

알스는 '쫄리면 뒈지시든가.'라며 으름장을 놓고 있었다.

'지금은 심각한 피해를 본다고 해도 후퇴를 해야 해!'

소피아는 그 치킨 게임에 어울려 주고 싶지 않은 입장이었다.

손해가 있더라도 맥스먼을 후퇴시켜 본진의 위협을 정리하고 체제를 다시 갖추고 싶었다.

'정보대로라면 적의 본진엔 에오니아 미라벨과 일리야 안 페이가 있을 가능성이 높아!'

하나는 쿠라벨 성국의 근위대장. 또 하나는 S급 용병이다.

맥스먼과 그의 부관들이라면 충분히 상대가 가능하겠지만 반대로 당해 버릴 수도 있었다.

확신을 가질 수 없는 전황이라는 뜻.

'그렇지만 맥스먼의 성향상 지금은 후퇴하지 않을 거야……!'

상대는 그걸 알고 이 전략을 택했다.

그건 다시 말해 그들은 처음부터 자신들의 본진을 지킬 확신이 있었다는 뜻이다.

"또 다른 뭔가가 있어. 당장 맥스먼 장군에게 퇴각 신호를 보내! 저곳은 사지야!"

그러나 그녀의 예측대로 맥스먼은 퇴각하지 않았다. 그대로 돌파하여 알스가 있는 본진을 노리고 들어간 것이다.

쾅!! 튀어져 나가는 호위 병사들.

그 호위병을 물리치고 내 앞에 당도한 맥스먼은 거칠게 숨을 헐떡이며 격정적인 눈으로 나를 노려보았다.

그 주위로는 맥스먼의 측근 병사들과 본진을 지키려는 우리 부대가 난전을 펼치고 있다.

그래도 우리 본진이니만큼 병력적인 우세는 이쪽에 있었다.

"그 잿빛의 투구. 네놈이 웨이드로구나……!"

"그런 당신은 칼 맥스먼이겠군요. 반갑습니다. 사지로 들어온 기분은 어떻습니까?"

"핫! 나쁜 기분은 아니군."

맥스먼은 내 양옆에 서 있는 일리야 스승과 에오니아를 곁눈질하고는 이를 악물었다.

이 둘은 맥스먼과 일대일 대결을 펼쳐도 밀리지 않는 실력자들이다.

스승이 내 곁에 있는 것이 전술적인 선택이었다는 게 이런 이유였다. 상대가 내 본진으로 당도한다 한들 최고의 호위들이 나를 지키고 있으니까.

"하나 묻고 싶습니다만 당신에게 제 본진은 어떻게 보였죠? 화염이 보였습니까? 그도 아니면 빛이 보였습니까?"

"처음에는 먹음직한 빛으로 보였지. 하지만 점점 까맣게 변하더군. 마치 심연처럼 말이야. 이런 경험은 제무토를 상대했을 때 외에는 처음이다."

"흠, 알고서도 들어온 그 용기는 칭찬해 드리죠."

"어차피 내가 들어오지 않았다고 해도 네가 쫓아왔겠지. 틀린가?"

"틀리지 않습니다. 당신이 빠져나가려 할 것을 상정한 추격 섬멸 작전도 이미 준비해 놨으니까요. 당신이 들어와 줘서 수고를 던 셈이죠."

오히려 이곳까지 들어온 게 맥스먼의 입장에선 정답일 수도 있었다.

승리할 수 있는 일말의 가능성이라도 있으니까.

맥스먼이 내게 말한다.

"크핫! 피가 끓어오르는군. 어떠냐 웨이드, 이 몸과 남자와 남자의 대결을 해 보는 건."

"안타깝게도 그런 로망은 없습니다. 당신이야말로 항복할 생각은 없습니까? 목숨은 건질 수 있을 텐데요."

"거절한다."

문답무용으로 자세를 취하는 맥스먼.

그는 자신의 부관들과 함께라면 스승과 에오 정도는 상대해 볼 수 있다고 판단하는 모양이지만, 이쪽엔 나를 포함해 전력이 둘이나 더 있다.

나는 휘릭! 창을 회전시킨 뒤 그에게 겨눴다.

내 뒤로는 스승과 에오. 그리고 유미르가 있었다.

맥스먼은 유미르의 심상치 않은 기백에 눈을 부릅떴다.

"당신들의 실책은 나를 너무 얕봤다는 것입니다. 전쟁에 있어 자신을 과신하지 말고 상대를 업신여기지 말라. 병법의 기본이에요."

"혀가 길구나! 어서 덤벼라!"

절망적인 전투에 들어가는 맥스먼.

변수는 없었다. 그가 얼마나 뛰어난 장군이건 이 전력의 차이를 극복할 수는 없었다.

그의 측근 부관 다섯은 스승과 에오니아에게 순식간에 처리가 되었고.

유미르와 일대일 대결을 펼치고 있던 맥스먼은 곧장 협공을 당해 다른 둘의 공격을 막아 내는 사이 콱! 유미르가 목을 쳐 내며 사망.

개전 첫날 이뤄진 첫 교전에서 베카비아는 대장군을 잃는 치명적인 타격을 받으며 패퇴하게 된다.

구심점을 잃은 베카비아의 군대는 급격히 무너지기 시작했다.

"스승, 저쪽에서 군을 추스르고 있는 장교를 처리해 주세요. 에오, 너는 기마대를 이끌고 후퇴하고 있는 적의 허리를 계속해서 끊어 줘. 그러면 상대가 퇴로를 잃고 고립될 거야."

"알겠다."

"옛!"

군을 이끌고 뛰쳐나가는 둘.

유미르는 자신에게도 무슨 지시가 있을까 하여 얌전히 꼬리를 내리고 대기했지만 딱히 유미르에게 내릴 지시는 없었다.

나는 지휘대를 치켜들고 소리쳤다.

"적의 총사령관은 죽었다! 적들을 몰아붙여라!"

상대는 지리멸렬하여 패주하고 있었다.

이 상황을 추스를 지휘 체계가 전무했기 때문이다.

본래는 본진에 있는 소피아 베론이 뒤처리를 해야 했겠지만 저쪽도 부근까지 치고 들어온 안톤으로 인해 그럴 경황이 없었다.

나는 안톤에게 적당히 빠져나올 것을 전달한 뒤 맥스먼이 이끌던 잔병들을 냉정하게 처리하기 시작했다.

이때 죽거나 포획당한 병사의 숫자만 2만에 달했으니 베카비아는 회복 불가능한 피해를 입은 셈이었다.

왜 이 전쟁이 삼사자 전쟁이라 불리냐 함은 알바드, 크로싱, 베카비아. 이 세 국가의 건국 배경을 살펴봐야 한다.

이 세 국가는 펜실론 제국의 말로른 공작 가문을 한 뿌리로 공유하고 있었다.

말로른 가문의 형제들이 펜실론 제국의 몰락과 함께 각자가 터전을 잡고 왕국을 만든 것이 이 세 개의 국가였다.

이때 그들은 말로른 공작가의 상징이던 사자 문양을 나란히 국기로 정하게 됐는데, 이 때문에 이들의 전쟁이 사자 전쟁이라 불리게 된 것이다.

이 삼국. 정확히 말하면 독립을 한 형제들의 사이는 별로 좋지 않았다.

특히 귀족 제도를 전면적으로 거부하고 공화정을 만든 크로싱은 공공의 적이나 다름없었다.

하여 크로싱이 전쟁을 걸어온다면 언제나 알바드와 베카비아가 연합하여 상대를 하였고 이 연합군에 의해 크로싱의 야욕은 번번이 가로막혔었다.

그러나 이번만큼은 다른 양상으로 전개되어 가고 있었다.

"보고드립니다! 캐링턴에서 교전이 발생! 칼 맥스먼이 전 병력을 이끌고 치고 나왔다고 합니다! 우리 군은 응전에 들어갔습니다!"

이 소식이 쥬라스의 군부 막사에 전해졌을 때.

쥬라스를 제외한 다른 장교들은 올 것이 왔다는 표정을 짓고 있었다.

'역시 맥스먼은 기회를 놓치지 않고 치고 나왔군.'

'용병 따위를 캐링턴의 지휘관으로 배치한 건 총사령관의 명백한 실수였어.'

'이번에는 일찌감치 후퇴를 할지도 모르겠군.'

'우리 군의 피해가 적어야 할 텐데.'

반면 쥬라스는 재미있는 상황이 됐다며 어린아이처럼 설레는 걸 숨기지 못했다.

그리고 반나절 뒤.

"급보――!!"

너무 놀랐는지 새하얗게 질린 얼굴로 보고를 시작하는 병사.

이 보고로 인해 군부 막사가 들썩였다.

"웨이드 장군이 상대를 멋지게 격파! 적장 칼 맥스먼의 수급을 얻어 내고 적 병력 3만을 사살하거나 생포했습니다!"

우오오오!! 탄성이 높이 울렸다.

"마, 말도 안 돼! 그 맥스먼을 처치했다고!?"

"우리 군의 피해는!? 얼마나 피해를 입은 건가!"

3만의 피해를 입히고 알스의 군대가 입은 피해는 부상자를 합쳐서 1만 5천.

2배에 가까운 전과를 올린 것이다.

믿기지 않는 대승리.

"훗, 그 정도는 당연히 해 줄 줄 알았죠."

쥬라스는 입꼬리를 씨익 올렸다.

장교들은 두렵다는 눈빛으로 그를 훔쳐보고 있었다.

고작 체스 대결에서 이겼다고 용병에게 6만의 지휘를 맡겨 버린 기행.

그것이 그의 호언장담대로 제대로 들어맞아 버렸으니까.

"총사령, 이제 어떻게 하실 생각입니까?"

쥬라스를 보좌하던 5장군 키슬러가 물었다.

"저 정도의 피해라면 캐링턴 전장은 이미 끝이 난 것과 다름없습니다. 적은 필히 다른 전선에서 캐링턴으로 증원을 하기 위해 움직일 겁니다. 그 부분은 우리가 발을 붙잡아 줘야 하지 않겠습니까?"

"흠. 그게 맞긴 하지만요……."

쥬라스는 무언가를 기다리듯 뜸을 들였다.

그리고 1시간 뒤.

"사령관님! 웨이드 장군에게서 온 전언입니다!"

그 전언에는 향후 움직임에 대한 알스의 요청이 있었다.

"하, 하하! 흐하하하하! 과연, 그렇게 할 생각입니까. 아주 좋군요!"

이 요청의 진의를 읽은 쥬라스는 알스의 기량이 생각 이상이라며 즐거워하고 있었다.

한편 쥬라스와 마주하고 있는 알바드, 베카비아 연합군의 북서부 진영.

똑같은 보고를 받고 있는 이쪽 군부 막사의 분위기는 살벌했다.

"그 애송이 놈……!!"

알스에게 당한 것이 있던 길리아스는 이를 아득바득 갈았다.

베카비아 진영의 인물들은 사색이 되어 어쩔 줄을 몰라 하였다.

걷잡을 수 없이 웅성이는 군부 막사. 그것이.

탁!

상석에 앉아 있던 노인이 지팡이를 두들기자 거짓말처럼 조용해졌다.

"침착해라. 그렇게 난리를 피운다고 해결될 일도 아니니."

노인은 가라앉은 눈으로 길리아스를 응시했다.

"길리아스, 네가 말하던 잿빛 투구의 용병이 이놈인 게냐."

"그렇습니다, 선생님. 그 애송이가 분명합니다."

"네가 용병 나부랭이에게 패퇴했다고 들었을 때는 우연적인 요소가 작용했을 거라 생각했지만 아무래도 제대로 된 기량도 갖추고 있는 모양이구나."

"다음에 마주친다면 그 목을 쳐 낼 자신이 있습니다. 선생님. 저를 캐링턴으로 파견해 주십시오!"

"할 수만 있다면 그러고 싶지만 아마 그 능구렁이가 가만 지켜보지는 않을 테지."

그 말이 끝나기가 무섭게 땡땡땡땡! 적의 진군을 알리는 종이 울리기 시작했다.

능구렁이. 쥬라스 파밀리온이 이끄는 8만의 병력이 진군해 오고 있던 것이다.

"어쩔 수 없구나."

탁! 지팡이를 내리치며 결정을 내리는 노인.

그는 군에 속해 있던 베카비아의 연합군 1만을 캐링턴으로 급파시켰다.

그로 인해 본인은 쥬라스의 병력보다 1만이 적은 7만의 병력으로 상대를 해야 했지만 설령 그 쥬라스가 상대라 할지라도 버텨 낼 자신이 있었다.

그는 그 정도의 인물이었다.

사략의 카이엔.

알바드 왕국의 개국공신이자 펜실론 제국의 대장군이었

던 자로, 모든 책사의 스승이라 불리는 살아 있는 전설이었으니까.

급박해지는 전쟁의 상황.

나는 다른 전장의 보고를 종합하며 다음 수를 준비하고 있었다.

"쥬라스 자식. 단편적인 정보만 전했는데도 마치 다 읽고 있다는 것처럼 움직여 주다니."

그럴 줄 알고서 그런 전언을 보낸 거긴 하지만 정말로 다 알아먹으니 기분이 묘했다. 마치 같은 광경을 바라보고 있는 느낌이 들었으니까.

"알스, 이제 어떻게 할 거냐? 이틀이면 상대의 지원군이 이 지역으로 도달할 거다."

"그렇겠죠."

"그 전에 적을 처리하는 게 옳지 않을까 하는데."

3만 5천까지 숫자가 줄어든 베카비아군은 후방으로 크게 물러나 자리를 사수하고 있었다.

이제야 정신을 차렸는지 최대한 좋은 지형을 끼고 방어 태세를 굳혔다.

어떻게든 1만의 증원군이 올 때까지 버텨 보겠다는 심산이다.

"스승, 이런 말을 들어 봤어요? '전술 위에 전략이 있으며, 전략은 교묘한 책략에 무너진다. 그리고 그 책략은 신들린 전술에 의해 무산된다.'라고요."

"처음 들어 보는 말인데."

"간단하게 말하면 가위바위보 같은 느낌이에요."

"뭐냐, 그 가위바위보라는 건?"

"거기부터 설명해야 하는 거였네요."

전술, 전략, 책략.

이 셋은 가위바위보 같은 관계에 있다.

전술. 다시 말해 용병술은 전략의 벽을 넘어서기가 힘들다.

지금 상황이 좋은 예다.

지금 베카비아군이 취하고 있는 것이 전략이다.

어떻게든 좋은 지형을 끼고 자리를 사수한다. 뭐가 됐든 버텨 낸다.

전략적으로 선택을 내린 것이다.

"그런 상대에게 우리가 지금 할 수 있는 건 하나밖에 없어요."

수적인 우위를 살려 전술적인 움직임으로 적의 방어를 깨부수는 것이다.

"뭐, 그렇게 해서 이길 자신이 없는 건 아니지만 대단히 많은 피해를 감수해야겠죠. 가위바위보에서 졌으니까요."

"으음……. 그렇긴 하겠지."

"그러니까 이번에는 그 전략을 무너뜨릴 책략을 사용하기로 결정했어요."

"무슨 책략을 사용하려는 거지?"

"하하, 간단한 책략이에요. 그냥 지켜봐 주세요."

상대 증원군이 도착하기까지 약 이틀.

나는 다음 날 아침 병사들에게 한 가지 지시를 내렸다.

"오늘 하루는 연회를 열겠습니다! 술은 풀지 않겠으나 고기와 음식은 마음껏 먹어도 좋습니다!"

나는 첫 승전 직후에 가까운 도시에서 조달해 온 가축을 즉석에서 해체하여 병사들에게 베풀기로 했다.

곧장 상대를 추격해 전투를 벌일 거라 예상하고 있던 병사들은 이게 무슨 횡재냐며 연회를 즐기기 시작했다.

그리고 나는 수백 마리의 가축을 손질하고 있는 병사들에게 다가가 한 가지를 더 지시했다.

"내장은 버리지 말고 준비해 놓은 수레에 담아 주겠습니까?"

"예? 내장을 말입니까? 어디에 쓰시려고……."

"뭐, 여러 가지로 쓸데가 있죠. 예를 들어 그 내장은 잘 씻어서 구워 먹거나 끓여서 먹으면 꽤 맛있다고요."

"그, 그야 정 먹을 게 없다면 그럴 수도 있겠습니다만."

"어쨌든, 잘 모아 주세요."

"알겠습니다."

연회를 즐기는 병사들.

이걸로 준비는 끝난 것과 다름없었기에 약간 무료해진 나는 심심풀이 삼아 적측을 떠보기로 했다.

한 통의 편지와 함께 칼 맥스먼의 시신을 넘겨주기로 한 것이다.

사수진을 펼치고 있는 베카비아의 진영.

소피아 베론은 상대 진영에서 오고 있는 수레를 보고 눈을 부릅떴다.

적진에 사로잡혔던 포로에 의해 배달되어 온 수레.

"저, 저건……!"

맥스먼의 제자인 4장군 매컬리 쿤은 부리나케 수레로 달려갔다.

"장군님!!"

수레의 실린 짚단 위에 맥스먼의 시신이 고이 누워 있었다.

떨어져 있던 목도 장의사에 의해 바느질이 되어 붙어 있다.

'이게 대체 뭐 하자는 거지?'

소피아는 그 진의를 의심할 수밖에 없었다.

맥스먼의 시신을 욕보이는 게 아니라 잘 처리해서 돌려보내 준다고?

이 이해하기 힘든 행동에 의아해하고 있던 소피아는 자신에게 보내진 편지 한 통을 읽고는 부들부들 떨게 된다.

알스가 소피아에게 보낸 편지.

소피아 베론. 당신의 경천동지할 군략에 찬사를 보내는 바입니다.

그렇게 시작한 편지에는 훈수가 어려운 말로 포장되어 가득 쓰여 있었다.

수비를 하는 입장임에도 지형적인 이점을 살리려 하지 않고 먼저 치고 나온 점.

주력군인 맥스먼을 너무 앞으로 나오게 한 점.

총군사인 주제에 통제권을 상실한 점 등등. 진지한 훈수로 빼곡하게 차 있었다.

편지의 내용은 무척 진지하고 좋은 것이었지만 이걸 읽는 소피아가 어떻게 받아들일지는 뻔한 일이었다.

그녀가 느낀 편지의 내용은 한 단어로 정리가 가능했다.

개허접ㅋ

질이 나쁜 조롱.

그녀는 분을 참기가 힘들었다.

"그 선택을 후회하게 만들어 주지……!"

경솔하게 시신을 보내온 것을 역이용해 준다. 소피아는 곧 장 맥스면의 성대한 장례식을 준비했다.

그걸 통해 병사들과 장교들의 사기를 높이기로 한 것이다.

제단에 올라가 화장이 되는 맥스먼의 시신.

베카비아 병사들은 이를 보며 결사항전의 전의를 다잡고 있었다.

아침부터 정오가 한참 지나기까지 연회를 벌인 우리 군.

내가 연회를 벌인 이유는 여러 가지가 있었지만 첫 번째로 군의 피로감을 생각했기 때문이다.

이런 식으로 아침부터 연회가 벌어질 경우 병사들은 그 포만감과 탁 풀려 버린 긴장감으로 인해 자연스럽게 낮잠을 자게 된다.

오침의 꿀맛을 병사들에게 허용한 것이다.

"다른 목적도 있긴 하지만 이것도 중요한 요소죠."

내 말에 적기사 안톤은 탄성을 내질렀다.

"그렇군요. 야전을 하실 생각이시군요!"

"맞아요. 지금 이쪽으로 오고 있는 1만의 증원군은 밤을 틈타 합류를 하려 할 테니까요."

낮에 합류하려 할 경우 우리가 방해를 할 것이라 확신하고 있기 때문이다.

현재 소피아 베론의 군대가 한자리에 틀어박혀 나오기를 꺼려 하고 있는 상황에서 한낮에 군을 합류시키는 건 베카비아 쪽에서도 위험부담이 크다.

"우리가 증원군을 각개격파 할 것을 우려하여 자신들만의 행군 경로를 이용해 밤에 합류시킬 거예요. 아마 그 행군 지점은 이곳."

내가 지휘대로 가리킨 지점에 장교들은 자동으로 고개를 끄덕였다.

"로하든 교차로이군요. 꽤나 우회를 하는 경로이긴 합니다만 길이 넓어 효과적이기도 하죠. 일리가 있습니다."

"예, 일리가 있죠. 그리고 그렇기 때문에 상대도 그걸 예측하고 있을 거고요."

"……예?"

"소피아 베론은 우리가 로하든 교차로를 급습하려 들 것을 알고 있을 거라는 뜻이에요."

"그렇다면 그 증원군은 로하든 교차로로 오지 않는 것이 아닙니까?"

"여기서부터는 심리전이죠. 연회를 연 것은 그걸 위한 작업이었고요."

아침부터 낮까지 이어진 연회.

이걸 본 소피아는 전면적인 야전을 의식하게 될 터. 그 경우 험지에서 규모가 큰 야전을 벌이기엔 지휘 체계에 혼란이 빚어지기 때문에 위험부담이 크다.

가뜩이나 증원 부대를 합류시켜야 하는 상황에 험지에서 전투를 벌이다간 낙오되는 병사가 속출할 게 뻔했다.

그러니 차라리 탁 트인 로하든 교차로에서 야전을 치르고 싶어 할 가능성이 높았다.

상대의 행동 심리를 이해하고 앞의 수를 읽는다. 이것이 내가 군을 운용하는 베이스였다.

"어찌하실 생각이십니까? 로하든 교차로로 이동을 할까요? 그도 아니면……."

"로하든 교차로로 갑니다. 이곳에서…… 이 전쟁의 방향이 정해질 겁니다."

이번 작전이야말로 체크 메이트로 가기 위해 내가 준비한 결정적인 한 수였다.

로하든 교차로는 베카비아가 효율적인 무역을 위해 개척을 해 놓은 가도였다.

남서쪽으로는 알바드. 남쪽으로는 캘리퍼. 동남쪽으로는 크로싱 공화국으로 향하는 큰길이 만들어져 있는 이 가도는 군의 행군에도 용이한 길이었다.

베카비아의 1만 증원군은 이 가도를 이용해 캐링턴으로 향하고 있었다.

그리고 그들이 캐링턴 부근으로 향하려던 때.

"적습! 적이 다가온다!"

비상이 떨어진 베카비아 증원군.

지휘를 맡고 있던 제3장군 텔테일은 기다렸다는 듯이 소리쳤다.

"당황하지 마라! 부대는 야전을 위한 표식을 확인하며 적에게 대응해라!"

텔테일은 바쁘게 상대 군의 규모를 파악하려 했다.

"젠장! 어두워서 잘 보이질 않는군……!"

달이 구름에 가려 평소보다도 어두웠던 것이 방해로 작용했다.

다만 그것도 곧 문제가 없어졌다.

그 정도로 어두워도 병대의 규모를 쉽게 확인할 수 있었을 정도의 대군이었으니까.

어림잡아 4만.

"미친놈……! 전군을 야습에 동원하다니!"

과감함이 도를 지나쳤다.

이런 급습 작전에 전 병력을 동원한다고?

이 급습 지점은 캐링턴 전선보다 더 북쪽. 다시 말해 베카비아의 영토 내부이다.

베카비아의 영토 내에 들어온 이상 보급을 기대할 수는 없다.

상대는 보급로를 완전히 무시한 채 적 영토에 들어와 있던 것이다.

만약 소피아가 이걸 이용해 역으로 크로싱 공화국 방면으로 진군을 해 보급로를 끊고 영토를 위협했다면 크로싱은 난리가 났을 것이다.

하지만 소피아는 결국 그렇게 하지 않았다.

그 부분이 중요한 것이었다.

'소피아 공주의 심리를 완벽하게 읽고 있군……. 용병 웨이드. 무서운 놈이다.'

하지만 소피아의 대처도 나쁜 건 아니었다.

"형제들을 구해라――!!"

4장군 매컬리 쿤의 지휘하에 2만의 군대가 지원을 온 것이다.

소피아는 알스가 이 급습 병력에 강한 힘을 줄 것까지도 감안하고 2만에 달하는 대군을 지원으로 보냈다.

이는 철저하게 계산이 된 움직임이었다.

혹여나 2만의 병력이 빠진 틈을 타 알스가 본진을 공격해 올 것까지도 예상을 했다.

그 경우에는 증원군과 합류한 3만의 군대를 이용해 상대의 측면을 찌르게 할 생각이었다.

모든 상황에 대처하는 소피아의 완벽한 지휘.

"이제야 왔군!"

텔테일의 얼굴에 화색이 돌았다.

그는 곧바로 퇴각 신호를 보냈다.

소피아가 강한 급습을 예상하여 2만의 증원군을 보내기는 했지만 상대는 예상 이상으로 미쳐 있었으니까.

"매컬리! 이곳에서는 우리가 불리하다! 퇴각하여 본영에 합류해야 해!"

"예! 공주께서는 산지로 들어간다면 적은 더 이상 쫓아오지 못할 거라 하셨습니다!"

"가리톤 산지인가! 좋다! 그 방향으로 퇴로를 열겠다!"

본격적으로 퇴각 지휘를 시작하는 텔테일.

그리고 그때.

"……거기 있었네?"

알스는 기다렸다는 듯이 텔테일이 있는 곳을 파악해 낸다.

쾅! 일점 돌파를 해 오는 알스와 일리야, 에오니아의 삼인방.

텔테일은 이를 꽉 물어야 했다.

'당했다……! 놈들은 내가 퇴각 지휘를 하는 걸 기다리고 있었어!'

베카비아군이 가리톤 산지로 퇴각할 것을 미리 읽고 있던 알스에게 텔테일의 퇴각 지휘를 읽는 건 일도 아니었다.

알스는 그 부분을 순식간에 간파해 내고 부대의 지휘, 병사들의 움직임을 통해 텔테일의 정확한 위치를 읽어 냈다.

"장군! 어서 퇴각해야 합니다!"

매컬리가 다급하게 말했지만 텔테일은 고개를 흔들었다.

"아니, 나는 이곳에서 시간을 끌겠다."

"예!?"

"상대는 나 하나만을 억지로 물어뜯으려 하고 있어. 그 말인즉슨 다른 쪽의 퇴로가 더 넓게 열린다는 뜻이야. 매컬리, 지금 중요한 것은 한 명의 군 장교가 아니라 하나라도 더 많은 병사들이다. 소피아 공주에게 최대한 많은 병력을 전하는 것이야말로 지금 우리에게 주어진 사명이다! 그러니 가라!"

"크윽!"

피가 나올 정도로 입술을 강하게 깨문 매컬리는 자리에서 벗어나 병력을 후퇴시키기 시작했다.

그리고 머지않아.

콱콱콱콱! 쓸려 나가는 병사들.

텔테일은 압도적인 무위를 펼치는 세 명의 창술사를 맞이하게 된다.

그중 회색 투구의 알스를 확인한 그가 으르렁거렸다.

"네놈이 웨이드로구나……! 그래, 크로싱에게 꼬리를 흔드니 좋더냐?"

"꼬리 같은 건 없습니다만. 그보다도…… 당신이 제3장군 텔테일이 맞는 거겠죠?"

"그래, 이 몸이 베카비아의 카솔라 텔테일이다! 어떠냐 웨이드! 남자답게 일대일로 붙어 볼 용기는 있는 거냐! 이 나를 꺾는다면 대륙을 떨치는 명성을 얻을 수 있을 텐데."

"하여간……. 시간을 끌어 볼 생각이라면 더 창의적으로 해 보는 건 어떻습니까?"

"……."

알스의 말대로 이 대담은 시간 끌기에 불과했다.

어떻게든 다른 병사들이 빠져나갈 시간을 벌기 위해서.

그리고 알스는.

"흠. 흠. 흐음."

시간 끌기라는 걸 알면서도 느긋하게 상황을 지켜보고 있었다.

그제야 텔테일은 지독한 불길함을 느끼게 된다.

"……네놈. 대체 무엇을 꾀하고 있는 거지?"

"알 필요 없습니다. 그보다 이젠 된 것 같네요. 에오, 처리해 줘. 미리 말했던 대로 얼굴에는 상처를 내서는 안 돼."

말에 타고 있던 에오니아는 기다란 창을 겨눈 채 텔테일에게 향했다.

마찬가지로 말에 타고 있던 텔테일은 반월 모양의 날이 박혀 있는 할버드를 앞으로 내민 채 간격을 재고 있었다.

"핫! 쿠라벨 성국의 마지막 발키리가 용병 나부랭이의

개가 되었다니 하늘에 있는 성왕이 땅을 치며 통곡하고 있 겠군!"

"용병 나부랭이? 안목이 없군. 내 주군은 황제가 되실 분 이다."

"헛소리도 그 정도가 되니 웃음조차 나오질 않는구나! 흐 아앗!"

캉! 거력을 담아 휘두른 할버드.

그러나 에오니아는 어렵지 않게 공격을 받아 내며 텔테일 을 밀어붙였다. 둘 사이에는 명백한 수준의 차이가 있었다.

이내 콱! 심장을 관통하는 창.

에오니아는 마치 여왕 같은 차가운 미소를 지으며 고했다.

"네 죽음은 헛되지 않았다. 나의 주군께서 걸어갈 로열로 드의 발판이 된 것이니 기뻐하며 눈을 감아라."

"쿨럭!?"

이내 눈을 까뒤집고 절명하는 텔테일.

알스가 에오니아에게 다가가 말한다.

"로열로드가 어쩌고 황제가 뭐 어째? 그런 말은 하지 말라 고 그랬지."

"아, 예! 저도 모르게……. 주의하겠습니다."

냉혹한 여왕 같았던 면모는 온데간데없이 에오니아는 쭈 구리가 되어 어쩔 줄을 몰라 하고 있었다.

4만의 병력으로 야습을 가한 크로싱의 군대.

이 보고를 받은 소피아는 마른침을 꼴깍 삼켰다.

"미친놈, 제정신이 아니야……."

4만이면 전 병력으로 야습을 가했다는 것인데, 아무리 공격하는 입장이라고 해도 상식적인 선택은 아니었다.

"그래서? 상대 병력은 어디까지 추격을 해 왔다고요?"

넝마가 된 매컬리는 힘없는 목소리로 말한다.

"산지까지 추격해 들어왔습니다. 그 후 산지 중간 부근에서 추격을 단념한 모양입니다. 현재는 가리톤 산지에서 병력을 추스르고 있는 것 같습니다."

"역시……."

"공주, 혹시 모르니 보급로에 증원을 갈 준비를 하도록 하죠. 가리톤 산지에서 우측으로 빠진다면 상대가 곧장 우리의 보급로를 노릴 수도 있어요."

"나를 누구라고 생각해요? 보급로 방어에 대한 대비는 이미 해 놨어요. 보급로 쪽에 척후 전력을 집중해서 배치하기도 했고요. 상대가 보급로를 노린다면 곧장 보고가 올 거예요."

만약 정말로 보급로를 노리고 내려온다면 그때는 반격의 시간이었다.

상대는 보급을 무시하고 베카비아의 영토 내로 들어와 있다. 시간을 끄는 방식으로 상대를 몰아넣으면 일망타진을 할 수가 있었다.

그 상황이 된다면 철저하게 깨부숴 주리라.

"그보다도 지금은 몰래 숨어들어 온 앙큼한 쥐들을 색출하는 게 먼저예요."

소피아는 그 야전을 틈타 알스가 대량의 첩자를 심어 놨을 것이라 생각했다.

지금도 야전에서 낙오한 병사들이 한 타이밍 늦게 줄줄이 소시지처럼 군영으로 들어오고 있는 상황이었기에 첩자가 섞여 들어올 가능성이 농후했다.

그녀는 장교들을 모아 두고 외쳤다.

"군영을 대대적으로 재편하겠어요! 병사들의 신분을 철저히 확인하고 첩자라 의심되는 자는 곧장 부대에서 제외해 따로 편성하도록 하세요!"

이 작업으로 인해 베카비아의 군대는 하루 정도의 시간을 소모하게 된다.

그리고 이튿날의 새벽. 소피아는 귀를 의심하게 만드는 보고를 마주해야만 했다.

"급보—!!"

파랗게 질린 얼굴로 보고를 시작하는 병사.

"케실리안 요새와 젝슨 성이 적에게 함락되었습니다!"

순간. 베카비아의 진영은 살인적인 적막에 휩싸였다.

베카비아 진영이 함락 소식을 듣기 하루 전의 일이다.

안톤이 부복하며 알스에게 보고한다.

"적들은 예측대로 가리톤 산지를 통해 후퇴하였습니다. 장군님의 지시대로 쫓는 척을 하며 숫자를 교란시키고 척후를 끊어 놓았습니다."

야전이 불러온 효과였다.

산지를 통해 도망가던 베카비아군은 산지의 깊은 어둠으로 인해 자신들을 추격해 들어온 군의 숫자를 정확하게 파악할 수가 없었다.

전군으로 추격을 해 왔다고 생각을 했겠지만 실제로는 3천가량의 유격대만이 요란하게 소리를 질러 대며 추격 임무를 수행했다.

나머지 군대는 로하든 가도의 외곽에서 조용히 숨을 죽이고 있었다.

그리고 안톤이 적의 척후를 끊은 순간에서야 알스는 본격적인 작전을 시작했다.

"자, 이제 제대로 작전을 시작해 보도록 할까요?"

"……."

장교들은 알스를 경외의 시선으로 바라보고 있었다.

쥬라스에 버금가는 수읽기와 신묘한 책략.

'이자는 절대 단순한 용병이 아니다.'

'대체 누구일까. 혹시 이름 있는 책사가 정체를 숨기고 이곳에 있는 것이 아닐까?'

장교들이 그리 생각했을 정도로 알스의 책략은 절묘하고, 또한 악랄했다.

"자, 이제부터 군을 두 개로 나누겠습니다. 안톤!"

"옛!"

"당신은 잭슨 성으로 가서 약속한 대로 성을 떨어뜨려 주세요."

"명 받들겠습니다."

"1만을 떼어 주겠습니다. 바로 출발해 주세요. 보급이 없는 우리에겐 1분 1초가 아쉬운 상황이에요."

미리 지급한 개인 식량으로 하루 정도는 어찌어찌 버틸 수 있지만 그 이상은 약탈을 하지 않는 이상 보급이 불가했다.

"바로 가겠습니다!"

먼저 1만의 군을 이끌고 잭슨 성으로 향하는 안톤.

이후 알스는 나머지 2만 5천을 이끌고 케실리안 요새로 향했다.

나머지 병력은 정보전을 위해 요소요소에 배치하여 캐링턴으로 향하는 상대의 첩보를 끊었다.

그렇게 알스와 그 군대가 모습을 드러내자 케실리안 요새에는 비상이 떨어졌다.

2천의 예비 병력과 함께 케실리안 요새를 지키고 있던 군장교 베리드 말론은 믿기지 않는다며 중얼거렸다.

"어, 어떻게 크로싱군이 이곳까지……?"

이곳은 전투가 일어나고 있는 캐링턴에서 꽤 멀리 떨어진 곳이었다.

말론은 첫 번째 교전에 대한 결과는 알고 있었으나 그 이후에 대한 정보는 받고 있지 못했다.

"분명 연합군 전선에서 증원이 간다고 하였거늘……."

그런 말론에게 알스는 보란 듯이 카솔라 텔테일의 시체를 들이밀었다.

"캐링턴은 무너졌다! 네놈들을 도울 증원군도 우리가 몰살하였으니 너희들에게 더 이상의 희망은 존재하지 않는다!"

텔테일의 시신을 확인한 베카비아 군사들의 사기는 순식간에 바닥으로 떨어지고 만다.

증원군을 이끌던 장군의 시체를 상대가 가지고 있는 것으로 보아 증원군이 괴멸하고 캐링턴 전투가 패전으로 끝났다고 지레 판단한 것이다.

알스는 그 타이밍을 노려 투항을 권유했다.

"선택해라! 이곳에서 추레한 요새와 함께 묻힐 것인가, 그도 아니면 투항을 할 것인가!"

요새의 지휘자였던 말론은 제대로 된 선택을 내릴 수 있는 상황이 아니었다.

너무 갑작스럽게 나타난 크로싱의 군대.

강유관의 마막이 산을 넘어온 등애에게 너무 놀라 항복을 한 것처럼 예상치 못한 상황이 되자 말론의 판단은 극단으로 치달았다.

"투, 투항은 어렵소!"

투항은 어렵다.

그 여지가 있는 말에 알스는 입꼬리를 올렸다.

"그렇다면 30분을 주겠다. 요새의 북문을 놓아줄 테니 그 길을 따라 아란달로 가라. 아란달은 이번 정전협정이 논의될 도시가 될 테니 그곳으로 향한다면 그대들이 우리 군에 화를 입는 일은 없을 것이다."

전부 다 뻥이었으나 활로를 준다는 말에 말론은 결단을 내려야만 했다.

항전이냐 도주냐.

그가 그런 고민을 하고 있는 사이 빠르게 탈영병이 속출하기 시작했다.

애초에 이곳에 있는 예비 병력에는 정규 편성이 되기에는 너무 늙었거나 어리거나 하는 남자들이 많았기에 빠르게 전의를 상실한 것이다.

북문을 비워 두고 남문에서 공격 준비를 하는 크로싱의 군대를 보자 그들은 부리나케 요새를 비우고 도주를 시작한다.

말론은 제대로 된 전투가 어렵다고 판단. 알스의 제안대로 요새를 비우고 아란달로 향했다.

만약 그들이 케실리안 요새에서 농성을 했다면 공성 병기가 없는 상황에서 족히 반나절의 시간을 소비해야 했을 테니 알스는 말 한마디로 시간을 아낀 셈이었다.

그렇게 케실리안 요새에 무혈입성한 알스는 요새 내의 물자들을 이용해 긴급 보급을 시작했다.

한편 젝슨 성으로 향한 안톤은 알스와는 다른 상황에 처해 있었다.

케실리안 요새는 일반 시민들이 살지 않는 군사 요새이기에 병사들을 도망치게 만드는 것만으로도 함락이 됐다면 젝슨 성은 그렇지 않았다.

성 내부의 인구가 8만에, 성주가 성을 이끌고 있었고 훈련된 사병도 1천이나 있다.

만약 성주가 성민들을 동원해 결사항전의 농성을 벌인다면 이쪽도 만만치 않은 상황이 된다.

안톤은 알스의 지시대로 행동을 하였다.

젝슨 성의 병사와 성민들에게 그것을 보여 준 것이다.

드르르륵! 일제히 전진하는 수백 대의 수레.

그곳에는 보기만 해도 구역질이 나오는 내장들이 가득 차 있었다.

그것들을 좌르륵! 성의 입구에 일제히 펼쳐 놓았다.

"저, 저건……!"

"괴, 괴물이다! 저놈들은 사람이 아니야!"

"꺄아아아——!!"

혼비백산하는 젝슨 성의 사람들.

그들은 그 내장들이 사람의 것이라 생각하고 있었다.

실상은 가축들의 내장을 모아 둔 것이었지만 내장이란 것이 다 형태가 비슷하고, 사람의 내장이란 것을 자주 볼 수 있는 것도 아니기에 멀찍이서는 그것이 짐승의 내장이라고 알아챌 수 없었다.

"우, 우웨엑!"

"나, 나는 이, 이곳에 있지 않겠어!"

이 참상을 보는 것만으로도 성벽에 있던 병사들이 성 안쪽으로 도망가고 있었다.

성주 안타시안은 새하얗게 질려 있다.

안톤은 그런 안타시안에게 최후통첩이라는 듯 고했다.

"선택해라. 캐링턴에서 벌어진 참상을 이 젝슨 성에서 되풀이할 것인지. 그도 아니면 목숨을 보전할 것인지……!"

"캐, 캐링턴은 무너진 것이오?"

"그게 아니면 우리 군이 이곳에 있을 리가 없지."

그것도 그랬다. 안타시안도 초전에서의 처절한 패배를 보고로 알고 있었기에 캐링턴의 군대가 패퇴한 것이 이상한 일은 아니라고 생각했다.

'하지만 이상해. 그걸 감안해도 너무 빠르다⋯⋯!'

그는 그 부분에서 의구심을 느꼈지만 안톤은 그런 생각을 할 수 있는 여유를 없애기 위해 빠르게 행동에 나섰다.

"제안은 결렬됐다고 생각하겠다. 전군 전투준비! 캐링턴에서 벌어진 피의 축제를 이 어리석은 놈들에게도 보여 주도록 해라!"

우오오!! 사기의 차이는 명백했다.

안타시안은 황급히 안톤을 제지했다.

다른 사정이야 어찌 됐든 현재 젝슨 성의 전력으로 1만의 정규군과 맞붙는다면 설령 이긴다고 할지언정 피해 숫자는 상상을 초월할 것이 분명했다.

영지민들을 자기 가족처럼 아끼는 그는 그런 상황만큼은 피하고 싶었다.

"조건, 투항 조건을 들려주시오!"

"⋯⋯간단하다. 북문을 열어 줄 터이니 모든 시민들을 이끌고 아란달로 가라. 그렇게 한다면 정전협정 전까지는 목숨을 지킬 수 있을 테지."

"그, 그것뿐이오?"

"그래도 전리품은 챙겨야겠군. 귀중품과 식량은 놓고 가도록. 만약 이걸 지키지 않았을 시에는 추격대를 보내도록 하겠다."

"크윽! ……그리하겠소."

"30분 후에 남문으로 진입하겠다. 그 전에 도망가는 게 좋을 거야."

그러자 선택의 여지가 없어졌다.

젝슨 성의 시민들은 줄줄이 북문을 통해 아란달로 향했고 안톤이 이끄는 1만의 군대는 성에 무혈입성하였다.

성에 무혈입성한 안톤은 재빠르게 귀중품과 식량을 챙기기 시작했다.

젝슨 성의 경우 곡창지대에 위치한 성이었기 때문에 비축된 식량이 많은 편이었다.

안톤은 내장을 쏟아부어 비어 있던 수백 대의 수레에 그식량들을 옮겨 싣고는 외쳤다.

"이제부터 강행군을 펼치겠다!"

그가 제시한 강행군은 장교들조차 혀를 내둘렀을 정도로 가혹한 것이었다.

자그마치 이틀을 쉬지 않고 이동을 해야 했기 때문이다.

심지어 끌고 가야 하는 식량 수레까지 있었으니 낙오자가 속출할 수밖에 없었다.

그 부분에 대해선 젝슨 성에서 얻은 귀중품으로 해결을 하였다.

"강행군을 끝까지 따라온 자에게는 이곳에서 얻은 보물들을 균등하게 하사하겠다! 모두 힘을 내서 따라와라!"

그렇게 안톤의 부대는 알스가 제시한 지점으로 부지런히 움직이기 시작했다.

케실리안 요새와 잭슨 성의 함락.

상세한 보고를 전해 들은 소피아는 눈을 부릅뜨며 소리쳤다.

"당장 아란달에 전하세요! 도시의 문을 걸어 잠그고 농성 준비를 하라고요!"

적들의 의도는 간단하다.

베카비아의 제2도시.

아란달을 함락시킴으로써 전쟁을 끝내겠다는 것이다.

"심장에 벌레를 심어 놓는 작전입니다! 케실리안 요새와 잭슨 성의 사람들을 아란달로 보낸 것은 그 무리에 첩자들을 심어 놓기 위함이에요! 난민들을 절대로 받아서는 안 돼요! 매컬리! 모든 첩보 병력을 아란달 부근으로 집중시켜요!"

"공주, 하지만 상대는 보급이 부족합니다. 과연 아란달까지 북상을 하려 할까요?"

"잭슨 성에서 보급을 했을 거예요! 그 정도의 물량이면 충분히 가능할 겁니다! 북상하며 추가로 보급을 할 수도 있고요!"

"그들이 아란달로 향했다는 첩보는 아직 없었습니다."

"아니요, 분명 그리했을 거예요. 그게 아니면 설명이 되지 않아요."

이건 오히려 기회였다.

소피아는 드디어 잡은 반격의 기회에 흥분을 감추지 못했다.

"우리 군도 아란달로 향하겠어요! 당장 진군의 준비를 시작하세요!"

아란달이 태세를 갖춰 버티고 그 뒤를 자신이 잡는다.

그렇게 캐링턴에 주둔하던 소피아의 군대는 한 발자국 늦게 아란달로 향한다.

알스의 계책을 완벽하게 읽었다 자부하면서.

개전 6일 차.

북서부 전선의 전투가 격화되고 있었다.

쥬라스는 전 병력을 동원하여 총공격을 진행하였고, 알바드의 카이엔은 신들린 수비 전술로 받아치고 있었다.

"과연 전설로 전해지는 사략입니까…… 빈틈이 전혀 없군요."

쥬라스는 못 당해 내겠다며 웃었다.

다른 장교들로 말하자면 질려 있었다.

"이렇게까지 빈틈이 없을 줄이야…… 사략의 카이엔!"

"길리아스 멜번과 유시스 골드레이. 그자들의 시기적절한 판단력도 무섭군. 루트거 로젠버그의 공백도 이제는 채워졌다는 건가."

카이엔의 제자로 잘 알려진 길리아스와 유시스.

이 둘은 각각 공격과 수비를 담당하며 카이엔의 왼팔과 오른팔로 활약을 하였다.

이 절묘한 조화에 크로싱군은 요소요소에서 패하며 전술적인 교두보를 쌓지 못하고 있었다.

"흥! 알바드를 노리기에는 100년은 이르다 크로싱의 쓰레기들아."

우군을 이끌고 있던 길리아스는 조롱을 보낸 뒤 중앙군의 카이엔에게 향했다.

"선생님, 우측을 노려 오던 상대 부대를 쫓아냈습니다. 녀석들은 크게 물러났습니다."

"……흐음."

카이엔은 계속된 승리 소식에도 뭔가 탐탁지 않다는 얼굴이었다.

"선생님? 무슨 일이십니까?"

"그 능구렁이가 이런 저돌적인 수법을 쓰는 게 이상해서 말이다."

쥬라스는 특수한 상황이 아니면 이런 공격을 하지 않는 유형이었다.

어떻게든 자신이 유리한 상황을 만들고, 상대가 공격하게 끔 만드는 놈이었다.

"그건 선생님이 그자를 과대평가한 것이 아니겠습니까? 게다가 공격해 들어온 것은 크로싱 쪽입니다. 가만히 틀어박혀 있을 생각이었다면 애초에 전쟁을 선포하지 않았겠지요."

"아니, 뭔가가 걸리는구나. 당장 다른 전선에서의 동향을 알아보도록 해라."

이때 카이엔에게는 정보가 하루 늦게 들어오고 있었다.

쥬라스가 전면 공격을 가하면서 알스의 요청대로 교묘하게 첩보를 끊어 놓고 있었기 때문이다.

그렇기에 케실리안 요새, 젝슨 성의 함락 소식이 들려온 것은 지금에서였다.

"케실리안 요새와 젝슨 성이 함락됐다고……?"

눈매를 좁히는 길리아스.

카이엔으로 말하자면 낭패했다는 표정이 되어 있었다.

아란달로 향한 크로싱의 군대를 쫓아 북상하기 시작한 소피아.

아란달로 향하는 관문 중 하나인 가샬 관문에 당도한 그녀는 망연한 표정으로 병사의 보고를 받고 있었다.

당연히 함락되어 있어야 할 가샬 기지가 너무나도 멀쩡했기 때문이다.

"예? 크로싱의 군대 말입니까? 전혀 보지 못했습니다!"

"나, 난민들이 이곳을 지나쳤을 텐데요!"

"예! 하지만 크로싱의 군대가 지나치지는 않았습니다."

이상하다. 너무 이상하다.

'가살 관문을 지나치지 않고서는 베카비아의 주요 도시들을 위협할 수는 없어.'

나오는 답은 하나다.

'이 상황에서 병력을 우회시켰다고?'

그렇담 어디로 우회를 시킨 건가?

이에 매컬리 쿤이 말한다.

"혹시 캐링턴으로 되돌아간 걸까요? 우리가 자리를 비울 거라 예상하고 말입니다."

"틀려요. 그래 봤자 상대가 크게 얻어 낼 수 있는 건 없으니까요."

상대가 비어 있는 캐링턴으로 간다고 해도 얻을 수 있는 건 조금 좋은 지형 정도다.

어차피 캐링턴은 완만한 평야 지대이기 때문에 지형 선점 효과가 큰 편이 아니다.

만약 그렇게 나왔다면 베카비아 쪽도 다시금 캐링턴으로 복귀하여 대치하면 그만이다.

"그렇다면 대체 어디로 우회를 시킨 걸까요? 이 부근으로 척후를 집중시켰으니 영토 내로 향했다면 잡히지 않을 리가 없는데요."

"우리 영토가 아니다……? 아, 아아…… 아아앗……!"

그제야 크로싱의 군대가 어디로 우회했는지를 깨닫고 기성을 내지르는 소피아.

그녀는 곧장 한 곳으로 시선을 돌렸다.

그 방향에 위치한 전장. 카이엔과 쥬라스가 맞붙고 있는 북서부 전선으로.

다음 권으로 이어집니다

꿈의 도약, 로크에서 하십시오
(주)로크미디어에서 신인 작가를 모십니다

즐거운 세상, 로크미디어는 꿈을 사랑하고 도전을 두려워하지 않는 작가 분들의 참신한 작품을 기다리고 있습니다. 21세기 장르 문학계를 이끌어 갈 차세대 선두 주자 (주)로크미디어에서 여러분의 나래를 활짝 펴 보시길 바랍니다.

모집 분야 판타지와 무협을 포함한 장르 문학
모집 대상 아마추어 작가, 인터넷 작가
모집 기한 수시 모집

작품 접수 시 유의 사항

1. 파일명은 작가명_작품명.hwp형식을 갖춰 주십시오.
1. 파일에 들어갈 내용은 다음과 같습니다.
    - 성명(필명인 경우 실명을 밝혀 주세요), 연락처, 이메일 주소
    - 제목, 기획 의도
    - A4용지 1장 분량의 등장인물 소개
    - A4용지 2장 분량의 전체 줄거리
    - 본문
1. 작품이 인터넷에 연재되고 있다면, 게시판명과 사이트의 구체적이고 정확한 주소를 기재해 주십시오.

선택된 작품은 정식 계약 후 출판물로 간행되어 전국 서점에 유통됩니다.
작가 분은 (주)로크미디어의 전폭적인 지원하에 전속 작가로 활동하시게 됩니다.
※ 자세한 내용은 로크미디어 홈페이지(rokmedia.com)를 참조하세요.

(03920)서울시 마포구 성암로 330 DMC첨단산업센터 3층 318호
(주)로크미디어 편집부 신간 기획 담당자 앞
전화 : 02) 3273-5135
www.rokmedia.com   이메일 : rokmedia@empas.com

One for all
원포올

일라잇 스포츠 장편소설

**작렬하는 슛, 대지를 가르는 패스
한계를 모르는 도전이 시작된다!**

축구 선수의 꿈을 품은 이강연
냉혹한 현실에 부딪혀 방황하던 중
운명과도 같은 소리가 귓가에 들어오는데……

당신의 재능을 발굴하겠습니다!
세계로 뻗어 나갈 최고의 축구 선수를 키우는
'One For All' 프로젝트에, 지금 바로 참가하세요!

단 한 번의 기회를 잡기 위해
피지컬 만렙, 넘치는 재능을 가진 경쟁자들과
최고의 자리를 두고 한판 승부를 벌인다!

**실력만이 모든 것을 증명하는
거친 그라운드에서 당당히 살아남아라!**

기갑천마

거짓이슬 퓨전 판타지 장편소설

종말을 막지 못한 절대자
복수의 기회를 얻다!

무림을 침략한 마수와의 운명을 건 쟁투
그 마지막 싸움에서 눈감은 무림의 천하제일인, 천휘
종말을 앞둔 중원이 아닌 새로운 세상에서 눈을 뜨는데……

"천휘든 단테든, 본좌는 본좌이니라."

이제는 백월신교의 마지막 교주가 아닌 평민 훈련병, 단테
그럼에도 오로지 마수의 숨통을 끊기 위해
절대자의 일 보를 다시금 내딛다!

에이스 기갑 파일럿 단테
마도 공학의 결정체, 나이트 프레임에 올라
마수들을 처단하고 세상을 구원하라!